Botho Strauß

WOHNEN DÄMMERN LÜGEN

Carl Hanser Verlag

2 3 4 5 98 97 96 95 94

ISBN 3-446-17875-9

Satz: Reinhard Amann, Aichstetten
Druck und Bindung: Friedrich Pustet, Regensburg
Printed in Germany

WOHNEN
DÄMMERN
LÜGEN

Wann merkt ein Mann, daß er auf einem stillgelegten Bahnhof sitzt und vergeblich seinen Zug erwartet? Es gibt auf dem Land etliche Bahnhöfe, die ohne Personal, ohne Aufsicht sind, wo Kartenschalter mit Pappe verschlossen, die Rolläden vor dem Kiosk heruntergelassen, keine Zeitung, keine Fahrkarte zu kaufen sind, und dennoch hält ein- oder zweimal am Tag ein Zug, der Dörfer mit der Kreisstadt verbindet.

Nun hängen aber in der Bahnhofshalle auch keine Fahrpläne mehr hinter der Glasscheibe im Kasten. Die Scheibe ist vielmehr herausgebrochen, und auf dem hölzernen Grund kleben ein paar Sticker, Reklame einer Brauerei. Auch die großen Plakate mit Landschaftsaufnahmen, Werbung des Fremdenverkehrs, sind zur Hälfte abgerissen oder mit schwarzen politischen Malen übersprüht. Kein Anzeichen findet sich, daß diese Station noch in Betrieb wäre. Und doch hat sich der müde Wanderer auf einer Bank niedergelassen, nachdem er alten Abfall beiseite gekehrt und den Rucksack abgestreift hat. Er wartet gegen jede Wahrscheinlichkeit auf Ankunft und Halt seines Zugs. Innerhalb der ersten Stunde brausen ein Güterzug und ein Schnellzug draußen vorbei, ohne daß eine Durchsage sie vorher angekündigt hätte. Das verwundert den Mann aber nicht und läßt ihn am Sinn seines Wartens nicht zweifeln. Er hat den Bahnhof erreicht nach vielen Stunden einsamen Fußwegs – und dieses Gebäude, freistehend an doppelten Gleisen, ohne zugehörige Ortschaft, bietet ihm Gewähr genug, daß er sich am rechten Ort befinde, von wo er auf bequeme Weise nach Hause gelangen wird. Auch wird er einer Logik folgen und einen sicheren Trugschluß ziehen: Wenn kein Zug hielte, gäbe es den geöffneten Bahnhof nicht mehr, er wäre zumindest verschlossen, um keine falsche Versprechung für müde Wanderer darzustellen.

Also bleibt er sitzen und hört über die Stunden einige Züge vorbeifahren, ohne in der Überzeugung nachzulassen, daß sein Zug noch kommen und anhalten werde. Denn es ist schwer, vielleicht unmöglich, in einem Wartesaal einzukehren, um seine erschöpften Beine auszuruhen, und gegen den Raumsinn zu empfinden, daß hier kein Warten mehr belohnt wird. Er hat sich auf der harten Bank ausgestreckt und seinen Rucksack unter die Schläfe geschoben. Er schlummert im Großen und Ganzen des Bahnhofs ein. Seine tiefe Geduld, das alleinherrschende Gefühl für die bevorstehende Heimfahrt hat seine Sinne erfolgreich von jedem Detail abgelenkt, das ihm lästig, seiner Stimmung abträglich werden könnte.

Unsere drei Büros grenzen an einen Mittelflur, meist stehen die Türen offen, und wir hören einander, korrekte Stimmen in der weiträumigen Altbauetage, wenn dreimal in der Woche am späten Nachmittag ratsuchende Personen vor uns sitzen. Wir haben zu dritt, Jost, Günther und ich, unzählige Male die ähnlich erlogenen Geschichten gehört und darauf unsere einzig mögliche aufrichtige Auskunft erteilt. Ich weiß meinen Freund Günther nebenan hinter seinem aufgeräumten Schreibtisch, dort wird er einen Bleistift zwischen den Fingern drehen und einem süchtig nach Rat blickenden Wesen Auskunft erteilen, nur Auskunft, keinen Rat, während ich in unserem Zimmer in etwa dieselben Worte gebrauche.

Ich bemühe mich, von diesem steten Schlafwandel namens Tätigkeit zu berichten, als sei es einem Menschen ausnahmsweise gelungen, durch einen winzigen Riß seiner hypnotischen Hülle zu spähen und sich selbst für kurz einmal wandeln zu sehen, und wo nicht zu sehen, so doch wenigstens seine eigenen, eben vergangenen Schritte zu vernehmen ... Es ist mir, als sähe ein Teil meines Wesens, der unentwegt säumt und Löcher in die Luft starrt, einem andern zu, der unentwegt eilt und sich emsig beschäftigt.

Jedenfalls war Jost, mein jüngerer Kollege, zu mir herübergekommen, hatte sich auf die Lehne des Klientenstuhls gesetzt und mich gefragt: »Was machen wir mit Koszniew und seinem Anhang?« Da ich keine Antwort wußte, hingen wir beide eine Weile schweigend dem Problem nach. Dabei bemerkte ich, daß Carola, unsere Gehilfin, mit der ich das Arbeitszimmer teilte, aufstand und das schalldichte Fenster zur Straße öffnete – es war ein silbriger Spätsommertag, und der Lärm des einsetzenden Feierabendverkehrs überschwemmte augenblicklich unsere Räume. Ich weiß nicht, weshalb sie es gerade zu diesem Zeitpunkt tat, und ich hätte kurz aus der Koszniew-Frage aussteigen sollen, um sie zu bitten, das Fenster wieder zu schließen. Inzwischen hatte sie sich an die Schmalseite ihres Schreibtischs gelehnt, die Beine übereinandergeschlagen, und ich dachte noch, daß sie kein Recht habe, sich so ungeniert unserer Pause anzuschließen. Ich sah sie im Profil, in einer Perspektive, deren Vordergrund von Jost beherrscht wurde, der ihr den Rücken zukehrte. Ohne ihre zum Fenster hingestreckte, scheinbar verträumte Haltung zu verändern, ergriff sie plötzlich mit überkreuzten Armen den Saum ihres ockerfarbenen Mohairpullis und zog ihn über den Kopf. Obgleich ich keinen Millimeter vom Auge meines Kollegen abwich, erkannte ich im hinteren Gesichtsfeld ihre nackten Rippen, den erhobenen Busen und sogar die zarten Wirbelknoten auf ihrem langen Nacken. Und es war derselbe Augenblick, in dem ich Jost fassungslos angestarrt haben muß ... Ich wußte jetzt, daß er es war, mit dem sich meine Frau eingelassen hatte. Jost also ... gegen ihn hatte ich niemals den geringsten Verdacht geschöpft. Blitzartig hatte mich die Gewißheit im Anblick der nackten Gehilfin getroffen.

In Günthers Zimmer trillerte das Telefon. Es wurde nicht abgehoben. Ich hörte ihn Akten in den Schrank rücken, und die Türen rollten zu. Ich hörte ihn die ganze Zeit überdeutlich, mit hellem, scharfen Gehör. Warum ging er nicht an den Apparat? Ich sah immer noch Jost hilflos ins Gesicht, und als ich mich aufstützte, um aufzustehen und irgend etwas in Erfahrung zu bringen, griff er mir in den Arm und zwang mich, auf meinem Platz zu bleiben. Ich sah, daß Carola ihren Pullover lediglich gewendet und jetzt mit der steingrauen Seite nach außen wieder übergezogen hatte. Noch immer schien sie, die beiden Hände auf den Jeans-Schenkeln, in irgendein Fenster des gegenüberliegenden Hauses zu starren. Es sah aus, als streckte sie sich vor jemandes Augen hin, der auf der anderen Straßenseite im Fenster lag, oder vielmehr, es sollte nur so aussehen, sie gab sich den Anschein, ich brauchte den Kopf nicht zu wenden, um mich zu vergewissern.

Ich sah sie nackt, und sie wußte, daß Jost mich nicht vor ihr verdeckte. Jeder im Büro hatte inzwischen mitbekommen, daß sie hinter Jost her war. Der aber hatte sie nicht gesehen, er kehrte ihr den Rücken zu, während er mich in die Koszniew-Frage verwickelte. Und doch, ich kann mir nicht helfen, auf mich wirkte es wie ein verträumtes und tückisches Zusammenspiel zwischen den beiden. Ich bin davon überzeugt, daß allein Josts Anwesenheit sie dazu reizte sich in seinem Rücken zu strekken und zu entblößen. Und gerade das, die ungeheure Achtlosigkeit, es *vor* mir für ihn zu tun, hatte mich zusammenfahren lassen. Es war dieser Schock meiner männlichen Degradierung, der mir die Augen öffnete und die Nachricht vermittelte, daß sich für mich alles um Jost drehte.

Einige Wochen später, nachdem das Schlimmste überstanden war, lachte Marion hell auf, als ich ihr die Geschichte des Zeitpunkts erzählte, an dem ich die böse Entdeckung machte, daß sie mich mit Jost betrog.

»Carola ist ein hoffnungsloser Fall«, sagte sie nur. Und: »Ist sie wenigstens schön? Findest du, daß sie einen schönen Körper hat?«

»Ich sah in dieser Sekunde ausschließlich deine Untreue. Ihr Leib war für mich durchsichtig wie eine magische Kugel, in der ich ganz winzig und entfernt, doch unverkennbar ... ihn und dich erblickte.«

Wieder lachte meine Frau so, als hätte ich eine besonders geistreiche Bemerkung gemacht. Es war dieses kleine helle, allzu befreite Lachen, das mir mißfiel. Ich war mir nicht sicher, ob es nur ein wenig aufgesetzt, ein wenig affektiert klang oder ob es von einem Verstand herrührte, der weitaus besser als der meine überblickte, was mit uns vorging.

In einem Treppenhaus mit Marmorpilastern und Eichengeländer steht ein Mann und zögert, vom Hochparterre die letzten, mit einem dunkelroten Kokosläufer belegten Stufen zum Ausgang hinunterzugehen. Er verweilt, den Kopf gesenkt, die Hand schon am geschnitzten Geländerknauf, verweilt niedergeschlagen, entkräftet von Unentschiedenheit, und etwas von Grund auf und vielleicht für alle Zeit Stehengebliebenes spricht aus der Haltung, die er einnimmt. Eine Frau in einem staubgrauen Mantel aus Waschseide schmiegt ihre Schläfe an die gefalteten Hände, die sie über seine rechte Schulter gelegt hat. Sie schaut zurück in den halbdunklen Hintergrund des Zwischenstocks, wo der Aufzugschacht endet, schaut versonnen, als sei ihr die eben erst überstandene Gefahr schon in friedliche Erinnerung gesunken. Neben der Messingplatte mit den Liftknöpfen lehnt eine andere, etwas kleinere Frau mit einem Bubenmädchengesicht. Es ist ziemlich rund, die Haare sind bürstenkurz, fest, leicht gewellt. Sie hat eine gerade, etwas röhrenförmige Nase mit breiten Rändern um die Löcher. Die Lippen sind aufgeworfen, fast wulstig, die Augen knopfrund und nußbraun. Wenn sie lacht, verengen sie sich zu zwei finsteren Schlitzen, der Mund entblößt kurze Zähne mit tief eingewachsenem Zahnfleisch. Die Wangen füllen sich, werden erst richtig rund, wenn sie lacht. Es ist jemand, der mit heiterem Selbstbewußtsein von sich sagen kann, daß er keine Schönheit sei. Die Augenschlitze beim Lachen verraten einen zuverlässigen Charakter – man kann, man muß sich zu ihr in ein klares Verhältnis begeben. Außerdem verraten sie etwas von der Ungezwungenheit, Wachheit und Geselligkeit ihres Körpers, auch von seiner geringen Schutzbedürftigkeit. Ihre Stimme müßte ein wenig schmelzig klingen, aber nicht belegt.

Manchen würde gewiß die strenge Unbeschwertheit, die sie für jede Begegnung, jeden Austausch fordert, gleich ob es sich um Zärtlichkeiten oder um Ansichten handelt, eher abschrecken als verführen. Niemand kann sich bei ihr in seine Probleme flüchten. Auch spielt um ihren gewölbten Mund ein Schatten von engstirnigem Behaupten und Richtigstellen, der zweifellos schon einige, die niedergeschlagen stehenblieben am Treppenrand, zurechtwies, wenn sie sich beklagen wollten. Dieser Gesichtszug sagt mit selbstherrlichem Beschluß: Ich glaube nicht, daß ich irgend jemandem Leid zufüge.

Der Stehengebliebene zum Beispiel, der ihr jetzt den Rücken kehrt und dem seine weichere Freundin an der Schulter liegt, wird zu ihr, zu der dunklen, kleinen Person hin gerade in der Überzeugung festgehalten, daß er selbst und er allein sein Unglück zu verantworten habe.

Überhaupt ist es das Merkwürdigste an der Stellung der drei Menschen zueinander, daß der Aufschub einer nötigen Entscheidung sie gemeinsam anhält in schier endlosen Minuten, in denen das Nachdenken verschwimmt und sein Ziel verliert, bis sie sich in ganz absichtslos verweilende Figuren verwandeln.

Wie man einem elektronischen Bild die Farben entziehen kann, so hatte hier den dreien ein schützender Dämmer, der aber aus der Mitte ihrer unschlüssigen Lage über sie kam, jede Kraft zu beschließen und zu handeln entzogen.

»Ich mache alles verkehrt«, sagte der Mann einmal leise, aus der tiefsten Handlungsstille heraus. Woraufhin die Frau, die am Aufzug stand (und ganz gewiß nicht auf den Lift wartete), ob sie es nun gehört hatte oder nicht, ihre aufgeworfenen Lippen blitzschnell einrollte und hastig gegeneinanderrieb, wie man es ähnlich tut, wenn der Lippenstift oder eine Creme gerade aufgetragen wurde.

Eine automathafte, unkontrollierte und häßliche Bewegung, der Anflug eines kleinlichen Schacherns, einer vorteilssüchtigen Begierde; ein entstellendes Zucken jedenfalls, das ihr wohl kaum im Gegenüber, im Anblick eines Mannes unterlaufen wäre, solange er noch auf den höchsten Vorsprüngen der Unentschlossenheit balancierte, denn es hätte ihn nur erschrecken können, so nächtlich und bösartig durchkreuzte es ihr klares, junges Gesicht.

Doch gesehen hatte es nur die andere, die sich anlehnte und zurückschaute; und sie, als Frau, nahm keinen Anstoß daran.

Er war einfach sitzen geblieben. Seit dem Abbruch seiner Studien, wie er es nannte, seit nun bald zwanzig Jahren lebte er bei einem Freund, der längst sein Freund nicht mehr war. Anfangs, als sie gemeinsam die Hochschule verlassen hatten, waren sie zu viert in der großen Wohnung. Sven, der Architekt, und dessen Frau sowie er selbst mit Elsa, seiner Jugendliebe, die sich in dieser Wohnung das Leben genommen hatte. Danach war er in das kleinste Zimmer, die ehemalige Mädchenkammer, gezogen, nicht nur weil ihm aus Geldmangel nichts anderes übrigblieb, sondern auch weil er das Zimmer, das er zusammen mit Elsa bewohnt hatte, nicht für sich allein behalten wollte. Es war jetzt das Gästezimmer, nichts erinnerte mehr daran, daß es einmal ihr Raum gewesen war, in dem das Unglück geschah, in dem sein früheres Leben zu Ende gegangen war.

Es war ihm manches fehlgeschlagen. Als Baugeschichtler gelang ihm die erhoffte akademische Karriere nicht.

Irgendwann hatte er jeden Ehrgeiz verloren, ging schon auf die Mitte Vierzig zu und lebte von Hilfsarbeiten, die er sporadisch für Denkmalspfleger oder Stadtplaner ausführte.

Sven Breuer, inzwischen Senatsbeamter, lebte mit einer neuen, jüngeren Frau und teilte mit ihr die Wohnung neu auf, modernisierte und renovierte gründlich, auch die Kammer des Untermieters, nur ihn selbst ließ man unbehelligt. Die Hauptmieter verließen jeden Morgen gegen acht das Haus und kehrten gewöhnlich nicht vor dem späteren Abend zurück. Die beiden Männer trafen sich nur noch im Vorübergehen auf dem Flur, hatten kaum ein persönliches Wort füreinander, allenfalls gab es irgendeine sachliche Regelung zu treffen. Jörg Helty wohnte nun neben dem Freund wie in einer Pension, er litt unter der wachsenden Entfernung und Entfremdung innerhalb derselben Mauern, in denen sie einst so ganz anders zusammengelebt hatten! Er konnte sich nicht erklären, weshalb er von den beiden überhaupt noch in der Wohnung geduldet wurde. Vielleicht nahmen sie, nicht ohne ihn heimlich zum Teufel zu wünschen, Rücksicht auf seine Armut, vielleicht waren es sentimentale Gründe, die Sven daran hinderten, den schon ziemlich abgedrängten Mitbewohner ganz hinauszuweisen.

Für zwei Stunden am Nachmittag zwischen vier und sechs rückte er den Stuhl in den Flur, dicht neben die Wohnungstür. Treppensteigen hören! Die Zeit, da sich nach und nach alle Mieter und Untermieter, Frauen, Männer, Kinder allmählich im Haus einfanden, zurückkehrten zum Abendbrot und zum Vorabendprogramm im Fernsehen. Es ging ihm nicht um ein neugieriges Lauschen an der Tür, es ging darum, mit vielerlei Stiegenschritten fertig zu werden. Die Wahrnehmung immer wieder auf die Individualität einzuschärfen, die Unverwechselbarkeit jeder Schrittfolge, jeglicher Schrittart, die Wahrnehmung täglich zu üben, hellhörig und messerscharf die Unterscheidungen zu treffen, nicht nachzulassen ... Es durfte nie wieder dazu kommen, wie schon einmal geschehen, daß er die Kontrolle über die subtile Wahrnehmung verlor und Menschen in einer furchtbar ungesonderten All-Schritt-Lawine die Treppe hinunterstürzen hörte. Die Unterscheidungsmerkmale bimsen! Jedem schon unten im Angang des Hausflurs das passende Stockwerk, die richtige Tür zuweisen! Und ihm bis dahin ein wachsamer, vertrauter Wegbegleiter sein.

Stella aus dem vierten Stock, die mit den etwas vorstehenden Augen, flaches dunkelblondes Haar im Pagenschnitt, lebte allein mit ihrem dreijährigen Söhnchen Sylvio, sie mußte bis zum Jahresende aus der Wohnung, ihr Mann, Linguist, hatte eine Stelle in Austin / Texas erwischt, sie durfte nicht zu ihm, die beiden verstanden sich nicht mehr besonders. Die Makler legten sofort das Telefon auf, wenn sie ihren Wohnungswunsch ausgesprochen hatte, sie geriet nun langsam in Panik. Psycholinguistin, promoviert. Sie hatte eine Arbeit im Gesundheitsamt angenommen, wertete Fragebögen aus, das Kind blieb manchmal für sieben Stunden am Tag bei der Tagesmutter. Sie hatte kein Geld, ihr Mann mußte noch für eine ältere Tochter aus erster Ehe sorgen, sie wußte nicht, wo sie hinsollte. Stella solle vorbeikommen und sich persönlich vorstellen, verlangte eine Immobiliengesellschaft, die verfügte noch über genügend Leerraum. Sie log natürlich, was das Zeug hielt. Sie war gezwungen zu lügen, sonst wäre es von vornherein aussichtslos gewesen. Ihr Mann kam zwei Wochen vor Weihnachten aus den Staaten, um den Jungen zu sehen. Freundlicherweise war er bereit, noch einmal mit Stella Familie zu spielen auf der Wohnungssuche.

»Hätten wir uns das je vorzustellen gewagt? Wir wußten immer, daß es nicht leicht sein würde, nicht leicht, eine gute Anstellung zu finden. Aber daß wir niemals dazu kommen würden, den Beruf, den wir erlernt haben, auch einmal auszuüben ... jedenfalls ich nicht. Mein Gott, wie glücklich waren wir damals über unsere ersten Erfolge, wie glücklich über das bestandene Examen, und hatten ja keine Vorstellung davon, daß das alles nichts wert war. Aber einmal wenigstens – damals waren wir ungeheuer mutig, und noch verliebt, sehr sogar. Und gescheit. Und schön. Ja, schön waren wir, Hannes, du vor allem und ich auch ein bißchen schöner als jetzt, nicht wahr? Könnte ich nur rüberkommen zu dir.«

»Ich habe es dir oft genug erklärt: es gibt drüben genausowenig Möglichkeiten für dich wie hier. Ich hatte großes Glück. Nichts weiter. Die Stelle ist ja auch bescheiden genug.«

»Ja, ich weiß. Du kannst nicht einmal etwas zur Miete dazugeben. Es wäre sehr viel billiger, wenn wir drüben ein kleines Haus mieten, ich denk mal, vielleicht etwas außerhalb. Deine Tochter könnte mit einziehen, von mir aus, wenn du willst.«

»Wenn *sie* will, entschuldige. Sie will aber nicht. Es wäre sinnvoller, du gäbst mir Sylvio mit. Sie könnte sich um ihn kümmern.«

»Deine Tochter – um unseren Sohn? Aber wenn er nicht bei mir wär, wenn ich nicht jeden Tag an seiner Freude und Wärme Anteil hätte, dann besäße ich jetzt kaum noch die Kraft –«

»Sicher. Es klingt hart, mag sein, aber es steht mir das

Leben meines Sohns näher als deines. Du hast jetzt etwas Kümmerliches an dir. Ich fürchte, daß du ihn seelisch belastest.«

»Es ist nichts Kümmerliches da, nichts, wenn er und ich vergnügt sind ... du täuschst dich. Wie schlimm. Wie abgestorben. Wie glanzlos erscheine ich dir. Wie grau. Wir haben nicht einmal mehr die Chance, es drüben wenigstens zu versuchen? Nicht ... die geringste Chance?«

Sie führte weiter die beiden Namen, ihren und den ihres Mannes, Frau Wagner-Riek, eine unter sechshundert Bewerbern, wie man ihr sagte, für dieselbe Zweizimmerwohnung zu einem gemäßigten Preis.

»... ich konnte doch nicht wissen – es fielen mir ja seine kurzen Finger schon beim ersten Mal auf, kurze, knorrige Finger mit abgekauten, entzündeten Nägeln, rötliche Finger, wie scheuermittelverätzt, stummlig –, ich konnte damals schlecht ahnen, als sie das Bierglas umfaßten, sich darauf preßten, als sie hastig, reinlich die Salzkörner von den Brezeln pflückten, abpulten – kein Natrium, kein Salz! –, daß es sich letztlich um die Hände eines Unmenschen handelte ...«

Helty war jetzt an manchen Abenden hinauf in den vierten Stock gekommen, um Sylvio zu Bett zu bringen und ihm etwas vorzulesen, während die Mutter unterwegs war, um Bekannte zu treffen, die von irgendeiner Wohnung gehört hatten, eventuell und unter Umständen. Wenn sie spät in der Nacht heimkehrte, saß Helty in ihrem Ohrensessel im Wohnzimmer, las und hörte Gesualdos Madrigale. Sie dachte schon unterwegs daran, sie freute sich, während sie noch mit den anderen Menschen sprach, daß zu Hause jemand auf sie wartete und zuverlässig in ihrem Sessel sitzen würde, wenn sie heimkehrte.

Sie holte dann noch ein Bier aus dem Kühlschrank, und da Helty keinen Alkohol vertrug, mixte sie für ihn eine Fruchtmilch oder bereitete ein Eis mit heißen Himbeeren. Es folgten dann noch ein, zwei Stunden, in denen sie erzählten und zunehmend auch aufeinander hörten, bevor Helty dann in sein Zimmer hinunterging. Beiden fiel auf, daß das Klagen in ihren Unterhaltungen allmählich nachließ und die gegenseitige Aufmerksamkeit nicht mehr allein im Stoff der Mitteilungen gründete, die sie tauschten. Helty jedenfalls spürte zu seiner Erleichterung, daß er wieder bereit war, sich einer Frau anzuschließen, zumal es jemand war, der Elsa noch gekannt hatte. Denn es befriedigte sein tiefes Bedürfnis, zu bleiben, wo er war – daß die entscheidenden Wechselfälle des Lebens und der Zuneigung alle unter einem Dach stattfanden. Daß er das Haus nicht zu verlassen brauchte, um einem Menschen, dem er seit vielen Jahren auf der Treppe begegnete, schließlich bis ins Bett zu folgen. Eines Abends blieb er über Nacht, schlich aber im Morgengrauen aus dem vierten Stock, worum sie ihn gebeten hatte, damit Sylvio ihn nicht sähe.

Es war der erste Sommer nach der Grenzöffnung, und Berlin war wieder eine freie Stadt, frei zu seinem Umland hin, zu der alten, stillen Landschaft der Mark Brandenburg. Ungehindert, ohne Kontrollen, lästige Verwarnungen konnte man die unbekannten östlichen Stadtteile entdecken, und Helty, selber wie befreit, verließ sein einzelnes Zimmer, schwärmte alle Tage aus mit S-Bahn oder Bus, nach Grünau, Strausberg, Ferch und immer wieder in den Potsdamer Park. Allein welch unfaßbare Passage, zu Fuß über die Glienicker Brücke zu gehen! Wie sie Jahrzehnte in ihrer sagenhaften Geschlossenheit dalag als das symbolische Gegenteil einer Brücke, ja als das sinnfälligste Zeichen für das tote Ende von Geschichte überhaupt, in das die Herrschaft im Osten geführt hatte. Niemand, der in diesem Sommer die Brücke betrat, hätte wohl geglaubt, daß sich zu seinen Lebzeiten die Stacheldrahthecke je öffnen würde, hinter der dies wunderschöne Land in seinem unseligen Dornröschenschlaf lag.

Sie verbrachten Sylvios große Ferien mit Ausflügen in alle Himmelsrichtungen, sie zogen auf Fahrradtouren durchs Havelland und durch die Uckermark. Und als Stella schließlich sogar eine neue Wohnung fand, drückte sie Helty noch fester an sich, gestärkt durch Glück am ganzen Leib. Ein Verlangen, das ihn ein wenig überraschte, da es sich ohne Ansehen seiner Person, seines ziemlich hängenden, verkrümmten Körpergestells zu steigern schien.

Der einzige Schatten, der auf diese unbeschwerten Tage fiel, war die seltsame Sorge Heltys, daß er kein ungezwungenes Verhältnis zu Stellas Söhnchen finde. Er könne eben nicht mit Kindern umgehen, so sagte er von sich selbst. Und Stella blickte ihn mit Verwunderung an: wie viele Male hatte er nicht an Sylvios Bett gesessen, hatte ihm vorgelesen und mit ihm gespielt! Wie tut das ein Mann, der Kinder eigentlich nicht mag? Zuviel Schlechtigkeit stecke in ihm, gestand er in einem Anfall von Selbstquälerei, zuviel verdorbenes Leben, als daß er einem Kind wirklich nahekommen dürfe; und da Sylvio unter der Abwesenheit des Vaters schon genügend zu leiden habe, müsse er wenigstens von den düsteren Launen eines Gestrandeten verschont bleiben ... Wie er auch redete und sich bezichtigte, Stella glaubte ihm nicht. Sie war überzeugt, daß er mit seinen umständlichen Worten letztlich nur eine Frage stellte: Wer soll in Zukunft Sylvios Vater sein? Doch darauf konnte sie ihm vorläufig noch keine Antwort geben. Sie versuchte hingegen seine Selbstzweifel zu zerstreuen und führte, ein wenig zu absichtsvoll, Gelegenheiten herbei, die ihm die Zuneigung des Jungen beweisen sollten.

In der schlimmsten Phase seiner Trunksucht, wenn er es nicht mehr verbergen konnte, kehrte Helty in sein Heimatdorf zurück. Ein abgerissener, früh verfallener Mann quartierte sich dann bei seiner alten Mutter ein.

»Jemand hat etwas Ungutes gesagt«, war die einzige Begründung, die er für seinen plötzlichen Besuch gab. Jemand hatte ein falsches Wort gewählt, und er war vom Tisch aufgestanden, war gedemütigt durch die Nacht gerannt und hatte sich vierzehn Tage um die Besinnung gebracht durch Trunk.

Er war »einfach zum Fallen aufgelegt«, wie er sich ausdrückte. Er fiel tatsächlich und verletzte sich im Gesicht. Er wurde genäht und zog weiter durch die Gasthäuser.

Die Mutter hörte es rumpeln und poltern oben in der Kammer. Der Betrunkene stand auf mitten in der Nacht und versuchte zu telefonieren. Der Apparat fiel zu Boden, er ließ ihn liegen und ging wieder zu Bett.

Morgens saß er brettgerade am Tisch und nahm die Zeitung vor. Lange nichts gelesen. Früher zuviel. Jetzt war er stolz, daß er noch lesen konnte, als läse er wie am Schnürchen. Teilweise begriff. Zusammenhänge verfolgen konnte. Dann wieder gab's nichts, was zusammenhing. Es waren nur Lücken, eine Strecke mit unberechenbar vielen Lücken, durch die man woandershin denken mußte.

Er fuhr mit dem Bus hinauf in den Wald zum bewirtschafteten Forsthaus, um seinen ersten Durst zu löschen. Er sah die Hänge mit Wiesen und Obstbäumen und mußte laut flüstern: »Wie schön! Mein liebes Land!«

Er ging wie in einem Schlaf, der vor dreißig Jahren begonnen hatte, über die Höhen, wo in jedem Wegknick zwischen Schlehe und Holunder noch ein Gedanke hing, den er als Neunzehnjähriger an gleicher Stelle, bei *diesem* Blick faßte, hier an ein Auto, das er sich nicht kaufen konnte, dort an eine Formulierung von Sartre, die er mit Elsa besprach. Schwer zu verstehen, daß hier die Saat unzählig achtloser Blicke, die man auf die Felder und Bäume warf, spät aufging; wo einst keinerlei Sinn für die Schönheit der Landschaft bestand, wurde diese Schönheit jetzt zu einem hegenden Versteck der Anfänge, die er zwischen den Zweigen überall flüstern hörte. Und plötzlich, in dieser tiefen Vereinsamung der Rückkehr, schien es fast gleich, ob er damals mit der einen sprach oder heute mit einer anderen: man sprach jeweils aus Gelüsten, die nichts mit den Wörtern, dem Sprechen zu tun hatten, und sie allein ließen einen übermütig werden, vorlaut in einer geduldig lächelnden Landschaft und unter den sanft das Reden parodierenden Erlenblättern mit ihrem viel schnelleren, aufgeregteren Geräusch. Der violette Klee, der Eisenhut, die Sumpfdotterblume, die Rispen der Gräser, die eine vorbeistreifende Hand im Gespräch zerbröselte …

Als seine neue Geliebte ihn nach tagelanger Suche, verzweifeltem Forschen schließlich am Telefon erreichte, redete er in einem ihr unverständlichen Heimatdialekt und lallte nur in dumpfen Brocken. Stella konnte ihn nicht wiedererkennen, verwirrt fragte sie immer wieder nach Helty. Sie mochte einfach nicht glauben, daß da derselbe Mann sprach, mit dem sie einen ganzen heiteren Sommer verbracht und dem sie sich eben erst fest angeschlossen hatte.

Drei Wochen später kehrte er in die Stadt zurück, saß wieder in seinem einzelnen Zimmer und tat so, als hätte er die Besuche im vierten Stock aus dem Gedächtnis verloren. Er ordnete sein Material, wie er es immer getan hatte, früher Industriebauten, jetzt Kornspeicher und Dorfkirchen in Brandenburg. Sein Leben lang hatte er sich mit losem Material beschäftigt, hörte nie auf zu sammeln, fand immer neue Ansätze für mögliche, aber nie zwingend notwendige Untersuchungen. Nach drei oder vier Tagen beim Schrittehören im Stiegenhaus erkannte er Stella und Sylvio, die auf der Etage anhielten und an der Wohnungstür lauschten.

Er rührte sich nicht, aber es gab ihm einen Stich ins Herz. Am Abend ging er hinauf in den vierten Stock. Er zeigte keine schamhafte Verlegenheit, kam nicht demütig und suchte nicht einmal um Verzeihung nach. Er war einfach wieder da und – bis auf die Platzwunde über dem rechten Backenknochen – derselbe stille, aufmerksame Mann, der sie in den hellen Sommermonaten begleitet hatte, keine Schönheit, aber trotz seiner krummen Schultern jemand, der zuverlässig zu halten und zu umarmen Kraft genug besaß. Stellas Freude, als sie ihn wiedersah, war herzlich, kam aber nicht aus ganzer Seele.

Natürlich mußte man sich, wie es üblich ist, aussprechen über alles, was vorgefallen war. Aber da dies mit Worten und auf eine Weise geschah, die grundvernünftig und einsichtig war, wurde das eigentliche machtvolle Dunkel gar nicht berührt. Die schlimme Verwandlung Heltys erschien daher nur halb so gefährlich und, dank der soliden Begriffe, in jedem Fall veränderlich zur Besserung hin.

Nach einiger Zeit erst bemerkte er, daß sie ihn um ein geringes leichtsinniger und despektierlicher ansprach als früher – als vor dem Zeitpunkt, da sie ihn hatte lallen hören. So wie man zuweilen einem Ausländer, der nur unbeholfen Deutsch spricht, um genau die Nuance zu ungeduldig antwortet, die ihn zum Beschränkten stempeln muß. Es schmerzte Helty, aber es gab ihm auch den nötigen Anstoß, alles zu tun, um Stellas Vertrauen zurückzugewinnen. Zuallererst wollte er mehr Zeit mit Sylvio verbringen, mehr zum Vergnügen des Kindes unternehmen als je zuvor. Obgleich er sich ernsthaft bemühte und gegen seine tiefere Trägheit ankämpfte, um ihre zurückweichende Liebe anzuhalten, wollte sich das unbeschwerte Verhältnis zwischen ihnen nicht wiederherstellen. Wenn er sie umarmte, blieben ihre Augen seltsam fragend, und ein Lächeln der Ungerührtheit verschwand nicht von ihrem Gesicht. Gleichzeitig suchte sie seine Nähe und beteuerte immer wieder, daß es für sie keine schönere Erwartung gebe, als ihn die Treppe hinaufsteigen zu hören, ihn bei sich zu haben, und daß er für den Jungen längst unentbehrlich geworden sei.

Zum ersten Mal seit den Tagen ihrer hektischen Wohnungssuche beanspruchte Stella einen Abendausgang für sich allein. Ein Freund ihres Mannes, den sie nicht kannte, hatte sich bei ihr gemeldet. Er war von einem Gastvortrag in Austin / Texas gerade zurückgekehrt und wollte ein paar Fotos übergeben. Mit unruhiger Sorgfalt hatte sie sich zurechtgemacht, auffallend geschminkt, die Haare getönt und die Nägel mit grünschwarzem Lack bestrichen. Nach verschiedenen Anproben blieb sie bei einem breitdekolletierten Kleid, schlang ein fliederfarbenes Tuch um den nackten Hals und hatte sich, wie Helty fand, insgesamt mit unsicherem Geschmack, mit zu billigem Effekt herausgeputzt. Er brachte Sylvio zu Bett und aß in der Küche die Reste der Kinderpizza.

Wie in den ersten Tagen ihrer Verbindung setzte er sich anschließend in den Ohrensessel in Stellas Arbeitszimmer. Er versuchte die Zeitung zu lesen, vermochte seine Gedanken aber von dem bevorstehenden Schmerz nicht abzulenken. Am bittersten würde es ihn ankommen, wenn er das Kind nicht mehr sehen könnte. In letzter Zeit fühlte er sich unter dem Einfluß des lebhaften, anhänglichen Knaben regelrecht »gebessert«, was seinen Charakter, aber auch seine Gesundheit betraf. Er war glücklich, wenn er mit ihm zusammen war, und manchmal meinte er, daß er die Nähe des Kinds sogar nötig brauche, daß es ihn stabiler und widerstandsfähig mache gegen die zeitweilig heftige Versuchung, wieder abzutauchen und ... die Sprache zu verlieren.

Zu seiner Überraschung drehte sich nach kaum anderthalb Stunden der Schlüssel in der Wohnungstür, und Stella war zurück. Bleich, fassungslos, verheult. Sie lief ins Schlafzimmer, warf sich aufs Bett. Er folgte ihr, versuchte sie zu beruhigen, wurde jedoch abgewiesen. »Was ist geschehen?« hatte er besorgt, aber zu bedächtig gefragt, der Ton stimmte nicht, es schwang ein Aufatmen darin, ein Gefühl von Erleichterung und Zufriedenheit, so daß sie besonders schroff, ja verächtlich entgegnete: »Was verstehst *du* schon!?«

Er ging zurück zu seinem Ohrensessel. Schließlich schien sie sich wieder unter Kontrolle zu haben. Sie setzte sich zu ihm, sprach ruhig, doch immer noch kopfschüttelnd und verständnislos. »Ich habe so etwas noch nicht erlebt.« Sie schilderte ihm die Begegnung mit »diesem Freund« ihres Mannes. Obgleich ihrem Bericht nichts zu entnehmen war, das den Ausdruck tiefen ungläubigen Staunens auf ihrem Gesicht rechtfertigte, wiederholte sie die Worte »Ich habe so etwas noch nicht erlebt« mehrere Male.

»Was denn nur?« fragte Helty zaghaft. Sie fuhr indessen fort, eine nüchterne, nichts Anstößiges verratende Beschreibung ihres Abendessens zu geben. Nur daß sie sich vielleicht ein wenig zu ausführlich über die Kleidung, das angenehme Äußere des Mannes, seine berufliche und private Lage ausließ.

»Was ist das bloß für ein Mensch ?!« fragte sie mitten hinein mit einer verhaltenen, innigen Empörung. Nach wie vor konnte Helty ihrer Erzählung beim besten Willen nicht ablauschen, was sie zu einem solch schicksalhaften Seufzer veranlaßte. Je ernster sie sich nach dem Wesen dieses Mannes fragte, um so belangloser, so schien es, wurden die Mitteilungen, die sie über ihn machte. Gleichwohl mußte irgend etwas vorgefallen sein. Eine einzige, aber tief treffende Bemerkung mochte sie beleidigt oder entsetzt haben. Aber davon erwähnte sie nichts. Einen Augenblick zweifelte Helty noch, ob die vielen Worte, die sie machte, nur ein verhüllendes Kleid über ein tatsächlich einschneidendes Erlebnis werfen sollten, über das sie nicht offen zu sprechen wagte, nicht jetzt, nicht zu dem guten Freund ... Doch dann kam er zu einem anderen Schluß. Er sah, daß das Unerhörte, das sie erregte, gerade und ausschließlich in der Bedeutungslosigkeit lag, in der die Begegnung mit diesem fremden Menschen verlaufen war. Daß sie mit überspannten Erwartungen aus dem Haus gegangen war, hatte er ausgiebig beobachten können. Und da es ein Freund ihres Mannes war, mit dem sie sich traf, mochte sie sogar von einer besonderen Schmach geträumt haben, die sie dem Entfernten zuletzt noch beibringen würde. Aber Helty spürte einfach, daß nichts geschehen war und daß dieser ihr mißglückte Abend dennoch auch für sie beide der letzte sein würde. Die frühzeitige Rückkehr einer so hemmungslos Enttäuschten war für ihn ein ebenso bitterer Abschied, als wäre sie die ganze Nacht über ausgeblieben.

»Es war ein schöner Sommer«, schrieb er einen Monat später an Sylvio und Stella zu ihrem Einzug in die neue Wohnung, »es war ein schöner Sommer, in dem wir unversehens in einer offenen Stadt lebten und viele Male hinausfuhren in das neue Land. Wir waren zusammen – zusammen im Park von Babelsberg und in den einsamen Oderwiesen. In Güstrow und Neuruppin. Im Spreewald und am Sarkower See. In Rheinsberg und Chorin, in der Märkischen und in der Mecklenburgischen Schweiz. Zweimal an der Müritz bei Störchen, Kranichen und Seeadlern. Und einmal in der Kirche von Jericho im Havelland! ... Wieviel Beginn! ... Von Eurem ehemaligen Haus läßt sich nur Betrübliches berichten. Unmittelbar vor meinem Fenster wird ein Bürohaus gebaut. Mit meinem freien Ausblick ist es für immer vorbei. Hier habe ich gesessen, neunzehn Jahre sind hier abgeflossen an mir, und in diesen Tagen setzt man mir Kräne und Gerüsttürme ins Licht, Hebebühnen quietschen, Betonmischer knirschen (wie mein Kopf!) – ich fühle, als ob mein Bleiben, mein letztlich doch sehr starkes Bleiben nicht einfach ausginge, sondern gewaltsam beendet, ja massakriert würde. Jedenfalls habe ich Breuers die Kündigung überreicht. Ende eines langen Aufenthalts. Eine kleine Habe wird gepackt (ein Scherbenhaufen zusammengekehrt, sagen wir lieber). Eine andere billige Unterkunft steht nicht in Aussicht. Die Sachen – die Habe! – werden vorübergehend bei der Mutter gelagert. Man wird für die erste Zeit wieder ein bißchen unseßhaft werden. Euch beiden aber wünsche ich ein neues, glückliches Wohnen.«

Julia spielt im Sand. Mit ihrer gelben Plastikschaufel gräbt sie vor dem Kiosk auf der Düne, drückt sich an den geschlossenen Rolladen mit dem Spray der Zoten und Parolen. Der erste Frühlingstag am Meer ... zu sehen das dumpfe Gesichtchen des Kinds, als trüge es die Jahre schon in sich, in denen man nicht mehr aufbegehrt und keine Rolle mehr spielt. Schon ermattet von trüben Aussichten, so scheint es, scheint schwach und gedämpft, das kleine Gesicht, als wäre es der leere Entwurf mit den vorgegebenen Umrissen, die nur Bitternis und Mißvergnügen füllen können.

Julias Mutter lehnt an einem Holzgeländer, das an einem Steinplattenweg zum Strand hinunterführt. Sie hält das Wintermäntelchen der Tochter auf ihrem Bauch und blinzelt in die Sonne. Hin und wieder löst sie sich von dem Geländer, geht ein paar Schritte auf dem Steinplattenweg, der hinter dem Kiosk beim Parkplatz endet, schaut zurück, schaut immer nach, *wo er denn bleibt ...* wo er nur bleibt?

Jemand ist auf dem Weg zurückgeblieben. Jemand läßt auf sich warten.

Immer wieder an beliebigen Orten gibt es diesen plötzlichen Anstoß von Unfaßlichkeit, der ihr vom Herzen in die Knie fährt, so daß sie unwillkürlich ein paar Schritte gehen muß, zurück, um nachzusehen, wo er nur bleibt? Dann ist ihr, als müsse er im nächsten Moment in der Wegbiegung auftauchen. In vollkommenem Anschein, in blendendster Gewißheit ist ihr so. Er kann doch nicht für ewig ausbleiben und mich allein lassen mit einem Kind, das seine Augen und Hände, seine Haarfarbe, seine Traurigkeit und sein Schweigen besitzt! ... Versteckt er sich nicht in ihrer sanften weißen Haut? Blickt er mich nicht unschuldig aus dem Kind heraus an?

Julia füllt mit der Schaufel Sand in den blauen Eimer. Sie schüttet den Eimer um und füllt ihn aufs neue, um ihn wiederum auf den Haufen zu schütten. Mehr als diese einfältige Aufschüttung will sie nicht zustande bringen. Nichts wird geformt oder gebaut. Allein die Wiederholung der immer gleichen Handgriffe scheint sie zu befriedigen. Oder ist es die törichte Naherwartung, von der die Mutter wieder einmal befallen ist und in deren Sog auch die Kleine gerät, so daß sie, abgelenkt, nur eine kraftlose Verrichtung ausführen kann? Dieser höllische Trug einer Ankunft, die unmittelbar bevorsteht, vor allem dort, wo sie am wenigsten wahrscheinlich ist ... Auch wenn ihr sicheres Gespür jedesmal trügt, der wilde Herzschlag, die feuchten Hände, die heißen Ströme der Beklommenheit und des Bereitseins werden deshalb um keinen Grad weniger wirklich und erschöpfend. Alles an ihr sieht ihn kommen. Bis ihre Blicke langsam wieder ermatten und zurückkehren zu Julia, bis sie ihn dann wieder in Julia sich verbergen sieht, feig, dumpf, gleichgültig. Anwesend.

Ah, wieder die Szene vom Meer, Urflutszene, vor der ein Mensch zum Däumling wird und vor der Einer ihn laufen läßt, ihm Beine macht entlang der Heereslinie des landbrechenden Ozeans, Einer, dem die Stürze der Wogen, das hohle Schlachten der Brandung nur ein gekräuseltes Pfützlein sind und die Schaumriffe niedliche Volants am Tanzkleid der Thetis … Den Strand verschleierten die fallenden Nebel, die Sonne zerrann, der feuchte Rauch barg und brach ihr Licht, ein stickiger Nimbus, ein bigotter Heiligenschein umgab sie. Die ungeheure Ebene, die kahle Fläche zog an meinem räumlichen Körper, meine Kleinheit und Einsamkeit stemmte sich gegen den Sog, der meinen *Körper* in die unermeßliche *Fläche* hineinziehen wollte. Mit einem solchen Däumling zwischen Brandung und Düne kann man ja sein Spielchen treiben und ihm zuletzt noch die räumliche Ausdehnung rauben. Toben, brechen, schäumen, geysiren … Unabweislich, daß zu den Unmengen an Himmel, Wasser und Sand auch ein amphibisches Ungeheuer gehört, ein Koloß, Megalopode, vor dem man dahinläuft und dessen borstigen Atem man schon im Nacken immerzu spürt … Es war aber eine Frau in vierfarbigem Jogginganzug, Farben der Dämmerung, fliederblau, violenblau, stahlblau und rosenblau, und sie folgte mir auf dem leeren Strand. Sie hatte sich rasch angenähert, sie holte mich ein. Da drehte ich mich auf dem Absatz zu ihr und wollte sie fragen … Ihr Mund ging auf im selben Augenblick, und das langgezogene »Miääää«, Ruf der Möwe, kam aus ihrem Hals. Auf ihrem schönen Gesicht erkannte ich, daß sie das eigene Verlauten zu erleiden hatte und nicht etwa mit albernem Übermut eine Tierstimme nachahmen wollte. Vielmehr war sie eigentlich stumm. Als ich sie schließlich fragte, mehrerlei fragte, kam immer wieder, zwar verkleinert, um Verlegenheit bemüht, doch im wesentlichen unverändert frech und empört derselbe grelle Schrei aus ihr heraus. Er war ihr anstelle der Stimme – ja, gegeben worden? Eher doch wohl: in sie eingeschlagen. Wer hätte es sich erklären können, wie die im übrigen sprachlose Person zu diesem artfremden Laut gekommen war, der ohne jeden menschlichen Beiklang aus ihrer Kehle erscholl und zweifellos ein echter und keineswegs ein angenommener Möwenschrei war? Auch handelte es sich, wenn mich nicht alles täuschte, um einen Paarungsruf, den sie gellend hervorstieß und nur geringfügig abmildern konnte. Es blieb ein hartes, angriffslustiges Locken selbst dann, wenn sie zart sein wollte oder jemanden wie mich, dem sie so anschmiegsam gefolgt war, verzweifelt aus der Tiefe ihrer Gefangenschaft anrief, um Hilfe, Erleichterung, ja Erlösung gar ... Doch sie trieb jeden in die Flucht. Es war einfach eine zu starke sinnliche Befremdung: dies feine und wache Gesicht, das um Verständigung zu flehen schien, und dazu der grausig schrille, habgierige Laut, den sie hervorstieß, hervorstoßen mußte, wie eben nur ein Tier zu müssen veranlagt ist. Gott schien diese Frau auf besonders abwegige Weise in Liebe zu prüfen. Nicht nur hatte er ihr die menschliche Stimme versagt oder geraubt, noch dazu war sie an einen eintönigen Fremdlaut gefesselt, der sie ewig unerlöst zwischen Tier- und Menschenwelt umherirren ließ. So war sie gleichsam in eine absolute Arteinsamkeit verbannt: sie zog Möwen an, die sie nicht lieben konnte; und jedem Mann, dem sich die Unglückliche in Liebe näherte – nähern mußte, jauchzte sie zu, daß es ihm eiskalt über den Rücken lief.

Alte Übersetzer, nur das Paar allein auf der abendlichen Straße, wie zwei hohe Schatten anderer, Schatten aus Haut und Knochen, so ragen sie empor. Ihr Mantel in Altrosa, seiner grau, und grau der Filzhut. Aufgeschossene, Ragende. Gestelle der Dauer, des gleichen Schritts, der runden Beugung über das gemeinsame Tagwerk. Die lange in die Sprache lauschen, schweigen, verhoffen wie das Wild auf der Lichtung, bis einer endlich einen neuen Versuch unternimmt. In den Katalekten ... heißt soviel wie ... im Aufhörenden überliefert ... ἀνθήρος ... ein blühend Ende ... ἀνθεμιζομαι γοεδνα ... soviel wie des Jammers Blüte pflücken ...

Das Wort wird auf den Lippen, im Ohr, im Sinn, in der Fügung geprüft – und von beiden verworfen. Si comprehendis non est Deus. Nicht sagen, wovon man redet. Dii verba invertunt. Wörter, die neinen, was sie nennen ... Verwende das Wort »Friedenstaube«, und du berufst den Krieg.

So, wenn sie im Café voreinander sitzen, die hageren Hünen; die alten Finger berühren sich in der Mitte des Tischs, tippen sich an, wenn etwas zu kommen scheint, etwas Gemeinsames aus der sich ständig entziehenden Sprache. Sie sinnen stundenlang auf ein gemeinsames Wort. Welchen Hof, welchen Beiklang, welche Urweise, welch verschollenen Ruf streift das Wort?

Nicht er spricht zu ihr, nicht sie zu ihm. Sie suchen beide das zu erreden, was fehlt, spärlich zwar, unzufrieden mit jedem zu früh ergriffenen Wort. Das Gemeinsame entsteht sehr langsam, es handelt sich um Übersetzung. Nicht die eines literarischen oder wissenschaftlichen Werks. Sie übersetzen ... die Sprache des Dritten, der so lange mit ihnen war und sie plötzlich verließ. Was sein unbarmherziger Nachhall den beiden Alten zu verstehen gibt, ist dunkel, schwer zu ordnen.

Sie klauben's einander von den Lippen, den umherirrenden Blicken, den tappenden Fingern. Und während der eine vielleicht im Zustand des innersten, animalischen Schweigens verharrt, streift gerade die andere ein Wind von Stimmen, so daß es ihr leicht, ohne Zutun, zweisilbig von den Lippen fliegt ... *»Laßkraft!«* ruft sie schnell und zieht eine neue Grenze, »soviel wie Laßkraft«, es beginnt eine neue Versuchsanordnung. Aber auch dieses Wort, erzeugt von einer Unzahl vermiedener, trifft es nicht, obschon es ein wenig funkelt wie das Positionslicht der Fähre auf dem nächtlichen Fluß. Doch es gelangt nicht über sich selbst hinaus, führt nicht zu einer Aussage, die dem Wesen der Vergangenheit des Dritten im mindesten entspräche. Gleichwohl, was geschah, ist auslegungsbedürftig, und in der Bedürftigkeit sind die beiden Alten so hoch und hager geworden, als zehrte am Menschen, als zöge und streckte es ihn in die Länge, was er nicht übersetzen kann. So weit hinauf ragen sie schon, daß sie durchs Fenster der Beletage die Familien beim Abendbrot sehen – falls sie einmal ihre scharfen Gesichtskeile anheben, anstatt sie immerfort hinab auf ihre Fußspitzen zu richten.

ZUVIEL AUFWAND, murmelte sie. Zuviel Aufwand, zum Frisör zu gehen. Zuviel Aufwand, die Küche zu putzen. Eines Morgens begegnete ihr ein Selbstansehen, das jeden Antrieb unterband, sich geschickt zu bewegen, zu telefonieren, das Kalenderblatt abzureißen. Das steht mir nicht! Es ekelte sie schon bei der Vorstellung, das Subjekt unzählig behender und überflüssiger Verrichtungen zu sein. Eine Löwin ist nicht geschäftig, kleine Vögel sind geschäftig. Kleine Tiere sind hastig, können's nicht abwarten. Klein ist rasch, groß ist träg. Sie war eine beleibte und hochgewachsene Person und hatte eigentlich schon seit Jahren darauf gewartet, jene Schwerfälligkeit zu bekommen, die ihr zustand – die ihr stand. Sie hatte immer das Gefühl, sie sei noch unterwegs zu ihrer wahren Figur ... Figur werden, dachte sie, unbeweglich nahezu, endlich angekommen in *diesen* Gliedern, diesem Bauch, diesem breiten Gesäß. Als wenn man nicht längst erstarrt wäre ... Das Leben verbraucht den Kraftstoff Zeit, um damit den Stillstand zu erzeugen. Erstarrmaschine. Braucht eine Unmenge an Gehüpftem, braucht Grapschen, Schlingen, Gedankenblitze, schnelle Beine, um schließlich diese erhaben ruhende Skulptur hervorzubringen. Man laokoonisiert, langsam, ganz allmählich geht das Geschlinge in den Zustand, in die Reglosigkeit über. Zeit raus, Raum rein. Nur noch raumfüllende Figur sein, so ihres Fleisches fleischlichstes Verlangen. Selbstansehen, entstanden am Morgen Aug in Aug mit Kim, dem Foto ihres Sohns, der mit sechzehn Jahren seinem Verführer nach Paraguay gefolgt war und nichts mehr von sich hören ließ, nur vom Messias noch. Ein Bild, das ihr in den Sinn schießt, Kim mit seinen verlegenen Gliedern, elf Jahre, ein Junge, der auf der Bordkante des Gartenwegs balanciert, während er mit der Mutter spricht ... ach, seine verlegenen Glieder, Kim auf der Schwelle zum Halbwüchsigen, der wegschaut in die Ferne, als er sagt: »Du hast mir ein billiges Fahrrad gekauft, ich weiß, was es gekostet hat ...«

Und dann merkte sie, daß ihre Figur keine Erinnerung mehr vertrug. Daß das alles zuviel Aufwand war, zu schnell, zu plötzlich, zu rege. Sie würden sich weiterhin anstarren, das Foto (Kim war ja schon vollkommen reglos) und sie, und dabei würde sie immer stiller, schwerer und größer werden. Raum! ... Raum! Wie ein Erstickender um Atem, so rang sie um Raum ... als die Zeit versiegte in ihren Adern, als sich in jeder Körperzelle Bronze zu bilden begann.

Es gibt ja die starre Maske, die aus der Tiefe jedes Gesichts emporscheint ... etwas Erzfertiges, ein vorzeiten vollendetes Werk steigt hinauf in das offene, organische, verwirrte Leben, schlägt durch in den Händen, im Gesicht, im Leib, tritt hervor wie das Antlitz aus dem Schweißtuch der heiligen Veronika, aus Zeit und Passion steigt das leblos zeugende Bild, die starre Maske kommt nicht von außen auf dein Gesicht ... Zuviel Aufwand! murmelte sie ein letztes Mal und wußte schon nicht mehr, welchen Gedanken sie diesmal auf sich beruhen ließ. Es war ihr jetzt alles zu schwer geworden. Eigentlich saß sie immer noch da wie eine faule, apathische, allzu fettleibige Hausfrau. Doch nach einer feinen Erschütterung des Übergangs besaß sie auf einmal die stumme Beredsamkeit der vollendeten Skulptur. Wie auch dem Blick des Jungen, dem erstarrten Lächeln auf seinem Foto in Liebe anders entsprechen?

Es war keine Bildzerstörerin, wie sie erst dachten, sondern eine junge Malerin mit bettlägrig-querem Haar, die sich scheute, vor die Leinwand des Giorgione zu treten mit nacktem Gesicht, die deshalb eine Larve unter ihrem Pulli hervorzog, die billige Nachbildung einer tragischen Maske, und damit ihr Gesicht verdeckte, um nun geheim mit zögernden Schritten sich dem Gemälde zu nähern, nicht erkannt sein wollte oder abgeschirmt gegen den durchdringenden Blick des Kunstwerks, dann aber plötzlich den Kopf aus der Maske herausdrehte, so daß diese leer auf das Meisterwerk gerichtet blieb, während die junge Frau den Museumsbesuchern, die sich in ihrem Rücken geschart und sie argwöhnisch beobachtet hatten, eine rohe Grimasse darbot, in der Ekel und Schmerz zu einer untrennbaren Einheit verschmolzen waren.

Dr. Gertraude Laszek, Orientalistin, und ihr Lebensgefährte Armin Rust, Heizungsinstallateur, verlassen am Samstag um sieben Uhr abends die griechische Taverne am Lietzensee. Der Mann geht torkelnd hinter der Frau, die ihm nicht den Arm leiht. Der Vorschwapp des sich umstülpenden Magens springt aus seinem Mund. Die Frau, die nur das Geräusch hört, dreht sich nicht um, sie fragt in einem harschen, spöttischen Ton: »Geht es schon los? Besser, du stellst dich an den Straßenrand.«

»Einen besseren Mann hätte ich gar nicht finden können!« sagt sie tags darauf zu einer Freundin, fast in einem Jubelruf, jedenfalls in einem Ausbruch von Frohsinn, der sie selber überrascht, da sie ihn nicht vortäuschen und erzwingen mußte. Laszek/Rust bewohnen ein großzügig ausgebautes Dachgeschoß mit Garten und Solarium. Die beiden weitläufigen Wohnräume sind überladen mit Andenken und Fundstücken, die die Frau von ihren Studienreisen mitbrachte. Auf den Böden liegen schwere Teppiche, zum Teil übereinander, die geringere Hälfte einer Sammlung, die der Installateur aus erster Ehe einbehielt.

Die beiden Frauen hatten sich vor zwölf Jahren zum letzten Mal gesehen. Die Besucherin stellt befriedigt fest, daß ihre einstige Studienkollegin auffälliger aus der Form gegangen ist als sie selbst. Gertraude, wie sie jetzt aussieht, scheint in Figur und Bekleidung wie entwachsen dem kleinbürgerlichen Prunk, der sie umgibt. Der Kopf ist rund, die kurzen Haare liegen angetätscht in flacher Dauerwelle, der Pullover rollt mit der schlaffen Bauchwulst über den Gürtel, sie sitzt eingesunken in ein Milieu, für das sie früher nur Verachtung geäußert hätte. Sie geniert sich ihrer Umgebung jedoch in keinem Moment, im Gegenteil, sie hat sie miterzeugt, sie tut sich hervor mit den geläufigen Protzereien, betont immer wieder die großen Annehmlichkeiten ihres Lebensstils, der hohe Facharbeiterlohn ihres Mannes, der mit allem Dazu und Nebenbei ein Professorengehalt durchaus hinter sich lasse, erlaube es ihnen, ihr Geld nicht nur vernünftig anzulegen, sondern obendrein auch »ein bißchen damit zu spielen«.

Frau Laszek läßt, bis auf die oberflächlichste Erkundigung, keinerlei Interesse an den Lebensumständen der anderen erkennen. Sobald diese ein wenig vom Auf und Ab der vergangenen Jahrzehnte einstreut, schweift der Blick der ehemaligen Orientalistin ab und offenbar auch ihr Gehör, sie gibt ein falsches Lächeln bei und fragt nicht nach. In die Unterhaltung verirrt sich kein einziger unbefangener, warmer Ton, keine herzliche Erinnerung, sie dauert daher nicht sehr lange. Um den Abschied so nüchtern wie möglich zu halten, um nicht am Ende noch einen Seufzer über das mißglückte Wiedersehen zu hören, gibt Frau Laszek ihrer Freundin eine Handvoll Einkaufstips, dringend zu empfehlen, mit auf den Weg und läßt sie mit guten Wünschen ziehen.

Am Abend öffnet sie ihrem betrunkenen Mann die Tür. Er ist ein wenig kleiner als sie, untersetzt, nicht fett. Er trägt eine feine olivgrüne Wildlederjacke, Flanellhosen und hat ein festes, struppiges Haar, das nie in Unordnung gerät, auch in übelsten Lagen nicht. Er trinkt vor dem Fernseher weiter, mischt Coca-Cola mit Rum. Seine Frau nimmt mit einer durch Gewohnheit nicht geschwächten Geste des stummen Ekels ihr Buch von der Kommode und zieht sich zurück in das zweite Zimmer mit der abgetrennten Schlafnische. Da sie neben dem Berauschten keinen Schlaf findet, wird sie später, wenn er aufs Bett fällt, wieder in den großen Wohnraum zurückkehren und dort auf dem Ausziehsofa schlafen. So geht das in der Regel, sie weicht ihm aus, wechselt zweimal am Abend das Zimmer. Eine Viertelstunde lang zwingt sie sich zu lesen, bittet ihn, den Fernseher leiser zu stellen, aber ihr Mann reagiert nicht. Wenig später hört sie einen dumpfen Aufschlag. Er wird wieder einmal über den Beistelltisch gestolpert und zu Boden gefallen sein. Doch dann dringt deutlicher Straßenlärm herein, der vorher abgedämpft zu hören war, die Tür zur Terrasse muß offenstehen. Sie horcht, legt das Buch beiseite und geht nach nebenan. Draußen findet sie den schweren Mann, der Brust und Bauch mühsam über das Terrassengeländer schiebt, offensichtlich bei dem wiederholten Versuch, sich in die Tiefe zu stürzen. Es gelingt ihr, ihn aus dem gefährlichen Überhang zurückzureißen, auf den Boden zu zerren, doch er versucht es mit bärenstarkem finalen Drang gleich wieder. Sie schlägt ihn, erst mit den Fäusten, dann mit dem Holzstiel eines kurzen Spatens, der neben den Azaleenbäumchen steht. Sie schlägt immer heftiger auf seine Schultern, den Kopf, bis sein betäubtes Hirn den Schmerz spürt und er sich am Boden krümmt.

»Das tust du mir nicht an«, keucht sie. Und: »So haben wir nicht gewettet, mein Lieber.« Aber das stößt sie außer Atem hervor, fast tonlos, ohne ihn anzuherrschen, ohne Haß. Sie greift unter seine Arme, doch es gelingt ihr nicht, ihn aufzurichten. Er hält seinen schmerzenden Schädel in beiden Händen.

In letzter Zeit hatte sie oft bis spät in die Nacht draußen auf der Terrasse gesessen und mit ihm Zwiesprache gehalten, mit einem Mann, der nicht anwesend, der nur noch in ihrer Erinnerung ein mit ihr sprechender Mensch war. Damals, vor bald acht Jahren, war er es, der sich vor ihr auf dem Liegestuhl ausstreckte und sie anstaunte, damals, an den warmen Juniabenden, als sie, die Unpassenden, so heiter begonnen hatten und ihre neue Lebensgemeinschaft feierten. »Ich werde von dir lernen, und ich werde ein besserer Student sein als einer in deinem Seminar.« Nun, sein Lerneifer war nur ein Strohfeuer gewesen, es fehlten ihm zu viele Voraussetzungen, um ihre Interessen zu teilen, und er begnügte sich schließlich damit, rundherum stolz auf seine gelehrte Frau zu sein (die ihrerseits keinen Ehrgeiz mehr besaß, sich um ein akademisches Lehramt zu bemühen).

Jetzt saß sie neben dem leeren Liegestuhl, erschöpft, entkräftet, am unteren Einschlag des Tuchs zeigte sich ein langer rostbrauner Fleckenrand. Es schwappte matt im Nachtwind. Nie mehr mit ihm reden können! Laß, Gott, ihn noch ein einziges Mal zu mir sprechen!

Es waren jetzt zwei Wochen vergangen, seitdem die Ärzte seine Bauchdecke geöffnet hatten, um sie nach kurzer Begutachtung gleich wieder zu schließen. Es bestand kein Zweifel, daß ihm ein Eingriff nicht mehr geholfen hätte. Es war schon überall, hatte Leber, Lunge, Pankreas befallen, es war zu spät.

Sie schleppte ihn weiter, zog ihn über die Terrasse, dann über die Teppiche zum Sofa. Er war so schwer, und für einen Augenblick mußte sie an den Wolf im »Rotkäppchen« denken ... als ob sie ihn mit Steinen ausgestopft hätten, bevor sie ihn wieder zunähten! Sie ließ ihn auf dem Teppich liegen und breitete eine Decke über ihn. Sie versuchte seine Arme vom Kopf zu lösen, es gelang ihr aber nicht, die Finger krampften sich über den Ohren in das dichte Haar. Die angewinkelten Arme waren wie erstarrt und ließen sich nicht bewegen. Sie sah seine verzerrten Gesichtszüge, die geschlossenen Augen, nur der Mund war aufgerissen: er schrie. Er schrie lautlos, mit aller Kraft, aber er schrie aus einer Entfernung, in der seine Stimme für niemanden mehr zu hören war.

Sie ging in die Küche und füllte Kaffee in die Maschine. Der Morgen dämmerte schon am Himmel. Plötzlich hörte sie, wie er nach ihr rief. Ganz deutlich hörte sie ihren Namen, den er rief. Sie stürzte ins Zimmer und beugte sich über ihn. Er lag aber unverändert, das Gesicht erfüllt von dem qualvoll stillen Schrei, der keinen Raum für ein Wort, einen Namen mehr ließ. Dennoch war es unmöglich, daß sie sich getäuscht hatte. Sie holte den heißen Kaffee aus der Küche und hielt ihm eine Tasse nah ans Gesicht. Sie kniete neben ihm und wartete, daß sich unter dem Kaffeeduft seine Gesichtszüge lösten und er nur zu flüstern brauchte ... Aber sie dachte auch: Für ihn wäre es vielleicht besser, wenn er nicht mehr zur Besinnung käme. Für ihn vielleicht. Gott bewahre ihn vor zu großen Leiden.

... Ich selbst – also ich habe angefangen als Bildhauer. Aber ich hatte von Anfang an große Schwierigkeiten, ein Atelier für meine Sachen zu finden. Ich hatte soviel Kraft eingesetzt, die ganze Jugend ging drauf, für diese Riesenfiguren, die ich da aufbaute und die keiner haben wollte, und ich kriegte sie nirgendwo unter, wußte nicht mehr, wohin damit, und konnte auch schließlich die horrenden Herstellungs- und Materialkosten nicht mehr bezahlen, und dann habe ich's einfach aufgegeben. Irgendwann war's zuviel. Ich hab mich dann umgesehen und gedacht, ich war ja schon Mitte Dreißig, Mensch, du mußt dir was suchen, wo du schnell dein Auskommen findest und wo du 'n bißchen von deiner Geschicklichkeit doch unterbringen kannst und dir das etwas nützt, was du kannst. Ich habe also technischer Zeichner gelernt und kam damit auch ganz gut zu Rande. Aber es hat mich natürlich nicht voll in Anspruch genommen, hat mich nicht ausgefüllt, und ich habe nebenher und zwischendurch so ziemlich alles mitgemacht, was sich bewegte, Indien, Poona, grüne Welle, Frieden, New Age, nichts ausgelassen, und irgendwann – das war wohl wie eine Therapie – hatte ich tatsächlich fast vergessen, daß ich mich mal in der Bildhauerei herumgeschlagen hatte. Und diese abnorm großen Dinger geschaffen hatte, die mittlerweile natürlich alle zu Bruch geschlagen waren. Ich war innerlich doch zu verletzt, daß ich da keinen Erfolg gehabt habe. Oder vielleicht auch, weil ich nicht die Kraft hatte, lange genug durchzuhalten, wenn man sieht, wie durchweg Leute, von denen man denkt – also die nur Schrott verkaufen, in die Szene vorstoßen, und man selbst rückt keinen Eimer aus dem Schuppen. Jetzt kommt natürlich die neue Situation auf mich zu, daß man praktisch keine technischen Zeichner mehr braucht und sich alles auf Computer umstellt, der's automatisch auswirft, und dabei gehen natürlich viele Arbeitsplätze in unserer Branche verloren. Bis jetzt hab ich Glück gehabt, aber wer weiß, wie lange es noch dauert, und ich bin jetzt nicht mehr in dem Alter, wo man sich nach was Neuem umsehen mag. Meine alten Riesen, an die denke ich jetzt wieder häufig zurück, vielleicht, wenn ich längeren Atem gehabt hätte, wär jetzt endlich der gerechte Erfolg da, der damals leider ausblieb. Vielleicht hätte ich meine Steine nicht so früh zertrümmern lassen sollen, aber jetzt ist nichts mehr da, und ich kann auch nicht mehr von vorne anfangen. Ja, es ist im Grunde schiefgelaufen, das Ganze. Ich sehe es auch so. Ich hätte mich mal mit den Kirchenleuten verständigen sollen, damals, und nicht so einseitig auf Banker und Versicherungsgesellschaften zusteuern als potentielle Auftraggeber. Das war wahrscheinlich mein Irrtum zu der Zeit. Ich hätte im sakralen Bereich damals wahrscheinlich eine bessere Chance gehabt, aber daran hatte ich nie gedacht, obwohl meine Sachen es hergegeben hätten, das sehe ich heute ganz deutlich, das Übernatürliche in meinen Riesen, das war da, das gab's, das hätte man heute leicht entdeckt, jetzt, wo's leider zu spät ist für mich. Das ist eine merkwürdige Erfahrung, daß ich sozusagen vielleicht Menhire auf die Welt gebracht habe, und die könnten, wenn es sie heute noch gäbe, bestimmt bis in alle Ewigkeit dastehen wie die Steine von Carnac und Stonehenge. Und ich habe mir selbst, halb aus Verzweiflung, halb aus Aufräumgründen, die Freiheit herausgenommen, ein Stück Ewigkeit zu zertrümmern. Oder von der Fabrik zertrümmern zu lassen. Da kann einem schon das kalte Grausen kommen, bei dem Gedanken. Meine damalige Freundin war weder dafür noch dagegen, ich meine, was die Aufräumaktion betrifft. Das war auch nicht gut. Sie ließ mich einfach machen. Eine andere hätte vielleicht versucht, mich davon abzuhalten, oder mich überhaupt in meiner früheren Tätigkeit mehr unterstützt. Aber was kann man schon von einem jungen Menschen verlangen, der zusieht, wie einer sich an den Kolossen abrackert, die nirgends hinpassen und auch nicht besonders schön sind auf den ersten Blick. Sie hat eben auch nicht weiter an mich geglaubt. Eine andere, die vielleicht etwas älter gewesen wäre, hätte mir besser geholfen, aber die hatte ich nicht getroffen zu der Zeit, obwohl mir gerade der Typ der älteren Frau leiblich-seelisch immer mehr zusagte, einfach weil die viel herzlicher sind. Je länger ich darüber nachdenke, um so stärker bin ich davon überzeugt, daß ich vielleicht sogar eine Schuld auf mich geladen habe, indem ich nämlich etwas aus der Welt geschafft habe, was im Grunde in die Welt gehört, was sie vielleicht braucht oder sogar dringend benötigen könnte, etwas wie Stonehenge, das ihr den Weg weist, das hab ich ja damals nicht gewußt, als ich selber die Riesen, die Mordskerle nicht mehr sehen konnte. Ich habe im Grunde nicht gewußt, daß ich ein Künstler bin, obwohl ich eine solide Ausbildung auf der Hochschule mitbekommen habe, aber das interessierte mich weiter nicht, ich wollte von Anfang an meine Kolosse herstellen, und wenn man solche Dinger aus dem Stein schlägt, denkt man ja gar nicht daran, was Kunst heißt, das bleibt völlig sekundär bei dem Erlebnis. Tatsache bleibt, daß ich selbst nicht befugt war, das Zeug wieder aus der Welt zu schaffen. Daß das im Grunde nur andersherum als bei Prometheus gelaufen ist, aber eben auch ein schwerer Fehler war. Das ist alles, was mir von der Zeit geblieben ist, ein übernatürliches Schuldgefühl.

Ein Ausrutscher, dachte er, eine viel zu intime Berührung, daß er sie schlug, eigentlich eine Fremde, jemanden, den er kaum fünf Wochen kannte, so daß die Sache nun ihr rasches Ende gefunden hatte, aus und vorbei, wie er immer wieder brüllte in seiner zügellosen Erregung, die jedoch noch anderslautende geheimere Botschaften aussandte.

Bis dahin hätte er sich allenfalls vorstellen können, in äußerster Bedrängnis draufloszuschlagen, etwa wenn ihn die Niedertracht einer Frau in eine ausweglose Lage gebracht hätte. Warum schlug er aber die, die ohnehin bald wieder verschwinden würde, bei der er lediglich sein Vergnügen suchte?

Ja mußte er sich nicht eingestehen, daß er eine Unbeteiligte, an seinem Leben und Geschick vollkommen Unbeteiligte mißhandelt hatte, bloß weil sie log? Als wenn er nicht tagtäglich von Geschäftsleuten, Handwerkern, Verkäuferinnen dreiste Lügen zu hören bekäme, ohne daß er sie dafür mit den Fäusten traktierte …

Die zu Boden Gestoßene hatte aufgegeben. Es war genug. Sie hatte nach dem ersten Angriff hart entgegnet und dabei den Verblüfften mit langen Armschlägen ins Gesicht getroffen, zurückgedrängt, ihn bis aufs Blut gereizt, danach aber sein besinnungsloses Prügeln und Treten ertragen. Ihre Körperkräfte waren noch längst nicht verbraucht, aber der Affekt war plötzlich verschwunden. Wenn sie versuchte sich aufzurichten und jedesmal wieder mit dem Rücken von der Wand abglitt, so waren es nicht die Gliederschmerzen, sondern lähmende Traurigkeit, die sie zwangen zu bleiben, wo sie war. Sie hob die Knie nacheinander, zog sie an den Leib, stützte die Ellbogen darauf, lehnte sich mit Hinterkopf und Rücken an die Wand, verbarg das Gesicht hinter den geröteten Händen. Er sah die nackten, geknickten, runden Knie, einfältige, derbe Knie eines Mädchens, das auf dem Land aufgewachsen war; die Kniescheibe, ein flacher Knochen, zeigte weder Kuppe noch Spitze, nur grobe Rillen, bräunliche Haut, und darin eine lange weiße Narbe wie das Zeichen, mit dem man Richtiges oder Erledigtes abhakt. Sie würde gehen und keine Gelegenheit mehr haben, ihm die Geschichte der Narbe zu erzählen.

Unter den vorgehaltenen Händen zitterte ihr Gesicht, heulte und japste sie, rollte den einen unbewegbaren Gedanken, daß nichts mehr zu retten sei, das Ende, kein Blick mehr, kein Wort, nur noch den Platz räumen und die Tür zuschlagen ... und dann, wie ein Steinwurf gegen die Schläfe, trifft sie immer wieder das eine Wort »kennenlernen« ... »Du sollst mich kennenlernen«, hatte er geschrien unter den Schlägen. Dabei, ihn kennenlernen, es war doch dasselbe Wort und hieß doch eben noch: froh und neugierig bei ihm sein, sich aufrichten und anschmiegen, sich schlank entziehen und wiederkommen ... Wozu dieses verfluchte Spiel, die verfluchte Freude? Nur um das Wort ins Gegenteil zu kehren und mit dem Wort niedergeschmissen und getreten zu werden? Einziges Ziel des schönen Aufgerichtetseins: Sturz. Glück nur, um aus allen Wolken zu fallen. Schlankheit nur, um zum bebenden Fettgewebe, zum kauernden Kloß, um rund wie die Träne zu werden.

Mit Brüsten, die wie zwei breite Zysten über dem zusammengedrückten Bauch liegen. Mit langen geschmeidigen, verwöhnten Händen, die zu zwei nestelnden Pfoten werden. Abstehende Überbeinkugel auf dem Handgelenk, wenn es nach innen geknickt auf den Knien lag ... Sie hatte die Hände vom Gesicht genommen, das Schluchzen gedämpft, den Kopf zur Seite gewendet. Die Augen wichen nicht von der leeren Wand, nur um dem Blick des Schinders nicht zu begegnen. Und ebendieser verweigerte Blick zog ihn an, gerade jetzt, wo der von Selbstgefühl, Allüre, Geschlechtlichkeit vollkommen verlassene Leib außerstande war, sein Interesse zu erregen ... Wenn wir allein sind, bedingungslos zu zweit (so sah er bei fortgeschrittener Abkühlung die Lage), werden wir zwangsläufig Zug um Zug die Regeln des Spiels entdecken, das uns beherrscht, das aus reinem nackten Gegenübersein hervorgeht, letztlich immer ohne Tricks und Finten gespielt wird, keinesfalls dem erfolgssicheren Instinkt, sondern nur den kurzlebigen, aber schicksalswendenden Affekten unterworfen ist. Und auch die soeben im Affekt gefaßte Überzeugung, daß dies unwiderruflich das Ende sei, schien ihm auf einmal nur mehr den Wert einer seelischen Prüfung und Erschütterung zu haben, weniger eine Entscheidung als eine reinigende Empfindung, und der gerade noch untrügliche Befund: das Ende! mochte in Wahrheit eine Art Initiation bedeuten, die Schmerzgeburt ihres gegenseitigen Erkennens nach dem Zusammenbruch des Kennenlernens.

Es war jedenfalls die kindliche Abkehr ihres Kopfes und daß sie, ihn meinend, an die Wand starrte, es war dies Zeichen, das sein Gefühl wendete. Scheinbar drückte es nur bitteren Trotz und Abriß der Verbindung aus. Stärker aber wirkte das vorzeitige Erbe, die Gebärde des abgewandten Blicks, des wehrlos gebotenen

Halses, die auch unter Wölfen und Hähnen den Angreifer beschwichtigt. Hätte sie ihn jetzt geradeaus, gar flehend oder fassungslos angesehen, so hätte sich nichts gerührt in seinem Gewissen. Er hätte erneut ihre Lüge gesehen. So aber, als sein Stammhirn begriff, weshalb sie ihm das Auge verweigerte, kam nun ein reuiges Erbarmen über ihn, ein Erbarmen, das nicht etwa seine eigentliche Herzensgüte verriet, sondern vielmehr hatten Bosheit und tätiges Verschulden von vornherein kein anderes Ziel, als ihm zuletzt dies warme Gefühl der Reue zu verschaffen.

Er blickte auf seine Hände und sah sie noch einmal ihren Hals würgen, ihr Gesicht mit der Kante schlagen, ihr Kleid zerreißen, sie packen und gegen den Rand der Kommode schleudern. Es sind dieselben, selben Hände, dachte er, da mögen sie jetzt noch so still und vornehm, beinahe weise und tiefsinnig vor mir auf dem Tisch liegen und geduldig darauf warten, wieder ein sanftes Werk zu tun – sie waren es, die mordlüstern, viehisch gehandelt, gerast haben. Sie waren die willfährigsten, zuverlässigsten Schergen meiner Bosheit, als die Lippen längst ihren Dienst versagten.

In dem Augenblick aber, da er, ausgelöst von der Abkehr ihres Gesichts, eine nie zuvor empfundene Wärme des Herzens genoß, war der kleine Schaltkreis der Passion eingerichtet und abgeschlossen, der sie für unbestimmte Zeit voneinander abhängig machte.

In einem Nu geschieht mehr, als die Geschichte erzählen kann. Und was jemand im Affekt tut, übertrifft oder zerstört vielleicht alle seine geordneten Handlungen.

Der Ausrutscher, der erste, zufällige Akt der Überschreitung schuf eine Einrichtung, die das Bedürfnis nach Überschreitung in Abständen erneuerte. Und es war nur ein Ausrutscher, der eine leichte und unbedeutende Begegnung in eine ernste und dauerhafte Abhängigkeit, in ein süchtiges Verhältnis wandelte. Freilich enthielt der Ausrutscher, der kurze Affekt als genetische Inschrift bereits die ganze Geschichte einer unglücklichen Leidenschaft.

Auf dem Hof eines Vorstadtmotels mit überdachtem Umlauf steht eine junge Frau mit weizenblondem Haar, steht wie verurteilt gerade und mit gesenktem Kopf in der prallen Mittagssonne, von ganzem Wesen Urteil und Strafe hinnehmend. In dieser Haltung starr und ungerührt, aus dem Haus gerannt und wie angewurzelt stehengeblieben, gehört sie zu einer anderen mit rebenschwarzem, strähnig aufgekämmtem Haar, die im Hintergrund aus der offenen Tür des Apartments tritt, langsam und faul, mit schleichendem Schritt, barfuß und an einem Pfirsich nagend. Sie trägt ein petrolfarbenes Trägerkleidchen, das ihre Schulter bis zum Brustbein freigibt, nur knapp die Oberschenkel bedeckt, über dem Bauch mit einer silbernen Kette zusammengefaßt. Sie setzt sich auf einen Stuhl an die schattige Hauswand, stemmt das nackte rechte Bein gegen das Verandageländer, legt den Kopf mit der Schläfe ans Knie und blickt lange, aus verträumter Ferne hinüber zu der anderen, der Schockierten, Verurteilten, zur Buße Geneigten im Hof.

Die Reisegesellschaft, die das Haus für eine Nacht belegt hatte, war mittags von ihrem Bus abgeholt worden, und die beiden Zimmermädchen hatten gerade mit ihrer Arbeit begonnen, als es der zierlichen Dunklen mit einer teuflischen Beschuldigung gelang, das Elend der

Blonden auszunutzen und sie endgültig unter ihre Kontrolle zu zwingen.

Jahre später ist sie es, die mit dem verbrühten Gesicht, rot wie ein Neugeborenes, Wülste unter den Augen, bräunliche Blasenkrusten, großer silbergrauer Haarschmuck, falsche Locken, die auf das nackte Schulterblatt fallen, wo die gesunde Haut im Rückenausschnitt des Pullis zeigt, wie blaß einmal ihre Wangen waren, die Blonde ... Sie hebt ihren Jeans-Hintern vom Barhocker, während sie die Unterarme auf die Theke stützt, und löst die beiden Fußspitzen, die sie verdreht unter den Auftrittring des Hockers geklemmt hatte. Sie steigt ab und knickt ins rechte Knie, da Fuß und Wade taub geworden sind. Sie schlurft ein paar Schritte zu der anderen, ewig dunkleren Frau, die auf einer Holzbank vor dem Fenster und hinter der aufgeschlagenen Zeitung sitzt. Sie bleibt einen halben Meter vor der Lesenden stehen und wartet darauf, daß sich der Zeitungsrand senkt und Augen zu ihr aufsteigen. Aber dies geschieht nicht. Sie hat es hinzunehmen, auch bei ihrem dritten Anlauf in dieser Mittagspause, daß die Lesende sogar den Kopf hebt, um scheinbar mit besonderem Interesse im oberen Drittel des Blatts zu lesen, ohne dabei den Blick um den geringen Winkel zu erhöhen, der genügte, um die andere zu befreien. Da dies, wie gesagt, unterbleibt, und das Unterbleiben beherrscht die unerweichlichen Gesichtszüge der nur zum Schein lesenden Frau, kehrt die Graulockige, nachdem sie ihre treue Weile gewartet hat, zu ihrem Platz zurück, schiebt aus der schrägen Hüfte das Gesäß auf den erhöhten Sitz und zieht sich an der Kante der Theke hinauf. Sie beugt sich vor, stützt ihre Ellbogen auf, der Nacken senkt sich ein wenig, sie zieht die Schulterblätter an und klopft einige Male mit zaghafter, sehr schwacher Ungeduld die gefalteten Hände auf die kunststoffbeschichtete Tresenplatte.

Gärtnerinnen, beide. Schwere Mädchen, sagt der Wirt. Sie gärtnern bloß in der Resozialisierung. Seit ein paar Tagen kommen sie in der Mittagspause ins Bistro. Zuerst moserten sie gemeinsam über die Wichser in der Stadtverwaltung, die sie ausgerechnet für den Niemandsgarten eingeteilt hatten, jenes ungenutzte Parkgelände, das sich auf der gegenüberliegenden Straßenseite hinter einer hohen Hainbuchenhecke verbarg. Es war ein Ort, an dem sie nur widerwillig arbeiteten, »weil dort irgend etwas nicht stimmte«. Auch hielten sie sich auf über das »zivile Rangehen« an die Natur im allgemeinen, das Rasenmähen im besonderen, als »das Perverseste am Menschen überhaupt«, und sie mäkelten immer wieder an dem »bäumemäßigen Abstand« herum, bei dem wiederum irgend etwas nicht stimmte.

Dann mußte etwas vorgefallen sein, das sie entzweit hatte. Sie kamen stumm und gingen stumm, und es war nicht leicht vorstellbar, wie das gemeinsame Schlabbern mit dem Mund auf einmal der Disziplin eines harten, ungebrochenen Schweigens gewichen sein konnte.

Der Park gehörte zu einer verschlossenen Villa, die im toskanischen Stil um die Jahrhundertwende erbaut worden war, und er lief in paralleler Ausdehnung zur Straße auf einen Treppenabsatz zu, der in das Halbrund einer Felsgrotte führte. Dort waren, umsäumt von hohen Zypressen, zwei Nischen zu erkennen, in die ursprünglich steinerne Statuen, allegorische Figuren, gehörten. Sie standen indessen leer. Lediglich die beiden Sockel waren noch vorhanden. Die fehlenden Ausfüllungen der Nische störten, sie beunruhigten den Betrachter. Vor seinem inneren Auge zogen willkürlich Skulpturenpaare vorbei, die er dort ansiedelte und wieder verschwinden ließ, weltliche und sakrale Persönlichkeiten, Apostel und Philosophen, Heerführer und Musen, und je nach der Bedeutung dieser Figuren veränderte sich ihm der Park, da er, seiner geometrischen Anlage gemäß, einst von den beiden Monumenten beherrscht und verklärt wurde. In diesem seltsam menschenscheuen Garten, der seit langem der Öffentlichkeit nicht zugänglich war, arbeiteten die beiden Frauen an ihrer Wiedereingliederung in die nützliche Gemeinschaft. Die Sträucher wurden gelichtet, die Hecken beschnitten, die Rabatten gesäubert, das Laub geharkt und abgefahren, der schiefergraue Kiesweg, der in einem länglichen Oval durch das flache Gelände führte, wurde geglättet. Die mit dem verbrühten Gesicht und dem wollüstigen Haar hatte sich auf ihren Rechen gestützt und den Umriß einer lustlosen Bediensteten erfüllt, der man wohl ansah, daß sie in ihrem jungen Leben bisher keiner höheren Herrschaft als der ihrer Gefährtin gehorcht hatte. Ein breiter Stereokasten überschwemmte den geköpften Garten mit Rap-Musik und gehetztem DJ-Geplapper. Wie es schien, erstreckte sich das gesamte Gelände in früherer Zeit sehr viel weitläufiger um die Villa. Jetzt grenzte unmittelbar an ihre Rückseite eine öffentliche Freizeitanlage mit Tennisplätzen, Fußballfeld und Schwimmbad, so daß während der Sommermonate hier den ganzen Tag über ein lärmender Betrieb herrschen mußte. Möglicherweise war dies der Grund, der die Eigentümer auf die Rückgabe ihres Familienbesitzes verzichten ließ. Die Stadt hatte zunächst die Absicht verfolgt, in der ehemaligen Residenz eines wilhelminischen Hofmalers einen Jugendclub unterzubringen, war dann aber an den Einsprüchen des Denkmalschutzes gescheitert. So stand sie nun leer und ungenutzt und war ein totes prächtiges

Haus, das traurig verfiel. Der restliche Garten war infolge der verlorenen Chiffre obskur und unbehaglich geworden. Niemand suchte hier etwas, der Ort lag in unerfüllter Stille. Er war wie ein Gesicht mit leeren Augenhöhlen. Mag sein, daß die Dunklere zuerst von seiner Schattenwelt ergriffen wurde. Von ihr jedenfalls gingen die ersten Befehle aus. Die rangunterscheidende Gebärde kehrte wieder, ein Verhalten, das sich nach den Regeln der intimen Gewalt zwischen den beiden entfaltete, durchdrang sie mehr, als daß sie es freiwillig gewählt hätten. Es führte sie sehr bald zu dem Entschluß, ihre Namen abzulegen und sich wieder mit den alten unheilvollen Titeln zu schmücken.

»Bilder der Freude«, sagte sie, »es sind Bilder der Freude.« Und noch einmal kam dieser leise Ton von damals, aus den frischen Jahren, da die Gemälde entstanden waren, über ihre geschrumpften Lippen.

Besuche bei Nadja, Berlin Ende der sechziger Jahre, Muskauer Straße, trübes Loft im Kreuzberger Hinterhaus, das Wohnen liederlich, der Mut frech, die Kunst sorglos. Zerbröckelnde Häuserfassaden, Milieu der Alten und der Türken der ersten Generation, bleibende Kriegsschäden, dachte man, aber zwanzig Jahre später hatten Reichtum und Restauration hier alle Spuren von Milieu getilgt.

Torsten, der naive Künstler, malte wie besessen, füllte Leinwand um Leinwand mit den monumentalen Vergrößerungen der Schamlippen seiner Gefährtin, nichts anderes als diese unmäßigen Falten und Lappungen, die junge Vagina jener Frau, die inzwischen ein wenig grau geworden ist und die Strickjacke um die mageren Schultern enger zieht. Als er starb (schon mit zweiunddreißig nach einer durchzechten Nacht in Albufeira, schlief einfach weiter mit stehendem Herzen), hinterließ er ihr diese Zeugnisse einer großen Sinnenfreude, sechzig Acryl-Porträts ihres Geschlechts, ein Erbe, das sie damals so wenig genierte wie heute, wenn sie mit fremden Männern vor die Leinwände tritt und ihnen die hyperrealen Enthüllungen ihrer Jugend zeigt. Doch Händler und Galeristen haben bisher nur kurz und kopfschüttelnd vor dem Werk ihres Geliebten gestanden. Es blieb bis heute unentdeckt und trat aus dem Zwang, dem Glück, das den Maler bei seiner Arbeit erfüllte, niemals heraus. Inzwischen betrachtet sie die Malerei gern zusammen mit ihrem erwachsenen Sohn, der gerade seinen Ersatzdienst abgeleistet hat, und erläutert ihm Bildaufbau und Farbenspiel, die unbeirrte, kraftvolle Linie des frühverstorbenen Vaters, dessen Gemälde aus der Fabriketage den Weg in die Welt noch vor sich haben. Für sie sind es Kunstwerke und deshalb jeden Tag aufs neue, über alle Tage hinaus: Bilder der Freude.

Eine Kamera dringt in die intimste Abgeschiedenheit eines Menschen und zeigt uns den Leser, nichts als den Leser und seinen Raum, ein sommerliches Zimmer, die Türen zum Garten geöffnet. Er sitzt in einem halbrunden, armlosen Ledersessel und beugt, krümmt sich über das Buch, das in der Ritze zwischen seinen x-beinig zusammengepreßten Knien liegt. Als nächstes ist da nichts weiter als eine Mücke, die ihn stört und nach der er schlägt, ohne den Blick von den Zeilen zu heben. Es folgt die sehr nahe Aufnahme der sich aufhellenden Miene des vorher fast gesichtslos lesenden Mannes. Er lehnt sich zurück, die Knie öffnen sich, er hebt das Buch an. Dieses langsame, große Aufklaren! Das schließlich stehenbleibt und ganz allmählich wieder verfällt. Grimasse der Skepsis, Randanstrich, einsetzende Verdüsterung. Mann legt aufgeschlagenes Buch umgewendet auf seine Knie. Schaut ins Weite. Durch die offene Terrassentür hinaus in den Garten, ohne etwas zu sehen. Legt Finger an die Lippe. Seufzt. Liest weiter. Plötzlich fährt er aus dem Sessel in die Höhe, windet sich, sieht noch einmal auf die Zeilen: »Was?!« ... Er steht auf, legt die Schrift offen auf die Sitzfläche. Ein Windstoß fährt hinein, blättert die Seiten um. Der Mann geht ein paar Schritte in seinen Garten hinaus, dreht sich um, blickt auf den Stuhl zurück, stemmt die Arme mit den Handrücken in die Hüften, schüttelt den Kopf ... »Wenn das so ist, mein Lieber«, murmelt er, »wenn es sich so verhält, dann gnade dir Gott!«

Er meint das Buch, hebt drohend den Finger. Schließlich scheint er von einem listigen, überlegenen Gedanken heimgesucht, geht mit übertrieben entschlossenen Schritten zurück zum Sessel, »das wollen wir uns doch erst einmal genauer ansehen«, sagt dieser Gang, und er setzt sich wieder, nimmt den Band vor die Nase, blättert sich vor bis zur kritischen Stelle. Er liest mit dem Vorsatz, sich nichts anhaben zu lassen. Kaum zwei weitere Seiten sind an seinem mannhaft ungerührten Gesicht vorübergezogen, da beginnt etwas in ihm zu sinken. Er liest zusehends zaghafter, liest kleinlaut, verschmälert und krümmt sich zwischen Hals und Knie. Kurz darauf aber fängt er an, sich krampfhaft zu amüsieren, er lacht bitter auf, er täuscht einen Lachanfall vor, bricht ab, erbleicht, greift sich in die Haare, wirft plötzlich den

Oberkörper zurück, trennt sich von den Zeilen, verschränkt die Hände im Nacken, starrt in die Luft, die Lippen beben. Die Augen füllen sich mit Tränen. Die Mücke kehrt auf seine Wange zurück. Der Mann schluchzt. »Warum?« stammelt er. »Warum hast du *das* geschrieben?«

Ich bekam nur ein paar Zeilen von ihr: daß sie wieder in der Stadt sei, nur übers Wochenende, ob man sich nicht sehen könne? Ich schrieb zurück, daß ich mir den kommenden Sonntag nachmittag freihalte, um sie in ihrem Hotel zu besuchen.

Loredana de Waard war Beauftragte der holländischen Regierung für Zivilschutzfragen, und ich hatte vor Jahren eine längere Auseinandersetzung mit ihr, als ich für eine Reportage zu diesem Thema ihre Hilfe in Anspruch nahm. Sie war dann auch in meinem Film zu Wort gekommen. Wie es zuweilen geschieht, riß die Verbindung nicht gleich wieder ab. Wir korrespondierten noch miteinander, nachdem der Film ausgestrahlt worden war und ich schon wieder andere Projekte im Kopf wälzte. Mein Interesse an einem Thema, auf das ich mich einmal eingelassen habe, erlischt nicht sogleich wieder. Auch das ist sicher nicht ungewöhnlich für einen Fernsehjournalisten, obgleich ich mir zugute halte, ein besonders gewissenhafter »Nacharbeiter« meiner Filme zu sein. Ich bemühe mich in den meisten Fällen, auch nachträglich alle möglichen Informationen zu sammeln, zu archivieren, und ich bringe – zumindest im Computer-Entwurf – meine documentaries auf den jeweils neuesten Stand.

Als ich an jenem Sonntag nachmittag die Holländerin besuchte, hatte ich ein genaues Bild von der Frau, die ich wiederzusehen erwartete. Doch derjenigen, die mir die Zimmertür öffnete und mich als bekannten und befreundeten Menschen empfing, war ich nie zuvor begegnet. Sie entsprach auf erschreckende Weise meiner Erwartung, meiner Erinnerung nicht. Da ich in meinem Beruf mit sehr vielen Menschen flüchtig in Berührung komme, dachte ich zunächst an einen Fehler in meinem Personengedächtnis. In der folgenden Unterhaltung aber, in der wir die üblichen Erkundigungen austauschten und scheinbar an unser früheres Gespräch anknüpften, festigte sich in mir der Verdacht, daß die Loredana de Waard, die ich vor einigen Jahren kennengelernt hatte, und die Frau gleichen Namens und offensichtlich auch gleicher beruflicher Stellung, die mir jetzt gegenübersaß, auf gar keinen Fall ein und dieselbe Person sein konnten. Es würde ja nicht lange dauern, und ich hätte mir Gewißheit verschafft. Ich brauchte mir zu Hause nur die Kopie meiner damaligen Reportage abzuspielen. Dort war sie in zwei Interview-Ausschnitten zu sehen, Loredana, Regierungsbeamtin in der Haager Zivilschutzbehörde.

Es war ein auffälliges Körpermerkmal, das Verwechslungen eigentlich unmöglich machte und das mich auf dumpfe sinnliche Weise schließlich davon überzeugte, daß sie die Wahrheit sprach. Sie hatte ganz einfach zu lange Arme. Sie wußte nicht, wohin mit ihren Armen. Sie verschränkte sie nicht unter den Brüsten wie andere Frauen, sondern beinahe über dem Nabel. Nie hingen sie gerade herunter. Nur als sie: »Essen Aufessen Aufgefressen!« schrie, stützte sie sie mit abgeklappten Handrücken in die Hüfte, die Ellbogen standen nach hinten ab wie Zikadenschenkel.

Sie hatte zu Hause Videokameras in den Zimmern installiert. Sie überwachte sich selbst auf allen ihren Gängen. Es war mir nicht möglich, herauszufinden, ob sie sich einen festen Anstellungsvertrag in der Behörde erschlichen hatte oder ob sie dort illegal arbeitete. Jedenfalls gab es nach wie vor das Büro de Waard, und sie hatte dort, offenbar unter der stillschweigenden Duldung aller Mitarbeiter, den Platz ihres Opfers eingenommen. Es gehörte zu dem paradoxen Bann, der um ihr Verbrechen lag und es vor Aufklärung schützte, daß sie zwar alles, wirklich alles tat, um auf die *Einverleibung*, wie sie es nannte, aufmerksam zu machen, doch je dringlicher sie es tat, um so entschiedener weigerte sich ihre Umgebung, irgendeinen Verdacht zu schöpfen. Es schien wie in einer beklemmenden Version des Dornröschen-Märchens zuzugehen: das Verschwinden der Erst-Loredana hatte ihre Kollegen und Kolleginnen in eine Art Trance, in einen partiellen Schlafzustand versetzt.

Videokameras beobachteten Groß-Loredana auch bei ihren zwanghaften Ritualen. Anschließend sah sie sich die Aufzeichnungen an. Sie hatte gestanden, sie war wieder einmal vor ihren Richter getreten und hatte gestanden. Auf den Bändern hatte sie ihr Verbrechen bis in die grausamsten Einzelheiten geschildert und nachgestellt. Der Film endete mit der Vorführung schaurigster Beweisstücke und war mit nüchterner Sorgfalt zu einer gerichtsmedizinischen Dokumentation ausgearbeitet. Sie dachte jedoch nie daran, ein solches Band der Polizei zu überlassen.

Ich fragte mich natürlich, weshalb ausgerechnet ich der Erwählte ihres ersten realen Geständnisses sein sollte. Vielleicht weil ich als einziger Filmbilder von der ersten Loredana besaß? Sie forderte mich auf, mit ihr zu schlafen, unmittelbar nachdem sie es »geschafft« hatte, das heißt, nachdem alles ausgesprochen war. Aber das war mir unmöglich. Ich sah ihre zu dunklen Schlitzen verkniffenen Augen, die sinnliche Enttäuschung und Verhaltung, die sie zittern ließ. In diesem Augenblick, da sie mich mit einem plötzlichen Schwenk selbst ins Visier genommen hatte, verlor ich den Respekt vor dem Pathos ihres Verbrechens, und auf einmal war sie mir nichts als die bestialische Frau, die triebgeschädigte Kreatur. Sie roch unter den Achseln nach Angstschweiß. Jedenfalls für diesen Augenblick, jedenfalls für mich. Arbeitsschweiß riecht kaum, Angstschweiß stinkt sofort stechend. Ich fragte mich, ob sie auch geschwitzt hatte, als sie Loredanas *Fleischhemd* auftrennte. Und ob es Angstschweiß oder Arbeitsschweiß war. Sie sagte Fleischhemd statt Leiche, Leichnam, und es kam vom althochdeutschen lih-hamo, hamo gleich Hemd. Weiß der Teufel, wie es in ihr aufgetaucht war.

Gleichzeitig war es mir unmöglich, den Raum zu verlassen. Ich fürchtete, nie wieder in Freiheit zu gelangen. Sie hatte mich zum Eingeweihten gemacht. Ich, und zwar als einziger, als überrumpelter Mensch, besaß nun die intimsten Kenntnisse über eine Greueltat, die noch nicht geahndet war. Ich war indessen nicht *ein* Mitwisser, ich war *ihr* Mitwisser. Was sollte – was mußte ich tun? Sie war eben verflucht, und die meisten Menschen suchten sich vor der Entdeckung zu schützen, daß ein solches Monster unter ihnen weilte.

Sie reiste ab, sie telefonierte mit mir, telefonierte zwei-, dreimal in der Woche, so daß die Kinder aufmerksam wurden und meiner geschiedenen Frau erzählten, ich hätte eine neue Geliebte. Sie kam wieder, mehrmals übers Wochenende, es war tatsächlich wie in einer frischen Liaison. Sie sprach unablässig über ihre »Spielwiese«, fêtes champêtres, chymische Hochzeit, Ausgelassenheit – in immer neuen verdeckend-enthüllenden, maskierten Begriffen. Sie schilderte mir nachgerade von Stunde zu Stunde den genauen Zustand ihrer jeweiligen Empfindungen, vor allem die Wellenverläufe, den Glücksflow, die ungeheure Erleichterung, die sie verspürte, nachdem sie mich zum Eingeweihten gemacht hatte. Ich war nicht ihr Richter, sie hatte mich fest in der Hand.

Sie sprach vom Einswerden als Schöpfungsprinzip. Die vier Arten der Auslegung der Heiligen Schrift müßten konsequent auf ihre heilige Handlung angewendet werden. Auch der Weltenwurm ernähre sich durch Selbstauffressung, und darin vollziehe sich die Menschheitsgeschichte. Sie sprach lebhaft, ungezwungen und charmant, um so bedrohlicher näherte sich ihr verrückter ekstatischer Geist dem meinen, der die archaische Deponie, den Kult der Zergliederung mit Verstandeskräften nicht mehr zu bewältigen vermochte. Vor der Verwesung habe sie »die Frau« (ihr Opfer, das sie verschlungen hatte) bewahren wollen – es mußte mir fast einleuchten. Wie die heilige Katharina einen Ring am Finger trug aus der Vorhaut des Herrn, so trage auch sie vom Leib der Ersten ... aber hier wurde die konkrete Angabe von einem Sturzbach hagiographischen Plunders überschüttet, den ich nicht zu durchdringen vermochte.

Gleichwohl gelang es ihr, mich nach und nach zum Mitsprechen zu bewegen (wohin hätte ich auch sonst vor ihr ausweichen sollen?). Ja, auf einmal *besprachen* wir es wahrhaftig gemeinsam, das Unfaßliche, wir ließen uns auf Begriffe und Symbole ein, und siehe da, die Untat verwandelte sich Zug um Zug in ein Problem der

Deutungskunst. Die bittere Freude des Verstehens untergrub das Ungeheure.

Nackt, unverhüllt habe das Haupt gelegen in einer dieser großen blaurotweißen Nylontaschen, mit denen die Polen zum Einkauf aus ihren Bussen steigen. So habe sie das »Haupt« davongetragen. Nur davon, Näheres wollte sie nicht sagen, denn das Haupt muß man für sich bewahren, damit die »Weltkuh« es niemals findet, davontragen wie Seth das Haupt des Osiris. Alles übrige verschwand durch *putrefactio* (Auflösung). Durch »eine linde Kochung der Glieder« (Kochung: ursprünglich die Verjüngung)... »sie war tot und war doch aufs hübscheste am Leib ganz weiß wie Salz«...

Ich konnte nun feststellen, daß die Mörderin tatsächlich dieselbe Handschrift hatte wie die Ermordete.

Eine Frau begeht ein Triebverbrechen. Niemand deckt es auf, niemand will es entdecken. Sie irrt umher, sucht irgendein lebendes, verständiges Wesen, dem sie gestehen kann: damit die Tat überhaupt geschehen ist! Nicht die ermittelnde Behörde kann dies sein, denn die *muß* es selber herausfinden. Es gelingt ihr aber nicht, vielleicht weil auch sie unbeabsichtigt um die grausige Entdekkung einen hypnotisch-ehrfürchtigen Bogen macht.

Es gibt nur zwei Möglichkeiten für den Mörder, der nicht entdeckt wird, mit seinem Verbrechen weiterzuleben, das, solange er nicht verurteilt ist, immer wilder in ihm arbeitet. (Schließlich ist er weit besessener von der getanen Tat, die im Geheimen verbleibt, als er es von dem Trieb war, sie zu begehen.) Entweder es gelingt ihm, in einer Ekstase des Gestehens von seinem Verbrechen loszukommen, oder aber er ist gezwungen, es zu wiederholen.

Sie saß in unserer Wohnung neben mir auf der Couch. Ich führte ihr den Film vor, in dem die Erst-Loredana erschien. Sie zeigte mir die Einstiche am Hals und im Bauch. Sie setzte den blinkenden grünen Cursor auf die Stellen.

Was wollte sie jetzt noch von mir? Daß ich einen zweiten Film machte, in dem *sie* auftreten würde und mir neue »revidierte« Informationen über den holländischen Zivilschutz gab?

Sie saß neben mir, und ich mußte mit ansehen, wie ihr kannibalischer Mund Ruth und Toni, meinen Kindern, aufs Haar küßte beim Gutenachtsagen.

Nach ihrer ersten großen Entäußerung besaß ich noch die Kraft und die Scheu, ihren unvermittelten Wunsch nach einer Umarmung abzuweisen. Sie wollte den Eingeweihten taufen mit dem Wasser, dem Schweiß des Gestehens, der ihr von der Stirn, den Brüsten, den Schenkeln lief. Gab es jetzt noch irgendeinen Widerstand in mir? Was ich auch sah und empfand in ihrer Gegenwart, alles zog mich tiefer in den Wirbel, in die Verworrenheit dieser Frau, die »Sternkakerlaken« sagte, wenn sie zum Nachthimmel blickte, und überhaupt Licht und Finsternis in ihren Mitteilungen derart vermengte, daß ihr niemand mehr folgen konnte. Sie lebte in einer inneren, fest abgeschlossenen Sphäre der Gewalt. Plötzliche Brocken aus Urzeit, Unzeit, blutiger Frühe erschütterten wie Kraterauswürfe ihre Sinne. Sie war das Opfer unzähliger mythologischer Notzüchtigungen; überrannt von galoppierenden Kentauren, umstellt von einem gestaltreichen, gestaltflüchtigen Jupiter-*Richter*, sah sie sich gezwungen, ebenso schnell die Gestalt zu wechseln, um als unstetes Subjekt durch die Sprache zu entfliehen.

So war sie denn auch, mit mir in den Armen, noch

nicht angelangt. Sie drang weiter in mich, hielt meinen Leib, meine Hände, mein Gesicht für das Versteck jenes anderen, der sie von überall ansah und überwachte. Man stelle sich vor: Wer wäre man noch, wenn eine Frau aus den heftigsten Atemzügen der Liebe bekennt: Du – du bist es nicht! Du bist nur die Maske, hinter der sich jener andere, jener *Richter* verbirgt und mich bespäht!

Eines Tages, spät genug, entdeckte ich etwas an ihr, das mich ein letztes Mal erschauern und einen letzten Versuch unternehmen ließ, mich von ihr zu entfernen. Ihre rechte Hand hatte schlanke feingliedrige Finger, die langen Nägel waren matt lackiert und hatten spitze weiße Ränder. Die linke aber, das sah ich nun zu meinem Entsetzen, war von ganz anderer Gestalt. Kurze Knubbelfinger mit abgenagten verstümmelten Nägeln streckten sich aus einer runden geschwollenen Handfläche! Es sah aus, als wären beide Hände nicht an ein und demselben Körper gewachsen. Eine von beiden schien nicht zu diesem Menschen zu gehören, die schlanke oder die plumpe, als wäre sie ihrem Arm angestückt worden! Es war bei weitem abscheulicher anzusehen als ungleiche Augen oder Beine … Ich hatte immer nur die Rechte von ihr bekommen, die Rechte zur Begrüßung, die Rechte, als wir nebeneinander saßen und sie wie achtlos liegengelassen auf meinem Knie ruhte, während wir den Film sahen … aber niemals hatte ich beide Hände zugleich gesehen. Sie stand ja immer mit diesen hängenden, über dem Bauch verschränkten Armen da und versteckte ihre Hände unter den Ellbogen …

Inzwischen habe ich sie viele Male mit beiden Händen in Schubladen kramen sehen und mich auch an diese körperliche Mißbildung oder zumindest Asymmetrie gewöhnt. Ihr Rücken buckelt, die Hände verkrümmen sich zu beinahe gleich großen Pfoten, und sie nimmt den Umriß eines Tiers an, das seine Ausscheidungen verscharrt. Dabei gibt sie vor, nach einer Haarspange, einem Steckkamm zu suchen, irgendeinem Teil, das sich jedoch in der betreffenden Lade und eigentlich im ganzen Haus nicht befinden kann. Sie wühlt offensichtlich nur um des Wühlens willen in den Fächern, bringt die oberflächliche Sortierung und Anordnung der Gegenstände rasch durcheinander, und sobald der Inhalt der Lade unübersichtlich geworden ist, beginnt sie blind zu scharren. Der Gedanke liegt nicht fern, daß es auch für den kaltblütigen Mörder von Vorteil sein könnte, um sich herum eine heillose Unordnung zu stiften, einen Wirrwarr von Spuren zurückzulassen, anstatt zwanghaft zu versuchen, die eine zu tilgen, die geradeaus zu seiner Tat führt.

Wie gesagt, der Schrecken ihrer ungleichen Hände war die letzte Verwirrung, die mich ihrer Einflußsphäre für eine kurze Atempause entriß. Ein letztes Mal erblickte ich nichts als das häßliche Monster, Groß-Loredana, das sich an einer anderen überfressen hatte, verfolgte es mit einem kalten, halb biologischen, halb mythographischen Interesse, dieses gemeine Ungeheuer, das dennoch im wesentlichen unschuldig war. Ich meine, ihr Verbrechen stellte eine heilige Handlung dar, zur Unzeit geschehen, also zur Untat geworden. Es hatte nichts mit ihrer individuellen Geschichte, ihrer sozialen Herkunft, ihrer Erziehung und dergleichen zu tun. Es war viel eher vergleichbar einem genetischen Atavismus, der bei einigen, sehr wenigen Menschen zutage tritt, etwa mit einem abnormen Knochenauswuchs am Steiß oder einem dicht behaarten Rücken ... Tatsächlich scheint es ja nur eines kleinen zivilisatorischen »Enzym-Fehlers« zu bedürfen, und jemand wird zu einer

»abartigen« Bestie. Ein bestimmtes Ferment, das für die Synthese unserer Empfindlichkeit und allgemeinen Gesittung verantwortlich ist, wird in einem solchen Fall nicht hergestellt, oder eine notwendige Filtermembrane wird nicht aufgebaut, und plötzlich bricht ein dunkles, vorzeitliches Verhalten ein in die Sinnenwelt einer modernen, hübschen, nicht einmal studierten Frau. Sie selbst vermag nicht die mindeste Abwehr zu empfinden (ebendas ist ja der Enzym-Fehler!) und gehorcht nur dem Bedarf und der Not des Ritus. Das Heilige, das abgewiesen durch die Zeiten irrt, hat genau diesen kleinen Fehler, den pneumatischen Riß in der Seele eines arglosen und völlig unbegnadeten Menschen ausfindig gemacht, Einzug gehalten und sich in schrecklicher Verkehrung Geltung verschafft...

Und damit endete für lange Zeit meine Fähigkeit, einen nüchternen Gedanken zu fassen oder Loredana mit gesundem Abscheu zu betrachten. Ich war endgültig in den Nimbus ihres Verbrechens eingetreten. Man wird sagen, daß dies bereits mit dem ersten Wort ihres Geständnisses geschah und daß ich von diesem Zeitpunkt an dem Sirenengesang der Einswerdung hoffnungslos verfallen war. Ich wußte alles von ihr. Und dies Wissen verfügte über mich. Es band meine Schritte, es lenkte sie wie auf magischem Pfad bis zu dem erbarmungslosen Geschehen, von dem ich nach wie vor glaube, daß Loredana es im Tiefsten ihrer Widernatur von mir erwartet, ersehnt, ja gegen sich selbst herbeigeführt hatte. Ich war betört, und zu meinem Glück handelte ich in einer dichten und sicheren Benommenheit, die bei allem, was nun geschah, nicht wieder von mir wich. Jedenfalls nicht bis zu dem Tag meiner Verhaftung.

Ein Alter ist es, der eine dreiviertellange Jacke aus billigem Kunstleder trägt, in hellem Karamelton und mit der weißen gekräuselten Fellimitation im Kragen, sehr enge Jacke und schon mindestens dreißig Jahre alt. Früh um halb fünf zieht er mit kleinen, beeilten Schritten durch die menschenleeren Straßen, in denen der Zeitungsausträger von Block zu Block fährt und wo in Bürohäusern das Etagenlicht aufflackt, wenn die Putzkolonne an die Arbeit geht. Wer ist es, wer war er?

Er sagt: »Ich habe nach dem Krieg einen Zeitungskiosk geführt. Am Nollendorfplatz.« Und sonst noch? »Ich war Soldat.« Davor? »Ganz früher bin ich Radrennen gefahren.«

Er verleugnet sein Werk. Er war Soldat, auch Radrennfahrer. Doch in Wahrheit ist er Carl Gustav Reutel, Verfasser des zweibändigen Epos in Versen Die Nornen, erschienen im Verlag Perlhauer und Brunn, Leipzig o.J. Er sagt: »Nach dem Zusammenbruch mußte ich Steine klopfen und Kanister sammeln.« Er sagt auffallend oft: »Nach dem Zusammenbruch« so daß man den Eindruck gewinnt, seine Erinnerungen konzentrierten sich im wesentlichen auf die unmittelbare Nachkriegszeit. Erst allmählich ahnt man, daß er vom Zusammenbruch seiner geistigen Kräfte spricht. Ich halte in Händen den ersten Band der Nornen, Fundstück aus dem Keller einer verstorbenen Schauspielerin, deren Nachlaß ich als Notar verwalte. Das Exemplar stammt zweifelsfrei aus dem persönlichen Besitz des Autors. Es ist beinah bis zur Unlesbarkeit mit Streichungen, Randbemerkungen, Verbesserungsversuchen, höhnischen Selbstkommentaren versehen. Offenbar handelt es sich um den letzten Versuch, sich dem eigenen Werk wieder zu nähern, »nach dem Zusammenbruch«, der im übrigen etwa um 1941, also mitten im Zweiten

Weltkrieg stattgefunden haben muß. Ich habe dies erst herausgefunden, nachdem ich den zweiten Band der NORNEN glücklich aufstöberte in einem Rotterdamer Antiquariat. Hier nun wurde es möglich, ungestört von Autorenkommentaren zu lesen, was Reutel ursprünglich geschrieben hatte. Verse von großer, gedankenbewegender Kraft und Schönheit, wie ich meine, jedoch in einem Stil gehalten, als hätte es einen Klopstock ins Zeitalter der Jagdbomber verschlagen. Ich habe dem Alten die beiden Bände seines Werks vorgelegt, aber er hat sie wie zwei leere Zigarrenkisten aufeinandergestellt und beiseite geschoben. Er habe kein Verhältnis zu Büchern, ließ er mich wissen. Ich habe daraufhin nicht ein zweites Mal versucht, ihn dazu zu bringen, sein Werk anzuerkennen. Ich hielt es nicht für schicklich und konnte es auch nicht verantworten, den alten Mann zu zwingen, seine »Legende«, die er sich wie ein Spion zugelegt hatte – Selbstschutz? Selbstflucht? –, zu zerstören und sich seiner Existenz als Autor wieder bewußt zu werden. Er ahnt nicht, daß ich es nun bin, der sich mit dieser Dichtung beinah an Autors Statt herumschlägt und identifiziert und alles durch Wort und Schrift dafür tut, ihr in der Geschichte der deutschen Literatur den gebührenden Platz zu erkämpfen. An eine Neuauflage des Werks ist so lange nicht zu denken, als es der Autor nicht als das seine anerkennt oder wiedererkennt. Es bleibt mir nur, in Vorträgen und Aufsätzen zu referieren, zu zitieren, was bis jetzt mir allein als Reutels NORNEN vorliegt. Ich habe in Heft 769 der Zeitschrift ›Werk und Wort‹ Auszüge der Glossen und Ornamente veröffentlicht, mit denen Reutel den ersten Band der NORNEN zunächst zu schmücken, dann zu überdecken, schließlich zu tilgen versuchte. Sie sind wohl ein einzigartiges Zeugnis für das einem nichtschöpferischen Menschen kaum vorstellbare Grauen, das dem Autor die Wiederbegegnung mit seinem Werk bereitete. Einzigartig vielleicht auch deshalb, weil in diesem Fall nicht das Werk vor dem kritischen Blick des Verfassers dahinsank, sondern weil es umgekehrt seinen Medusenblick auf ihn richtete und seinen Geist, seine Person, seine Geschichte zerbrach. Im Spiegel der vollendeten NORNEN hatte Reutel das Antlitz seines Dämons erblickt: er stürzte in den Abgrund einer heillosen Entzweiung.

»Gibt es schon das Wort THEOLOGIE?« stammelt er am Rande der vorletzten Seite. »Vielleicht eine Möglichkeit, den ganzen Kram mit *einem* Ausdruck zu erledigen.« Sein Werk hatte ihn in die vollkommene Unkenntnis versetzt.

AM BORDSTEIN LIEGT SEIT TAGEN ein leerer Karton mit eingerissenen Deckellaschen, und der Luftzug der kalten Bühne schleift ihn auf der Straße hin und her. Aus der Eisentür einer bewohnten Fabriketage tritt ein Mann mit seinen Fachbüchern unter dem Arm auf die Brüstung der Feuerwehrtreppe und verabschiedet sich von seiner Frau mit alltäglicher Bedrückung. Ihm ist, als lebte er im hohen Norden, in einem Land mit schwarzen Wohnblocks und regelmäßigen Polizeidurchsagen, die vor herumliegenden Pappkartons mit verborgenen Sprengsätzen warnen ... Der Mann steigt mit flinken Knien die Gitterrosttreppe hinunter, unpassende Beweglichkeit bei an sich hängendem Kopf, beschwertem Herzen. Unten, auf ebenem Weg, geht er wieder langsamer, gebeugt und zerstreut. Er wendet sich nicht noch einmal hinauf zu seiner Frau, die am Treppengeländer steht und ihn davongehen sieht, ohne auf einen abschließenden Gruß zu warten, der nie erfolgt, der Regel entsprechend. Ebenso gewöhnlich die Weile, die die Frau vor der Eisentür verbringt an jedem Werktagmorgen und in Gedanken den sich entfernenden Schritten ihres Mannes nachhängt, der immer zwei, drei Minuten vor dem Bus an der Haltestelle eintrifft. Diese aufsteigende Benommenheit ... wenn seine Schritte sich von ihr entfernen ... diese Vermehrung von selbstläufigen Prozessen, die jede Ursache und Wirkung, jeden Antrieb und Einhalt ineinander verschlingen, um ständig ihre innere Steuerung zu verbessern und zu kräftigen ... so viel Zusammenwirken so vieler Kräfte – in niemandes Hand! ... Man sieht, was man tut, nicht wieder als Getanes ... die Arbeit wird in ein endlos umarbeitendes Tun eingegeben, und dieses vermehrt die Prozesse, es steigert die Dichte der Flechte, die ungeheuerliche Ranke, die aufsteigt, immer höher steigt, sich verstrebt und diese ersten schweren Aussetzer im Bewußtsein auslöst, immer länger, immer tiefer die Benommenheit ...

Eines Morgens, als der Mann wiederum unbeschwerter als sein Gemüt die Treppe vor seinem Haus hinabsteigt, tut sich gerade an der Stelle, an der er sonst auf die Straße tritt, der Boden auf, und er sieht vor sich eine weitere Treppe, die gegenläufig noch einmal so tief hinabführt und an deren Ende eine Frau, der seinen zum Verwechseln ähnlich, am Handlauf lehnt. Ohne zu zögern, gleich flink in den Kniekehlen, als wäre er schon immer, jeden Morgen, im Geiste zwei Treppen mit Kehre hinuntergelaufen, nimmt er die neuen, nie begangenen Stufen und wird am Fuß der Treppe von der vollkommen erwartungslosen Frau in Empfang genommen. Er folgt ihr zu einer Speisetafel, auf der gut zwei Dutzend unabgegessene Teller, Schalen mit Knochenresten, ausgesaugte Früchte, beschmierte Bestecke, Weingläser, in denen gelöschte Zigaretten schwimmen, zerknüllte Servietten und sonstiger Unrat davon zeugen, daß hier vor nicht allzu langer Zeit ein Festmahl abgehalten wurde. Sie setzen sich übereck an den Kopf der Tafel, und es erscheint ihm wenig verwunderlich, daß sie ihre Unterredung auf den Trümmern eines Banketts, zu dem er nicht geladen war, und im Mief eines verrauschten Festes beginnen.

»Lügen Sie nie?« fragt sie ungerührt, anstatt sich herauszureden, als er ihr eine kleine Unaufrichtigkeit nachwies, die sich unter ihre ersten, freimütigen Mitteilungen geschlichen hatte. Darauf gibt er zur Antwort: »Würden Sie einen Schornsteinfeger fragen, ob er zuerst Asche in den Schornstein gießt, den er reinigen will? In dem Augenblick, da ich mir die geringste Lüge gestatte – die Notlüge vor allem! –, beginne ich der Wahrheit oder Aufrichtigkeit eine besondere Bedeutung beizumessen.«

Doch kaum war seine kleine abgezirkelte Anmerkung heraus, da erwiderte ihm die Frau, die zwar das reine Ebenbild der seinen war, jedoch eine vollkommen andere Sprache im Munde führte, unverzüglich, ja als hätte sie gerade auf diese eitle Antwort gewartet, so schoß es aus ihr heraus: »... – – – ...« Doch der Mann hörte es nicht mehr. Im selben Augenblick war ein Wirbel von Stimmen wie Staub, den man von altem Geschirr pustet, in die Luft gefahren, laute Gesprächsfetzen, alles schallende Hin und Her, das vor kurzem hier am Tisch geredet worden war, kehrte zurück und fegte minutenlang in einem dichten Geschwirre über und um den verspäteten Gast. Dieser erschrak nicht wenig, als er plötzlich bemerkte, daß das ganze Palaver, das er da von fremden Stimmen hörte, aus seinen eigenen Worten bestand, die er irgendwann, zu den höchsten und niedrigsten Gelegenheiten, in allen möglichen Lebenslagen ausgesprochen hatte. Da befiel ihn eine ungewohnt tiefe Betrübnis. Es war ja nicht anders, als säße er mit seiner lieben Frau bei Tisch, die ihn jedoch nicht mehr kannte, und er müßte noch einmal von vorn beginnen, sich ihr zu erklären, und alles wiederholen, was er die langen Jahre über zu ihr gesprochen hatte, als wäre der ganze gewaltige Aufwand des *ersten* Kennenlernens, des *ersten* Vertrauenfassens vollkommen vergeblich gewesen. Bei diesem Gedanken überfiel ihn eine abgründige Ermüdung. Dann wieder dachte er: Vielleicht gab es von ein und derselben Frau eine Lebenszeit- und eine Tiefenzeit-Version, die sich im Aussehen zwar nicht, wohl aber im Charakter und im Erfahrungsraum, ja sogar in der Intelligenz, in Stimme und Gebärde voneinander unterschieden. Diese hier jedenfalls kannte ihn nicht und schien ihm auch nicht besonders zugetan.

»Sehen Sie das Spiel, das dort im Hintergrund gespielt wird?«

»Ja, ich sehe es, aber ich erkenne seine Regeln und seine Ziele nicht. Es bleibt mir vollkommen unbekannt. Mal sieht es aus wie ein Mannschaftskampf, dann wieder scheint es sich in Zwei- und Einzelkämpfe, ja in absolute Solistenspiele aufzulösen. Ich weiß nicht, wer zu wem auf Dauer gehört; ob der Spielgegenstand, der Stab, eine Bedeutung hat oder besser gesagt: wann er sie hat und wann er sie verliert. Und ich nehme fast an, die Spieler improvisieren die Regeln ihres Spiels ununterbrochen und daß gerade hierin der eigentliche Sinn dieser Sportart oder dieses Wettstreits liegt.«

»Nein, die Spieler erfinden ihre Regeln nicht selbst. Ein solches Spiel kann es nicht geben, es wäre das reine Chaos. Die Spieler kennen sehr genau die Regeln, nach denen Sieg und Niederlage eindeutig bestimmt werden. Aber sie werden sie nicht jedermann verraten. Nicht Leuten wie Ihnen, die bis heute kein Geheimnis für sich behalten konnten ... Ich selbst scheuchte sie vom Tisch und schickte sie durch die schwarzen Tücher hinaus auf die Bühne. Ohne Ausnahme lasse ich später einen nach dem andern wieder von der Bühne verschwinden, sobald ihre Verlorenheit, ihre hilflose Verlorenheit auf der nackten Bühne sich erwiesen hat. Ich glaube an das, was ich auf der Bühne sehe. Was rechts und links von ihr, über und außer ihr geschieht, daran glaube ich nicht. Ich kann es übrigens kaum erkennen. Es sendet gewisse Reize, nicht deutlicher als das Beuteschema, der diffuse Umriß, den die Kröte von einem Regenwurm besitzt. Erst wenn ich sie in den nackten Kasten befördert habe, entwickeln die Menschen für mich eine starke Kontur, ihr inneres Geflecht, ihre Außenbeziehungen, ihre Schönheit, ihre Trauer, ihre wahre Gewalt und – ihre Sprache. Gleichzeitig stecken sie fest im Boden, die Schollen reichen ihnen bis zur Brust – und doch ist es in Wahrheit nicht Erde, sondern es sind Schollen eines leichten Gewölks, aus denen sie hervorragen ... Wenn ich sie auf meiner Bühne betrachte, so erkenne ich im Geringfügigsten noch einen Schimmer seiner elementaren und sphärischen Herkunft, in jedem Menschen sein Menschenmögliches, das mir so mit bloßem Alltagsauge niemals erfaßbar wäre ...«

Als so die Ähnliche geendet hatte, wartete sie neugierig, was ihr Gast nun vorbringen würde. Doch dieser senkte den Blick und fragte zaghaft, mit belegter Stimme: »Ist *hier* schon die Bühne?«

Sie mußte herzlich lachen über seinen kleinmütigen Ton. Doch blieb sie ihm die Antwort schuldig.

Der Mann dachte nur noch: Welch unvorstellbares Elend, mit *dieser Frau,* mit diesem teuflischen Ebenbild, mit dieser verfluchten Komödiantin ... die Ewigkeit zu verbringen! ... Dann hielt der Bus unter dem Vordach des Bürohauses, in dem er arbeitete. Im offenen Jackett seines metallicgrauen Anzugs, mit den beiden versicherungsrechtlichen Kommentaren unter dem Arm durchquerte er die Halle und benutzte den Treppenaufgang, da er nur bis in den vierten Stock hinaufmußte. Er ging Stufe für Stufe, und auf einmal langsamer, immer langsamer, bis die Schuhsohlen über die Fliesen schleiften. Er betrat die Agentur durch die Tür des Notausgangs. Eine Sekretärin begegnete ihm auf dem Flur, ihr Morgengruß erschien ihm besonders aufmerksam und zugetan. Er verschwand in seinem Büro, stellte die beiden schweren Bände ins Regal und öffnete die Jalousie des Fensters, das auf den Innenhof ging. Unten war über Nacht eine Grünfläche ausgerollt worden, eine Rasenmatte, von einem weißen Kiesweg umrahmt. Dann erfolgte pünktlich wie erwartet der Anruf. Der Arzt teilte ihm die Laborergebnisse mit, die noch ausstanden. Wie erwartet. Kein Zweifel mehr. Er rief zu Hause an und sagte nur: »Ja.« Seine Frau schwieg einen Augenblick und bestätigte dann, daß alles vorbereitet sei. Wie verabredet. Daß er sich keine Sorgen zu machen brauche.

Im weiteren Verlauf dieses Tages arbeitete der Mann zügig, doch ohne Hast das Gröbste auf, gab fünf oder sechs neue Vertragsentwürfe in den Computer und führte noch einige notwendige Telefonate. Als er am

Nachmittag seinen Tisch aufräumte, hatte er das Gefühl, daß hier im wesentlichen nichts unerledigt liegenblieb. Ohne Umstände würde sich schon morgen ein anderer an seinem Platz zurechtfinden.

»Du musst dich entschuldigen!« dachte der Betriebsleiter hinter seinem Schreibtisch. »Du hast einen alten Mann gekränkt, dessen Vorgesetzter du bist. Er kramt in den Schubladen, wenn du morgens das Büro betrittst, er häuft Ordnung an ohne Ziel und Absicht, er tut geschäftig, um dich nicht zu sehen, um nicht von dir gesehen zu werden. Jedoch er kreist in den leeren, immergleichen Besorgungen rund um den Tisch und die Akten wie ein verletztes Tier, das sich nicht mehr zurechtfindet in seinem Bau.

Es kostet dich nur wenige Worte, eine einzige Floskel der Selbstbezichtigung, und du kannst diesem unglücklichen Mann Genüge tun, seine Ehre wiederherstellen, ihn zu seinen eigentlichen Aufgaben zurückführen. Weshalb zögerst du? Unmöglich kannst du dich ihm gegenüber so unnachgiebig im Recht fühlen; und selbst wenn du es der Sachlage nach könntest, um so mehr gebieten dir Verantwortungsgefühl und Betriebsfrieden, mit ihm ins reine zu kommen. Er ist ein alter Mann, oder besser gesagt, er hat sich früh verbraucht. Er hat wohl seine Fehler, die neben seinen Verdiensten in erschreckendem Maß zugenommen haben, das ist wahr –«

Der Vorgesetzte ruft den gekränkten Mitarbeiter zu sich und bietet ihm Platz vor seinem Schreibtisch. Er selbst nimmt den Sessel ihm gegenüber ein, der mit seiner Führungskraft untrennbar und zauberhaft verbunden ist.

»Es hat Mißverständnisse zwischen uns gegeben –«

»Nein«, erwidert leise der Gekränkte, »ich habe die Sprache des Zorns und der Verachtung, die Sie gegen mich verwendet haben, in ihrer vollen Bedeutung erfaßt. Das kann es nicht gewesen sein.«

»Was wollen Sie von mir hören?« entgegnet der Vorgesetzte, und seine Stimme klingt flach, ist von jener kalten Geringschätzung, zu deren Widerruf er gerade anheben wollte.

Die Lage ist verfahren. Der Mitarbeiter gibt auf die Frage nur ein langes Achselheben zurück, das traurig und ratlos aussieht, aber doch sehr gut plaziert ist. Er läßt den Vorgesetzten hängen. Er fordert von ihm ... von Rechts wegen – und dies ist *sein* Gefühl auf diesem herabgesetzten Stuhl – hätte es sich gehört, daß der Beleidiger zu ihm gekommen wäre und vor *seinem* Schreibtisch auf herabgesetztem Stuhl Platz genommen hätte. »Wollen Sie, daß ich mich bei Ihnen entschuldige?« fragt der erhöhte Mann mit einem Ausdruck von Selbstgerechtigkeit, der nicht zu überbieten ist. »Gut, das können Sie haben. Obwohl ich keineswegs der Meinung bin, daß ich mich in Ihre Schuld begeben habe. Aber lassen wir das. Sind Sie nun zufrieden?«

»Das muß ich ja wohl«, antwortet der Gekränkte und erhebt sich zuerst, das einzige Zeichen von Unbotmäßigkeit, das ihm von diesem Stuhl aus möglich ist. Alles bleibt in bedrückender Schwebe!

Der Chef, erstaunt, behält Platz und, als versuche er den anderen ins Gespräch zurückzuzwingen, schickt ihm sein erstes offenes Wort nach, fast erschrocken und mit bleichem Aufblick: »Für mich ist die Angelegenheit damit bereinigt. Ich hoffe, es steht einer weiteren vertrauensvollen Zusammenarbeit nichts mehr im Wege.« Der Gekränkte geht, wie er kam. Der Vorgesetzte konnte sich nicht freiheraus entschuldigen. Der Gekränkte erhielt keine Genugtuung. Die Aussprache blieb unbefriedigend, sie war mißglückt.

Der Mitarbeiter verfaßt daraufhin an die Adresse seines Vorgesetzten ein umfangreiches Schreiben, in dem er die Hintergründe der »Angelegenheit« mit einer Fülle von »psychologischen und atmosphärischen Details« zu erläutern sich hinreißen läßt. Dieser Brief bereitet seinem Empfänger ein unverhofftes Gefühl der Erleichterung und Entspannung. Unverzüglich diktiert er ein Antwortschreiben an seinen Untergebenen. Form, Führungsstil und schließlich das Verantwortungsbewußtsein, so heißt es darin, welches er für das ganze Haus und viele Einzelschicksale trage, erlaubten es ihm nicht, in eine uferlose Diskussion über Einzelheiten und »z. T. stark psychologisch gefärbte« Hintergründe eines letztlich bedeutungslosen, wenn auch bedauernswerten Vorfalls einzutreten. Es mangle ihm keineswegs an menschlichem Verständnis für die besonderen Beweggründe des Briefschreibers; dieser möge jedoch berücksichtigen, daß eine Vielzahl nüchterner Betriebsbelange einem leitenden Angestellten kaum die Zeit lasse, sich in die Seelentiefe eines einzelnen Mitarbeiters zu versenken.

Umgehend erhält er von dem unglücklichen, vormals beleidigten Mitarbeiter ein weiteres Schreiben, in dem dieser sich beinahe unterwürfig dafür entschuldigt, der Betriebsleitung zu nahe getreten zu sein, ja sich nicht scheut, Scham und Reue zu bekunden für den allzu vertraulichen Charakter seiner vorangegangenen Einlassungen. Er hege für alle Zukunft nur noch den ehrgeizigen Wunsch, als ein verläßliches, der innersten

Verschwiegenheit verpflichtetes Element der Betriebsordnung zu gelten, die er aus tiefstem Herzen bejahe.

Der Vorgesetzte läßt den Brief wie auch den ersten in der Personalakte seines Mitarbeiters abheften und gedenkt seiner mit Unwohlsein. »Ein labiler Mann, ein verbrauchter Charakter. Eine kranke Seele, von der nichts Gutes zu erwarten ist. Es wäre für uns alle besser, wenn er seinen Stuhl räumen würde. Aber gerade das werden wir vermeiden. Wir werden uns nicht provozieren lassen. Dieses Haus kennt keine Härtefälle. Wir werden diesen Idioten intern auszugleichen wissen, wir werden diesen einen Dünnhäutigen gegen einen dickfelligen anderen aufwiegen; wir werden diesen Schwächling fester ans Netz schließen, wir werden den Betriebsfrieden um ein unberechenbares Element elastischer machen ...«

VOR IHREM SCHLAFZIMMER im dunklen Gang klackte die Scheibe des alten Stromzählers. Sie legte ihren schwarzen Rock ab, hohe Schuhe, hielt die runden Knie, die stämmigen Schenkel angezogen, während sie auf der Bettkante saß. Ihr Gesicht war gerade, großflächig und etwas matt. Die Hände ebenfalls sehr groß, großflächig. Sie löste den enggeflochtenen, sehr langen Haarzopf auf dem Rücken. Sie erhob sich von ihrem Bett, ein großes hölzernes Viereck, ein Bettkasten, der frei im Zimmer, entfernt von den Wänden stand. Sie schlug das Bettzeug auf und setzte sich mit ihrem großen Gesäß und mit aufgerichteten breiten Schultern vor eine Konsole mit Schminktisch, sie säuberte sorgfältig ihre Gesichtshaut. So blieb es eine Weile. Dann zeichneten sich erst der

Schatten, kurz darauf die Umrisse eines gekrümmten Wesens von unten auf dem glattgespannten Bettlaken ab. Eine kauernd liegende Gestalt wölbte sich hervor, preßte gegen das Tuch, bis es zu reißen begann. Sie betrachtete und wagte sich nicht umzuschauen: in ihrem Spiegel die Geburt des Mannes aus ihrem Bett ...

In Wahrheit sah sie sich selbst, eine Mumie in Tüchern verkohlt, so fand man sie einige Tage darauf, beim Rauchen im Bett verbrannt.

»Sie sprechen nicht unsere Sprache?« fragte sie leise, als der vollkommen Fremde erschien, ankam, weit entfernt noch von ihr, die hinaus in den Spiegel starrte, in eine unbegrenzte Ebene ausblickte, anstatt sich umzudrehen und sich dem Eintreffenden zuzuwenden.

»Kommen Sie! Kommen Sie!« flüsterte sie. Oder: »Warum bleiben Sie so weit? Sie kommen und nähern sich nicht. Ich empfinde Ihr Haar, Ihre Schultern, Ihren Schritt. Kommen Sie doch! Was ist so unüberwindlich an dieser letzten Strecke? Sie können ja schreiten, Sie schreiten ja doch ... Nein, ich darf mich nicht umdrehen (wenn es das ist?), nicht umdrehen, und warten muß ich, bis Sie hinter mir *angelangt* sind. Ich will Sie angekommen sehen oder will Sie nie im Leben sehen. Hier saß ich, ausgesprochen erwartungslos, schon sehr lange, kaum länger möglich, und sitzen bleib ich hier, selbst wenn mich Erwartung jetzt verzehrt wie das Feuer ein trockenes dürres Reisig. Kommen Sie! Und wenn Sie unsere Sprache nicht sprechen, dann grüßen Sie mich. Grüßen Sie mich. Warum tun Sie's nicht? Warum lassen Sie mich endlos rufen und reden? Den Gruß! Damit ich stumm erwidern kann. Den Gruß! Damit ich mein Ja! darauf schweige.

Sie sind nie hier in der Gegend gewesen. Sie kommen

hier an zum ersten Mal. Sie wissen nicht, wo Sie sind. Sie kommen nicht näher, obgleich Sie nicht aufhören vorwärts zu gehen. Fragen Sie nicht, in welcher Gegend Sie sich befinden. Fragen Sie nicht nach dem *Ort*, sondern nach der atmenden Stelle hier, dem sitzenden Leib, dem einzigen Merkmal in der wüsten Ebene, Anhalt und Herberge, fragen Sie lieber: ›Wer bist du?‹, und zur Antwort bekommen Sie einen Menschen, lebendig und ganz, das ist mehr als ein Ort, ein Reich, ein Globus.«

Unaufgeräumt das Haus, bis unter die Decke gefüllt mit einbehaltenen Abfällen, Stapeln toter Zeitungen, Verpackungen, Hülsen, Dosen, gesammelt, gepreßt und getürmt, mit schmalsten, eckigsten Pfaden durchzogen, um ans Fenster zu gelangen, das auch zerschlagen ist, von Sperrmüll durchstoßen und mit einer trüben Folie abgedeckt, Draußenheit nur grosso modo, ungefähr und wie durch grauen Star gesehen, wenngleich die Bewohnerin nach dem Lichtvernehmen stündlich noch die Ecke wechselt, bis die Nacht zwischen die Berge des Unrats sinkt... Wälle von Verwendetem – gegen wen? Ja, gegen den Kreislauf selbst, gegen den Stoffwechsel an sich. Fäulnisgestank gegen die unriechbaren Gifte der Luft, die Ausdünstungen der Menschen... Wenn sie auch noch einmal auf die Schwelle ihres finsteren Hauses trat, in die offene Tür, und ihren knöchellangen schwarzen Rock raffte, ihn anhob an den Schenkeln, ihn rauschen ließ mit seinen Säumen, ihn hin- und herwedelte wie eine Revue-Tänzerin, um den Staub von der Schwelle zu wehen, sie, ein Schatten in der Tür.

»Würden Sie es mir erzählen? Oder ist es zu intim?«

»Nein, es gibt da nicht viel zu erzählen. Mein Sohn und ich – er ist jetzt siebzehn Jahre alt – lebten seit langem voneinander entfernt. Er hielt sich die letzten Jahre bei seiner Mutter in Seattle auf, und aus Gründen, die nur sie kennt, hat sie alles versucht, mich meinem Kind zu entfremden. Ich hörte erst wieder von ihr, als seine furchtbare Krankheit ausbrach. Der einzige Weg, ihn zu retten, sagten die Ärzte, wäre eine Knochenmarktransplantation. Aber sie brauchten das Zeug nicht von irgendwem, sondern aus genetischen Gründen von einem Elternteil. Meine frühere Frau griff also auf den Vater zurück, und es bestand gar keine andere Wahl, wenn ich das Leben meines Kinds retten wollte, mußte ich mich als Spender zur Verfügung stellen, da sie es nicht tun wollte oder jedenfalls erst mal bei mir anfragte. Ich fuhr also nach Seattle, ich hörte mir die Ärzte an, ließ mich über die Risiken informieren, die eine solche Übertragung mit sich bringt. Mein Sohn sollte nichts davon wissen, daß sein Vater über den Teich gekommen war, um ihm sozusagen ein zweites Mal Leben einzuflößen. Wir dachten, für seinen kritischen Zustand sei es wahrscheinlich ungünstig, wenn er es erführe. Ich versteckte mich also zwei Tage im Hotel, lief durch die Museen, sah mir die Stadt an und wußte, daß nun für längere Zeit nicht daran zu denken war, mein geplantes Funk-Feature über Burma vorzubereiten. Dann ging ich ins Krankenhaus und überließ mich den Vampiren. Den Marksaugern.

Es war gut so. Rudi hatte die Sache gut überstanden. Und ich hatte das Gefühl, daß ich doch zu irgend etwas nütze war. Meine Frau, die mich noch nie für besonders interessant hielt, überwand sich und bot mir an, mich mit einigen ihrer amerikanischen Freunde bekannt zu machen. Darunter waren auch Leute aus dem Film- und Zeitungsgeschäft. Ich lernte sogar jemanden kennen, einen Produzenten, der mir bei meiner Burma-Reportage behilflich sein wollte und immer wieder in den anderthalb Jahren, die ich drüben blieb, darauf zu sprechen kam, ohne daß sich etwas Konkretes daraus ergab. Während dieser Zeit aber lebte ich in ziemlichen Hoffnungen, ich lebte wieder in der Nähe meiner Familie und war eigentlich ganz glücklich, vor allem weil sich das Verhältnis zu meinem Sohn jetzt sehr erfreulich entwickelte. Aber ich bin nun mal ein Pechvogel und bleibe es. Nach einiger Zeit waren wir wieder da, wo es schon früher im Zusammenleben mit meiner Frau unerträglich wurde. Obwohl wir jetzt keine Liebesgeschichte mehr hatten und sich im Grunde alles nur um den Jungen drehte. Ich fuhr schließlich nach anderthalb Jahren ziemlich müde und enttäuscht wieder zurück nach Deutschland und suchte den Anschluß an meinen normalen Arbeitsbereich wiederherzustellen. Ich habe jetzt, es ist merkwürdig, aber ich habe jetzt nicht mehr die Kraft, mir mit irgendwelchen rationalen Mitteln einen Begriff von meinem Leben zu machen. Ich kann nur sagen: Ich bin wahrscheinlich selbst in mancher Beziehung nicht der Mutigste oder Stärkste gewesen. Das ist das eine. Aber das andere ist: Diese Frau ist wie ein Todesengel in meine Sphäre eingedrungen, als ich noch jung war und mich auf der Höhe meiner Möglichkeiten befand und auch mitten in einer Erfolgssträhne. Aber dann kam sie und hat die steile Kurve abgebrochen. Aber nicht sie allein, sondern weil ich sie so sehr liebte und weil ich die ganze Portion von Glück, die für einen Menschen vorgesehen ist, alles auf einmal, mit ihr verbraucht habe.

Ich habe einen jüngeren Bruder, mit dem mich kaum etwas verbindet, der ist das ganze Gegenteil von mir, er ist Physiker, hat eine Familie mit vier Kindern, spricht ein halbes Dutzend Fremdsprachen und kommt mit Leuten aus aller Welt zusammen. Der ist die ganze Zeit nur die Treppe raufgefallen. Der hat eben nicht wie ich irgendwann zu einem bestimmten Zeitpunkt den ganz entscheidenden Fehler gemacht. Der hätte sich nie in seinen Todesengel verliebt! So einer Frau wäre der immer instinktiv aus dem Weg gegangen. Aber ich habe es eben ganz anders empfunden, ich habe ja nur das Glück vom Gift gespürt. Sie war nicht böse – sie war vielleicht aus der Sphäre des Bösen mir zugeschickt worden, aber selbst war sie gut oder eben einfach ganz großartig. Aber es war die große Liebe zum falschen Zeitpunkt. Damals hätte ich mich dagegen wehren müssen, die ganze Sache für so wichtig, so zentral zu nehmen. Aber wer weiß? Vielleicht bin ich ihr auch anheimgefallen, weil meine Kräfte längst von ihr geschwächt und aufgebraucht waren? Es war jedenfalls der falsche Zeitpunkt – die große Liebe muß später kommen, es ging ein Unstern auf. Ja, was ist noch zu tun? Ich bemühe mich ja, ich lasse nicht locker. Es gibt immer wieder mal kleine Fortschritte und auch mal einen Grund, stolz auf sich zu sein. Am liebsten wäre ich wieder mit meinem Sohn zusammen, und er hätte es, glaube ich, auch ganz gerne. Aber es gibt da ein gewisses Schamgefühl auf meiner Seite. Jetzt nach der Spenderei vor allem. Ich muß mir doch sagen: Außer dem Knochenmark hast du ihm eigentlich nicht viel gegeben. Wenn ich immer mit ihm zusammengewesen wäre, dann würde er mich vielleicht besser verstehen. Oder einfach eben als seinen Vater, tja, lieben oder mindestens akzeptieren. Aber so muß ich ja 'ne Menge zu bieten haben, damit er sich für mich interessiert. Da gibt es außerdem einen Zeitungsmann, mit dem meine Frau eng befreundet ist und den er wirklich sehr bewundert. Er hat vor ein paar Jahren einen politischen Bestechungsskandal aufgedeckt und war über Nacht ein Held in der ganzen Stadt. Ein sehr beliebter Mann, in der Tat, ein bißchen anstrengend, aber unwahrscheinlich flink und geistreich. Auf den hat sie dann offenbar keinen bösen Blick! Den regt das an in seinem Beruf, der profitiert nur von ihr. Ja, aber es ist wahrscheinlich auch nicht die große Liebe. Mein Sohn interessiert sich schon jetzt mehr für die große Politik, als ich es je tat. Wie soll ich ihm erklären, daß ich in meinem Leben an die großen Fragen beruflich nie rankam, sondern lediglich mit meinen Reportagen in der näheren Umgebung hängenblieb? Ich habe mir die Recordertasche umgeschnallt und bin in irgendeine Fabrik oder zu einem Sportverein gepilgert, wo die Spieler gegen das Präsidium gemeutert haben. Darüber würde der Rudi jetzt bloß mitleidig lächeln. Und es hat ja auch letztlich nichts mit meiner wahren Begabung zu tun. Aber wenn es mit Burma geklappt hätte, wo ich zum ersten Mal für die Politik gearbeitet hätte, dann wäre ich sicher ein bißchen höher gestiegen in seiner Achtung. Ich glaube, mein Sohn schlägt mehr nach meinem Bruder als nach mir. Und wenn die Krankheit nicht dazwischengekommen wäre, dann hätte er jetzt bestimmt mächtig zugelegt auf seinem College und in seinem Hockeyclub. Aber nun ist er behindert und muß sich ein Leben lang schonen.«

Wenn mein Mann einmal nicht mehr da ist, werde ich nach Wandsbek in mein altes Elternhaus ziehen, sagt die Alte zu den Damen ihrer Kaffeerunde. Der kranke Mann aber ruht unbewegt in seinem Sessel, er ruht halb schon im Frieden, halb lauert er, späht, was sich neben ihm noch regt und lebt, seine Frau, die um sein Ableben herum sich allmählich einrichtet, die gleichwohl nicht mehr die Rüstigste ist, sondern zunehmend von Nierenleiden, Gelenkentzündungen etc. geplagt wird. Dennoch ihr zweites Wort: »Wenn er einmal nicht mehr da ist ...« Er aber lauert unaufhörlich, lauert schwach, aber mit großer Ausdauer. Es ist, als sauge er mit seinem kleinen wäßrigen Auge ihr kränkliches, doch immer noch beschäftigtes Leben auf, um damit seine geringe Temperatur, die nicht viel braucht, konstant zu halten.

Und die sich bewegt, bricht dann zuerst. Sie kommt nicht mehr zurück in ihr Elternhaus. Sie stirbt vor dem wäßrigen Auge, dem stummen Gesicht, dem leidlos Überlebenden mit dem matten, mörderischen Glitzer unter dem Scheitel.

Als alles angekreuzt war auf dem Bestellschein des Modeversands, dachte sie wieder einmal: Wenn Plesch das noch erlebt hätte ... Denn das dachte sie jetzt bei jedem Anflug von Wohlsein und bei jeder Freude, die sie empfand. Und dann schämte sie sich gleich wieder, weil es ein so alberner Mißbrauch des Gedenkens war. Aber es hatte sich nun einmal so eingestellt, daß dieser kleine Seufzer an jede angenehme Regung gekoppelt wurde, die ihr jetzt drei Wochen nach dem plötzlichen Tod des Mannes unterlief, vielleicht auch ein bißchen zur Entschuldigung dafür, daß es ihr trotz allem manchmal, unversehens, so gutging.

Als sie den Brief mit dem Bestellschein eingeworfen hatte, ging sie in die nahe Bäckerei, um das Rosinenbrot abzuholen wie an jedem Samstagvormittag.

»Haben Sie nicht gehört? Heute früh in den Nachrichten? ...« fragte die Verkäuferin, und im selben Augenblick erschrak die Witwe so heftig, als sei sie die einzige, die gerade etwas tat, das der Allgemeinheit dringend empfohlen worden war, auf gar keinen Fall zu tun. Es überfiel sie vor der offenen Frage ein solcher Schwindel, daß sie sich am Rand eines Abgrunds wähnte, von Millionen entsetzter Augen angestarrt. Eigentlich war sie nur in ihrem Hausanzug über die Straße gegangen und in den Bäckerladen getreten, doch es genügte offenbar, um sie für die Verkäuferin in erhöhter Lebensgefahr schweben zu lassen.

Tatsächlich aber trug sich in dieser Sekunde noch etwas anderes zu: zum ersten Mal mußte sie an Plesch ohne jede trauernde Verbrämung denken – und dies erhöhte ihr Erschrecken. Die an sich schwachen Wellen einer kleinen akuten Verunsicherung überlagerten sich mit Plesch, wie er wirklich war, und erzeugten das Gefühl einer alptraumhaften Bedrohung. Plötzlich war er wieder da, seine Seele drang wie ein schlechter Atemhauch gegen sie vor, und sie war umgeben von dem unerträglichen Aufbrausen dieses Mannes, dem so oft die Galle überging. Die Galle trat aus ihm hervor, schwemmte über ihn hinweg, überzog Gesicht, Kopf, Hand und Knie, und allein ein riesiges schwarzes Eingeweide blieb von dem ganzen Mann zurück.

Er hatte die letzten Jahre als Gardinennäher unter seiner Frau gearbeitet, die die Geschäfte führte, da seine heftig und oft hervorbrechenden Seelenwinde es ihm nicht mehr erlaubten, eine letztverantwortliche Tätigkeit auszuführen.

Eine verirrte kleine Erschütterung, ausgelöst von der falsch intonierten Frage der Verkäuferin, und plötzlich erlosch das Andenken. Die schützende kleine Herzenslitanei, die Pleschs Abwesenheit beklagt und zugleich beschworen hatte, war verstummt, er war wieder da, er drängte sich ihr mit schonungslosen Erinnerungen auf. Kaum schaltete sie den Fernseher an, da schaltete sie auch seine aus grundloser Erregung aufsteigende Brüllerei an. Er ließ sie nicht mehr los, die Schwingungen seines Grolls griffen auf sie über, sie ereiferte sich, wie er sich ereifert hatte, wenn er bei irgendeiner verdrießlichen Sendung derart außer Fassung geriet, als hätte er einem Kindsmord oder einer Leichenschändung beigewohnt.

UNSERE TRÄUME, UNSERE HOHEN ERWARTUNGEN haben uns zerfleischt! Ein Knabe voller Begierde war ich und verließ meinen besten Freund um eines Kranichs willen. Die dünnen hohen Beine liebte ich, die nicht umfaßbare Gestalt des Vogels, dem ich mich nur beigesellen durfte, nur neben ihm zu stehen, war erlaubt, und er freute sich, er führte seinen devoten Tanz auf, mit vielen Verbeugungen und Luftsprüngen, mit Trompetenschreien voll Dankbarkeit und Entzücken. Mir wurde heiß in allen Gliedern – im Stillstehen schlug mir das Herz zum Hals. Obschon noch ein halbes Kind, spürte ich alles, was ein erwachsener Mann bei seiner Geliebten spürt, und konnte mich doch nicht zuwenden, dem Vogel, dessen Tanz mich so sehr erregte, konnte ihn nicht umarmen, nicht berühren, Knabe, der ich war, von einem Sturm männlicher Habgier und Wollust ergriffen. Stillhalten mußte ich und all meine Hitze in Herzenswärme wandeln. Meinen besten Freund hatte ich für den Vogel verlassen, und ich sah ihn traurig trödeln am Feldweg, hin und wieder schielte er verstohlen, mit unverständig bitteren Augen zu uns hinüber, dem unpaarigen Gespann. Und dabei war mir, als verachtete ich meine betrogene Frau wegen ihrer saumseligen Trostlosigkeit. Weshalb konnte er nicht davongehen und uns unbeobachtet lassen? Ich hatte nichts mehr mit ihm zu schaffen.

Ohne bei dem verliebten Vogel zu stehen, der mich hinhielt, in Lust erstarren ließ, frühreif, reif und reifer werden ließ, als wüchse ich, wie angewurzelt neben ihm, beschleunigt durch meine Kinder- und Jugendjahre – ohne mit ihm in der Wiese zu stehen, die nach dem Regen einen schwülstigen Duft verströmte, war ich hilflos und mürrisch und wollte weder mit der Mutter noch mit irgendeinem Kameraden munter sein. Ich war verliebt, wie man es schlimmer und vergeblicher nicht sein kann.

Seine roten Kopfborsten, sein langer, kraftvoller Hals mit dem dunklen Latz, das prächtige Cul de Paris aus grauem Gefieder, der harte strohgelbe Schnabel – das alles nicht küssen zu dürfen, so nah, so duftend, so verlockend, und dazu das fremde, scheue Geschöpf ebenso verliebt in mich!

Doch hätte ich mich unvorsichtig gerührt, die Klammer des Nebeneinander und der stillen Parallele gelöst, wäre ich ihm frei entgegengetreten, so hätte ihn sein beschränkter Instinkt gezwungen, meine Gefühle sofort zu verkennen und einen Angriff zu gewärtigen. Auf der Stelle hätte er die Schwingen geöffnet, und nichts, am wenigsten ich, hätte ihn daran hindern können, aufzusteigen und davonzufliegen. Und doch liebte er mich in meiner reglosen Erregung.

»Du hast eine Schlaflose erwischt! Verfluchter Mißgriff!« dachte ich. Das Mädchen, es mochte kaum älter als sechzehn oder siebzehn Jahre sein, ging wieder im Schlafzimmer auf und ab. Es hob die Vorhänge am Fenster und spähte hinaus, ob nicht der erste Faden des Morgens zu glühen beginne ... Sie sind ja in diesem Alter keine Kinder mehr, es ist unzutreffend, von Minderjährigen zu sprechen. Sie sind schon geplagte, durchtriebene Geschöpfe und erledigen die Liebe so unfroh, daß es schwerfällt, sie nicht für mürbe Vierzigjährige zu halten. Ja, ich meine sogar, es ginge in ihrer kleinen Seele ein Jahrhundert seelischer Selbstbefingerung zu Ende. Es endet nicht wie das vorangegangene mit verfeinerten Sinnen, mit kühnen Erneuerungen, sondern vielmehr mit zerfahrenem Sichbefinden und ratloser Rhetorik.

Wenn sie ihr elfenlockiges, schwarzes Haar gern mit der Hand ergriff, aus den Schläfen hob, den mächtigen Schopf auf den Scheitel warf, wo er sich wie Wasser teilte und nach beiden Seiten zurückfloß ins Gesicht – was hieß die Geste? Den Schopf zurückwerfen, Naturhaar ohne Halt, nicht gesteift und nicht gestylt, nur um immer wieder hineinzugreifen, die eigne Macht fassen, ein wenig Münchhausen, ein wenig Samson. Vamp und Beladene, Schönheit und Unruhe ... während die Brüste, nicht sehr mächtig, nur zwei Stipse unter dem T-Shirt, kaum Aufsehen erregten ... Ich sah ihr rundes Mädchengesicht ... Mein Alter, das Auge der fortgeschrittenen Jahre, diese trügerische Sonde sah ... ja, es sah leider immer mehr Durchschein, immer weniger festen Vordergrund, es sah immer mehr Ähnlichkeiten, immer weniger Unverwechselbares ... In dem hübschen

Gesicht des Mädchens entdeckte ich Züge eines anderen Menschen, sein Ausdruck war mir von früher vertraut, ich wußte aber nicht mehr, zu wem er gehörte und wann es war ... So geschieht es zuweilen, wenn man später im Leben seinen Heimatort besucht und längst vergessene Schulfreunde in den Gesichtern junger Frauen, ihrer Töchter, wiedererkennt.

Ich hätte sie kaum zu küssen gewagt, ohne im letzten Moment vor dem Gesicht, den durchscheinenden Zügen, den vertrauten, gestrengen eines Mannes, zurückzuschrecken. So blieb nur der schmale, beinahe hüftlose Leib, den ich berühren, einmal nur mit der Fingerspitze umfahren wollte, Linie der Linien, unausgeprägt, biegsam und fest wie ein frischer Weidenzweig.

Sie aber, die zu Gast war, konnte nicht einschlafen. Knipste das Nachtlicht an, stahl sich eine Zigarette, ging wieder im Zimmer umher. Nahm ein paar Postkarten von der Kommode und las sie ohne Interesse. »Warum nimmst du kein Bad?« fragte ich mürrisch, schlaftrunken. Sie schritt wieder, die schönste Linie der Welt schritt wieder am Fenster vorbei, hob den Vorhang, suchte den Morgen. Doch draußen war es noch finster, es gab kein Straßenlicht in der Umgebung. Immer wenn ich in flachen Schlummer sank, knarrte die Diele, oder ich schrak auf, weil sie, die Unbekannte, in meinem Halbschlaf einen entsetzlichen Schlußstrich gezogen hatte: sie warf die brennende Zigarette auf mein Bett und verschwand mit einer ordinären Verwünschung. In Wirklichkeit saß sie, bis auf das T-Shirt nackt, in meinem Sessel, die Beine angezogen, und rauchte. Ich erwachte schließlich unter ihrer eintönigen Stimme, die mich leise anredete und nicht mehr versiegen wollte.

»Was hast du dir eigentlich vorgestellt? Du bist doch

nicht Herr über meinen Schlaf. Ich bin doch dein Gast, du mußt doch nicht so tun, als wärst du allein hier die ganze Nacht. Ich hab dich nicht lieb, aber ich bin doch nun mal hier. Es geht eben nicht alles so, wie du denkst. Jeder ist anders. Du kannst offenbar durchschlafen, bis es Morgen wird, bis der Morgen kommt, der schöne Morgen, ganz egal, ob ein weißer oder schwarzer Tag draus wird. Ich kann das nicht. Aber auch wenn ich's könnte, würde ich es trotzdem nicht tun, solange ich hier mit jemandem im Haus bin, schon auf die Gefahr, daß ich den nicht gut genug kenne und erst mal herausfinden muß, wer ist das eigentlich, schon deshalb würde ich mich erst mal wachsam verhalten und mich mit ihm beschäftigen, solange noch Zeit bleibt, gar nicht aus übertriebener Neugierde, sondern weil das auch eine Frage der Höflichkeit ist, sich miteinander zu beschäftigen, und weil man nachts in einem Zimmer auch Dinge tun kann, um sich kennenzulernen, die man woanders, am Strand oder im Kino, auf Anhieb nicht so ohne weiteres tun kann. Reden *und* vögeln. Und sich ausdenken, was die Zukunft bringt. Eine Zukunft ohne Wahnsinn und Krieg, eine richtig weiße Zeit, in der man keine Angst mehr haben muß, der nächste zu sein, der draufgeht. Schon deshalb würde ich niemals einschlafen, selbst wenn ich's könnte, solange noch Zeit bleibt und man die nötige Ruhe hat, sich miteinander zu beschäftigen, wie man's schon bald nicht mehr kann, vielleicht überhaupt nie mehr. Du hast ja auch nicht gewußt, auf wen du dich einläßt, und auch nicht wissen können, daß ich schwanger bin und eigentlich ständig furchtbare Angst habe, daß etwas Unvorhergesehenes passiert. Seit dem Vater des Kindes war ich praktisch mit keinem Mann mehr zusammen, auch aus Angst, ich könnte schlecht behandelt werden. Wenn du das Schlimmste hinter dir hast, bist du nicht mehr so naiv. Bei dir war es etwas anderes, und ich wußte ja, daß du mir schon manchmal auf dem Nachhauseweg vom Sport was Kluges gesagt hast, also war ich gespannt auf den Erfahrungsaustausch. Ich hatte gehofft, du würdest mir bei der Gelegenheit über den einen oder anderen Punkt die Augen öffnen, mir was erzählen, wovon ich mir unter Umständen eine Scheibe abschneiden könnte, zum Beispiel was die schlimme Geschichte mit deinem Sohn angeht, Thaddäus heißt er, klingt schon von vorneherein ein bißchen nach Opa. Thaddäus würde ich mein Kind nie nennen. Ein Kind hat für mich in erster Linie mit Zukunft zu tun. Mit einer Zukunft, in der man leben kann, mit dem ersten Morgenlicht, mit der weißen Zeit. Ich versteh auch nicht, nachdem dir jemand einen solchen Schlag versetzt hat, eine so tiefe Verletzung, eine Frau, mit der du zusammen ein Kind hattest und immer haben wirst, ich versteh letztlich nicht, wie man da überhaupt noch ruhig schlafen kann, als wenn das nicht das Schlimmste wäre, das Schlimmste überhaupt, verletzt zu werden, erniedrigt, betrogen ... ich hab mich jedenfalls entschlossen, daß ich allein bleiben will mit dem Kind, so allein wie möglich, soweit es die Schule eben zuläßt, wenn ich mal davon ausgehe, daß ich die Schule zu Ende mache. Ich laß mich bestimmt von niemandem mehr zu etwas zwingen. Und ich werde auch mein Kind nie zu irgend etwas zwingen ...«

»Es ist furchtbar, daß du nicht schlafen kannst, Myriam«, sagte ich und richtete mich ein wenig im Kissen auf. »Ich bin hundemüde. Ich bin glücklich und zufrieden. Das Schlimmste habe ich hinter mir. Ich wollte dich, weil du so schön bist, einmal vor mir am Fenster sehen. Ich habe dich beim Sport oft heimlich berührt, ohne daß wir miteinander gesprochen hätten. Aber als es schließlich dazu kam und du hast mich angesehen, da war es wie eine lichte Hochrechnung in meinem Gefühl: in Sekundenbruchteilen hatte ich alles nur Mögliche zwischen uns beiden durchgespielt, durchempfunden bis zum bitteren Ende. Manchmal denke ich: Vielleicht ist das schon der Beginn der Apparate in uns, der Apparate, mit denen wir uns tagtäglich abgeben, wenn wir irgendein Szenario, ein Stück Zukunft bis in das winzigste Entscheidungsquantum durchrechnen, und wir wissen schon alles, was möglich ist, ohne nur das geringste erfahren und ausprobiert zu haben. Das Auge, besser gesagt, der gegenseitige Anblick, ist dabei wahrscheinlich der schnellste und leistungsstärkste Rechner, der uns gegenwärtig zur Verfügung steht ...«

Sie hörte zu, als erzählte ich eine intime Geschichte. Dabei waren es nur ein paar abstrakte Bemerkungen, die mir dazu dienten, mein Herz fest zu ummanteln. Sie blieb ruhig und aufmerksam und unterbrach mich nicht. Ich fürchtete, sie habe sofort die zerschlissene Stelle, das Loch in meinem Redemantel entdeckt, durch das sie nun stumm vor Entsetzen auf meine Blöße, meine ungeheure Verdorbenheit und Herzensleere starrte. Es beunruhigte mich und trieb mich an, immer weiter zu reden. Ich hielt es für meine Pflicht (und gottlob besaß ich dies letzte Pflichtgefühl noch), diesen verödeten Innenraum vor dem jungen, leidenden Menschen um jeden Preis zu verbergen. Nur nicht in die Nähe des von ihr ersehnten »Erfahrungsaustauschs« kommen!

Natürlich hätte ich sie bei mir behalten können. Ich hätte sie und ihr Kind in meinem Haus aufnehmen und sie beide erziehen können. Und sie hätte mir Modell gestanden für meine noch unfertige Lehre von den Maßen und dem Unermeßlichen, von der welterlösenden Gesandtschaft der Schönheit, die im Anblick, unter dem Einfluß ihres makellosen Bilds immer strengere und fanatischere Züge angenommen hätte. Jedoch: niemals hätte sie mein graues Herz erblicken dürfen, Tag und Nacht, unentwegt hätte ich vor ihrem kindlichen Blick, ihrer Schutzsuche, ihrer unbeholfenen Warmherzigkeit auf der Hut sein müssen. Vielleicht war, was mich davor zurückschrecken ließ, tatsächlich die letzte sittliche Order, die ein Mensch empfing, der im übrigen einem rücksichtslosen Immoralismus der Schönheit und der technifizierten Empfindsamkeit huldigte ...

Wahrscheinlich also, daß sie schon jetzt einen ersten verbotenen Einblick genommen hatte. Ohne ein Wort zu erwidern, nachzufragen oder hinzuzusetzen, legte sie sich zu Bett und streckte sich neben mir aus. Sie zog die Bettdecke zwischen die nackten Beine und sah zum Fenster. Die Hände verbanden sich lose über ihrem Bauch. »So bist du eben, weil sie dir Thaddäus weggenommen hat«, sagte sie leise.

Wenn jemand oder etwas von oben, von der Zimmerdecke oder aus noch größerer Höhe, auf das Bett herabgeschaut hätte, auf dem wir halb bedeckt, halb entblößt nebeneinander ruhten, so hätte er oder es zwei Menschen getrennt, jeden in seinem Zeitraum, wach liegen gesehen. Nicht lange, nachdem sie das Nachtlicht gelöscht hatte, entdeckte sie draußen, nun endlich ... »wie der erste Faden des Morgens zu glühen begann«. Beruhigt schloß sie für ein paar Sekunden die Augen.

Wenn wir im tiefsten Stollen der Nacht auf ein blasses Grubenlicht herabsinken, so erkennen wir in seinem Schein eine dichtgedrängte Menschenmenge, die von einem großen Aufgebot an Sicherheitskräften, Polizisten und Feuerwehrleuten vom Ort eines drohenden Unheils zurückgehalten wird. Dann starren wir, eins mit der Menge, hinüber in den gleißend erleuchteten Einkaufsmarkt, der in der Zuspitzung zweier Straßen liegt. Innen ist es menschenleer bis auf einen zarten, etwa zehnjährigen Knaben, der seinen Wagen an den Regalen entlangschiebt. Er nimmt hier ein Teil und dort eines und geht in der behütetsten Ungerührtheit, als habe es nichts Besonderes auf sich, daß er mutterseelenallein seine Bahn zieht und daß in der tiefen Nacht der Laden von außen geschlossen ist, weder Personal noch andere Kunden sich in der Halle aufhalten. Die Lage gleicht derjenigen vor einer Bombendrohung, wenn ein Gebäude geräumt und evakuiert, ein ganzer Stadtteil abgeschirmt werden muß – aber aus irgendeinem Grund, aus dem Schlupfloch eines Alptraums gerät ein Kind in den innersten Gefahrenkreis und geht mit himmelleichtem Schritt im Vorhof des Unheils. Der Glanz, den es dann umgibt, ist furchtbar, und erbarmungswürdig ist seine Unschuld. In der Menge gibt es niemanden, dem bei diesem Anblick nicht der Atem stockte. Doch sie, die Abgeschirmten, haben es in Wahrheit selbst hinausgeschickt, das junge Leben, vor die Tore ihrer Gemeinschaft. In der nächtlichen Stille schwillt das Unheil wie ein Tropfen am Wasserhahn – ein Tropfen freilich, der, sobald er sich erfüllt und niederfällt, alles, Stein, Stahl und Knochen, unter sich zertrümmern wird. Das Kind schiebt den Wagen langsam voran, greift Tüten und Schachteln aus den Regalen, soweit es emporreichen kann, nimmt für sich, die Eltern und die Geschwister. So herzensgut und herrlich erscheint es den entfernten Menschen jetzt, daß sie schon glauben möchten, das Auge des Unheils, der katastrophische Götze müsse die Opfergabe wohlgefällig erkannt und angenommen haben. Nicht lange mehr, und sie würden für wenige Augenblicke ihre Gesichter mit den Händen verschließen, um den grausamen Schmerz zu ertragen. Danach aber wären alle versöhnt.

So oder ähnlich bedrängt erwachen wir schweißgebadet, vergraben in einer Menschenmenge, über deren Köpfen ein blasses Grubenlicht schwankt nach der Detonation.

Als wären sie Laub auf einer herbstlichen Allee, so blies sie der heiße Wind, der sofort von der Unglücksstätte aufgestiegen war, zurück in die Straße, die auf die Anhöhe führte, trieb die Menschen auf ihrem Einkaufsbummel zur Umkehr und in die Flucht. Der Autoverkehr kam zum Stillstand, die Menge lief in breiter Streuung durch die Parkanlagen, auf Bürgersteigen wie auf der Fahrbahn, alle liefen ziellos zurück – und sie liefen so, wie man für immer auf und davon läuft. Da sie offenbar instinktiv wußten, daß sie noch sehr lange zu laufen hatten, taten sie es nicht besonders schnell, wenn auch nicht ein einziger in der davonstrebenden Menge zu entdecken war, der nicht den Laufschritt gewählt hatte. Niemand ging festen, ruhigen Fußes, wie er gekommen war, jeder stolperte, trampelte, drängte und zog in ungleichmäßiger Eile voran, rannte oder hetzte aber nicht. Niemand blickte sich um, niemand sah nach einem anderen. So daß jeder in seiner Furcht vor sich hin lief, unbeirrbar und doch von dem Geschauten gleichsam seines Gesichts beraubt. Wiederum stand aber auf keinem ein blankes Entsetzen, es waren überall nur offenstehende, leere Gesichter, wie geplünderte Ladenkassen.

Grauen und Angst standen den Flüchtenden nirgends auf der Stirn, die Gesichter gaben nichts von dem erblickten Unheil wieder, sondern sie waren kahl von Entgeisterung. Die Quelle des Fluchtstroms, der Ort, von dem alles und jedes seinen Lauf genommen hatte, mußte unmittelbar hinter dem Hügel, der leichten Anhöhe liegen, zu dem die vierspurige Fahrbahn hinaufführte. Die Umkehrenden strebten anfangs in beschleunigtem Tempo zum Stadtinneren, und es fiel auf, daß sie alle in dieselbe Richtung zogen, der Strom spaltete und teilte sich nicht, niemand wich vom Hauptstrom ab, suchte seitwärts in die Gassen auszuweichen oder zu einem bestimmten Stadtviertel zu gelangen. Schließlich konnten sie Schutz, Haus und Unterkommen nicht alle in ein und derselben Richtung erwarten. Die Menge aber, sei es in Blindheit, sei es durch eine geheime mengendynamische Steuerung, trieb es zur Stadtmitte und offenbar, wie jeder am Maß ihres Laufs erkennen konnte, weit über die Mitte hinaus stadtauswärts, auf und davon, weil niemand mehr zu glauben schien, innerhalb ihrer Mauern den ausreichenden Schutz zu finden. Es waren keine Schreie zu hören, nur ein chaotisches Getrampel. Gleichwohl herrschte nicht eigentlich Chaos und noch weniger Panik in der gesamten Fluchtbewegung, die zwar ziellos und mächtig, jeden mitreißend, jedoch im tiefsten unüberstürzt und gleichförmig ausgerichtet war. Unheil und Grauen hatten ihr Werk an diesen Menschen bereits zur Vollendung gebracht. Wohin und so weit sie auch laufen mochten, sie hätten nirgends und nie aufgehört, vom Schrecken durchdrungen, gezeichnet zu sein. Was sie innerhalb von Sekundenteilen geblendet, angeweht hatte, wirkte wie eine Droge, ein Reizmittel, das ein uraltes, tierisches Relikt, nämlich den Fluchtinstinkt, freisetzte und über jeden anderen Antrieb erhaben machte. Es war, als ob der Schrecken, der ja nur mit Vernichtung gedroht hatte und das Ende lediglich *spüren* ließ, einen festen Code in die Chemie der Nervenfasern eingeschmuggelt hätte, der sie zu einem ununterbrochenen und selbstläufigen Laufen zwang: diese Flucht ohne Erinnerung, ohne Ahnen, ohne Wissen, wozu und wohin, nur in dem Bedürfnis, vom Sog der Läufermasse bewegt zu werden. So waren sie unter dem Laufen zu Verdammten des Laufens geworden und ein Davonkommen unmöglich.

WENN MAN AM SPÄTEN ABEND nach einem langen fruchtlosen Gespräch müde heimkehrt, seine Wohnungstür aufschließt und dort im eignen Flur vor den Tisch einer Kartenabreißerin tritt, die eine Gebühr verlangt, damit man die Ruinen seiner Schlafstätte betreten darf, so wird man auch dies noch hinnehmen, um darauf im Vorraum auf den Spiegel zuzuschreiten und mit anzusehen, wie man mit jedem Schritt im Spiegel klein und kleiner wird, bis man, vor ihm angelangt, endgültig verschwunden ist …

In dieser Nacht waren Olga und ich zu spät gekommen zur Freilichtoper. Sie fand unten im Tal zwischen zwei steilen Berghängen statt. Das Orchester war mit winzigem Blinken und Blitzen unten im Kessel, in der tiefen Schlucht zu erkennen. Die Zuschauer saßen oder lagen in unübersehbarer Zahl verstreut über die Kämme und Hänge. Sie steckten die Köpfe aus kleinen Nischen in grasüberwachsenen Felsen. Es herrschte aber in diesem Abgrund eine überirdisch feine Akustik – die durchdringendste Hellhörigkeit, die ein Raumgebilde überhaupt besitzen konnte, so daß nicht nur der Klang der Instrumente in größter Reinheit in die Höhe, sondern ebenso auch das geringste störende Geräusch von den Felshängen hinunter übertragen wurde.

Als wir von der Platzanweiserin empfangen und eingelassen wurden, setzte das Orchester mitten in der Ouvertüre aus. Meine zwei Worte der Schmeichelei, die ich an das kartenabreißende Mädchen gerichtet hatte, gedämpft, aber nicht im Flüsterton gesprochen, waren in die Tiefe übertragen und dabei so ungeheuerlich verstärkt worden, daß sie den Dirigenten und die Musiker gestört, ja übertönt haben mußten. Sie begannen von vorn. Es war allein der Gunst der Anweiserin zu danken, daß uns nach den ersten Takten überhaupt noch Einlaß gewährt wurde. Die Musik stieg himmlisch über die Hügel, als würden die Tonketten von Sylphen getragen … Nun hieß es, nicht nur auf Zehenspitzen, sondern gleichsam im Schwebezustand voranzukommen, um in die Klippenloge zu gelangen. Wir nutzten die Takte der Musik, in denen das Leitthema mit erschütternder Gewalt ausbrach, und glitten über das steile Wiesengelände hinunter. Wir sahen das Wunder von Orchester tief unten im Tal, einen winzigen Pulk zukkender, schwelgender, kreisender Bewegungen, und krochen lautlos in eine sehr niedrige Höhle, in der wir, flach auf den Boden gestreckt, der Aufführung beiwohnen konnten.

Aber da es sich nicht nur um einen Ort des unerklärlichen Klangzaubers handelte, sondern auch um eine Luft, die mit ungewöhnlichen Spiegelungen gigantische Vergrößerungen des Bühnengeschehens unten im Tal hervorbrachte, erschienen nun in fast greifbarer Nähe, doch räumlich unfest und entrückt, die ersten Szenenbilder. Wo sonst ein Boudoir, ein Festsaal, eine Burg oder eine andere Kulisse aufgezogen wird, kam hier ein absonderliches Gestell auf die Szene. Auf einem Podestkarren und genauso wacklig wie der große Schwan in den Tagen der alten Oper fuhr es herein, allerdings vollkommen lautlos. Auf dem Podest stand ein Mann neben einem hochstieligen Tisch mit sehr kleiner, eigentlich nur zum Auflegen oder Aufschlagen der Hand geeigneter Tischfläche. Vor ihm befand sich eine schreckliche Skulptur: eine Frau, zusammengebrochen und festgeformt in ihrem gesamten Wohnschutt, dem Unrat ihres gewöhnlichen Lebens. Dieser war in abstrakten, aufragenden Zacken nachgebildet und stellte eine Art aufgebrochenes Ei vor, allerdings mit einer in die Breite laufenden Unterfläche, und so eher einem wohlgeformten Hefekloß ähnlich, der ebenfalls oben aufgebrochen zu sein hat für die braune Butter. Aus der gezackten Krone des Wohnschutts ragte von der Frau selber nur ihr geneigter Halsrücken hervor: der lange Nacken bis zum Haaransatz, wunderbar rund, groß wie ein im Sturm gebeugter Weidenstamm. Nur der hohe Nackenbogen also, der Kopf stak wieder im Schutt, so wie der Schwan ihn ins Wasser taucht.

Der Mann, wechselnd die Faust oder den Ellbogen auf das tellergroße Tischchen setzend, sang, dem Publikum auf den Hügeln zugewandt, eine Auftrittsarie, in der er sein Verhältnis zu der Erbarmungswürdigen, die er vor sich hatte, darlegte und in ersten Zügen die Geschichte der verschütteten Person, deren Nacken beim Atmen an- und abschwoll, bekanntmachte.

Aber wie geschah uns da, als sich die Verschüttete schließlich doch regte und sich langsam emporwand, majestätisch aufrichtete, sich aus dem Wirrwarr befreite, dem Unrat, den alltäglichen Verstrickungen, und hervortrat in ihrer ganzen dunkelhäutigen Gestalt! Und wie sie dann mit den ersten sanften tiefen Tönen aus ihrer Kehle noch weiter hinaustrat, gleichsam vor das Reich der Menschen hinaustrat, zwischen Himmel und Erde mittelnd wie eine priesterliche Freundin beider, eine zugleich empfangende und gebende Stimme, Alt, machtvoll devot in jedem der unendlich zart geformten Laute ...! *Für uns* sang sie, die wir alle in Wahrheit stumm sind, an unserer Statt trat sie hervor und sang im buchstäblichen Sinn das *Lied von der Erde*, damit wir gehört würden, Verschollene der Sphären.

Unter uns hatte sich eine aufgerichtet und erhob sich gegen das eiskalte Schweigen des Äthers. Das Gesicht zeigte die wunderbare Anstrengung, den vergrößerten Laut zu formen, langsam der Mund, langsam die Lider, die sich öffneten und schlossen wie bei einer vorzeitlichen dunklen Königin, Waran-Blick, unbewegt stand sie in ihrem Kleid, das matt azuren zu Boden fiel, über dem Arm lag eine gefaltete Schärpe, der spitze Brustausschnitt legte die Wurzeln der Stimme frei, die bis zum Schlüsselbein gespannten Bänder. Alle Bewegung, alle Kraft war versammelt um den Mund, die Fassung für den unfaßlichen Glitzer der Musik, der Mund tauschte die Gabe ... Die Sängerin an unserer Statt. Und wenn vom heiligen Schauder, der uns da ergriff, gesagt wird, er sei ein Relikt der aufstehenden Rückenmähne, so wie in der Furcht das Tier seinen Umfang vergrößere, dann betrafen uns hier Furcht und Ehrfurcht vor der Vergrößerung des Menschenlauts, der getragen wurde von der mittönenden Erde, dem Chor des Meers, der Bäume, der Grille, damit das winzige Planetlein nicht sang- und klanglos verginge wie alles übrige.

Der mit dem Vogelkopf und dem zerfransten Toupet, rötlich-braunes Nest von leblosen Fasern, trug eine so dicke Brille, daß man seinen Gesichtsausdruck nicht mehr erkennen konnte. Er saß auch im Winter draußen vor seinem Kramladen (außer Militaria allen Plunder), dicht bei seinem Freund, dem Kristalleuchterflicker, dem Großen mit dem entgegengesetzten, nämlich dem runden Kopf und den langsamen, vorquellenden Augen. Sie starrten beide in die gleiche Pfütze, wenn es regnete, sie kauerten rechts und links der Regenrinne unter der Markise und fürchteten sich so sehr, daß sie nicht mehr miteinander sprachen.

Es klang zuerst wie ein rauhes Nebelhorn, aber doch so tief und tot, als käme der verlassene Klang aus dem gesamten Hohlsein dieser Welt, die fern ins All den Notruf sendet. Der Stier des Phalaris! schoß es beiden durch den Kopf, und sie meinten das künstliche Monstrum klingen zu hören, in dem der Tyrann seine Gegner verbrennen ließ. Er hatte Flöten an dem ehernen Gestell anbringen lassen, die die Schreie der Opfer in Musik verwandelten.

Gerade so eben noch ... ginge es ... vom Himmel angehalten in der Schwebe: Brunnenwasser glitzert, Ampelfarben wechseln, der Duft aus einer Crêperie im Straßenwind, braun und roh die leeren Bäume der Allee, die Zeitungsblätter werden umgeschlagen, die Kellnerin zieht ihre Börse aus der Schürze, eine Turmuhr schlägt die große Weile eines Wintertags. Das alles bleibt und dehnt sich noch, lange bevor die ersten Schüsse fallen ... Gerade so eben ginge es, zwei Frauen vor der Haltestelle weinen. Im Blumenladen heben entzündete Finger Stiele aus den Vasen wie ein Dirigent die Stimmen aus gemischten Chören. Auf einer Bank am runden Platz schläft verhüllt der Obdachlose, zwei Hundehalter brüllen und verwickeln sich. Ein Gerade-So-Eben-Noch-Frieden wankt in den Abend. Kleine Mädchen springen übers Seil unter dem Torbogen, Sprünge unverändert aus aller Zeiten Kindertagen. Daneben rasche Pulse blöder Farben von den Automaten eines Spielsalons. Die blaue Ader einer Neonröhre umgibt das Gipsgestell des Diskuswerfers. Nichts berühren, nichts im einzelnen berufen – ein Berufen dieser Dinge gefährdete das Gleichgewicht, das Eben-Noch des Friedens. Man wünschte sich, vom Himmel überwacht, ein Zwangsregime zur Bewahrung fragilster Verhältnisse. Das versammelnde Halt, die lose Ordnung vor der Ampelkreuzung, der kleine Ausschnitt einer unübersehbaren Menge, das kurze erzwungene Gegenüber einander Gleichgültiger... Nur die Krähe hört man angriffslustig im kahlen Ahorn schreien, der einzige nicht gedämpfte Laut in diesem winterlichen Halbdunkel. Und daß sie nun den Fahrdamm überqueren und eilig durcheinandergehen, ohne einer den anderen aus der Bahn zu schmeißen! ... Bis vor kurzem schien es undenkbar, daß jemand die Verhältnisse, in denen er lebt, als die flüchtige Erfüllung allen gesellschaftlich nur *möglichen* Zusammenlebens erfährt. Wer auch vermöchte der Apologie der Schwebe, dem Gerade-Eben-Noch den angemessenen Ausdruck zu verleihen?

Gesichter, die sich ausströmen – der kleine Vietnamesenjunge, der am Rad einer gewaltigen Yamaha-Maschine lehnt, die auf dem Bürgersteig aufgebockt steht. Der Junge kommt jeden Morgen, sehr früh, wenn der Bäcker gerade den Laden geöffnet hat, dann hockt er sich auf den Boden und lehnt den Hinterkopf an die Speichen. In dieser Berührung sieht er über die Passanten, die Straße, die Städte, die Länder hinaus bis an eine funkelnde Naht: eine baum-, menschen-, stadtlose Grenze, auf der ganz ergeben, von unendlicher Schönheit und Freiheit übergossen, ebenjenes herrliche Geschöpf auf ihn wartet, an dem er träumend lehnt.

Auf der Straße war ein flinker Mann erst wie angewurzelt stehengeblieben, dann ohne »wie«. Der Schrecken durchschlug seine Fußsohlen, das Blut tränkte den Boden, die Adern griffen unter die Erde und verzweigten sich. Wie ein Stylit bildete er einen Pfahl im Strom der Dahinziehenden. Er starrte die letzten Reste des Sehens aus sich heraus. Er rührte sich nicht, der Mund stand leer, die Hände lagen an den Oberschenkeln, und die langen Haare hingen flach wie ein Brett auf seinem Rükken. Alles war lotrecht und reglos an ihm, als wäre er bloß ein Abguß, eine Puppe, eine verlassene Menschenhülle ... Tag und Nacht flogen an ihm vorbei in heftigen Böen, Sprache, Bilder, Musik, Laub, Sonne, Recht, Mützen und Brosamen. Erbärmlich zitterte er, der Wind schüttelte ihn, des einen Fehltritts wegen, den alle hundert Jahre nur einmal ein Mensch tut und auf den kein weiterer Schritt mehr folgt. Nun ragte er aus dem Pflaster heraus, als stünde er fest in reinem Erdulden, Geschehen- und Gewährenlassen, so daß er weder mit dem Mund noch mit den Füßen je wieder vorankäme. Beben, Klappern, Schwingen – mehr Bewegung als ein kahler Strauch hatte dieser Mann nicht mehr. In ihm war alles, was ein Idiot empfindet von keiner Welt, keinen Sternen, keinen fremden Augen.

Bleiches, lichtloses Gesicht, dünnes Mädchen, das seinen rechten Arm schwenkt, ausholt, bereit, zu schlagen, selbst denjenigen, den sie gerade um eine Auskunft bittet. Indem er stottert, zögert, nicht weiß, stört er sie, gerät sie in Wut. Sie flucht ihn an mit ihren kleinen bleiernen Augen, die niemals aufblitzen, ihr ganzes Leben lang niemals strahlen werden ... Was ihr näher kommt als einen Meter, betrachtet sie als brutale Verengung ihres Spielraums. »Verstanden?!« brüllt sie wie ein Quivive, lose, gereizt, fernes Geröll im Ohr. Bösartig ist sie nicht. Sondern nur eine dünne Haut, eine Membrane, die heute die Verletzten von den Verletzenden trennt. Durchlässig für den Druck und die Stöße der Erde.

Das Gesicht grau wie gestorbene Baumrinde, das Haar in einer langen, schwarzen Rastafari-Strickmütze, verpackt wie ein Bündel schmutziger Wäsche, mit leisem ständigen Schütteln in der ganzen Haut, so betritt der Süchtige den U-Bahn-Wagen und bettelt einen jungen Mann an, zieht ihn in ein scheinbar vertrauliches Gespräch, einen schüchternen Fahrgast, den das (trügerische) Gespür seines Elends für den Anfälligsten ausgemacht hat, aber der weicht geniert mit den Augen beiseite, mag dieses Schreckbild eines Verlorenen nicht geradeaus ansehen, nur flüchtig einmal blickt er auf, ängstlich, ob nach der erfolglosen sanften Anrede nicht etwas Gewalttätiges folgt. An der nächsten Station steigt das Drogengespenst aus, das schmuddlige Hemd hängt über der abgerutschten Cordhose. Er wird nicht mehr müde, der eintönige Rhythmus des Schüttelns, der durch seine Nerven geht, zerdehnt ihm Tag und Nacht in einen immergleichen Dämmer, obschon er oft auf seine Armbanduhr sieht und manchmal auch hinab zu seiner Armbanduhr spricht. Wie durch ein künstliches Häutchen, eine Membrane der Zeit, spricht er zu den »alten Freunden«.

Der Juwelier, an dessen handlosem rechten Arm man die Nummer, die furchtbar eingefleischte Zahl, erkennt, wenn er den Seidenpulli aufstreift und den Stummel in die Hüfte stemmt, verabschiedet sich vor seinem Laden von seinem größeren, doch offensichtlich jüngeren Bruder, der stets eine Aktentasche bei sich trägt und sie von einer Hand in die andere schwingt. Jeden Morgen sieht man die beiden vom Frühstück kommen, das sie um die Ecke in einem Café gemeinsam eingenommen haben. Dann gehen sie auseinander, jeder in seinen Arbeitstag, geben sich einen Klaps auf die Schulter, kommen noch einmal auf etwas zu sprechen, kommen auf sich zurück, der Kleine stellt sich vor den Großen, legt den Finger an die Nase, der andere lacht verhohlen mit angezogenen wackelnden Schultern, wendet sich nochmals zum Gehen, obgleich die Unterhaltung nicht beendet ist, dreht sich entgegengesetzt wieder herum, ruft dem kleineren Bruder, der – nur aus zeremoniellen Gründen – ein paar Schritte auf seinen Laden zuging, eine weitere Bemerkung nach, und selbstverständlich hat der Geschäftsmann noch etwas zu erwidern. So treten sie aufs neue zusammen, und der Größere hört mit hackendem Kopf den Nachschlag, tritt von einem Bein aufs andere, aber das ist keine störrische Unruhe, es gehört zum kleinen Tanz der Händler bei ihren morgendlichen Abschieden, dem verschmitzten Flirt unter Brüdern, die jeder ihrem Geschäft nachgehen und noch immer wie früher gemeinsam das Frühstück einnehmen: Davongekommene aus allen endgültigen Abschieden, dem Verschwinden von Freunden, Geliebten, Angehörigen, diesen Abschieden, die jedermanns Lebenszeit den Rhythmus und das Gefälle geben, und dann nimmt der Größere die Hand, die einzige, linke nämlich, seines Bruders, und beide drücken fest zu, rechte Hand in linker Hand, sie gehen auseinander. Doch der Juwelier bleibt draußen vor seinem Geschäft und sieht dem etwas tappenden Gang des Bruders nach, der jetzt die Fahrbahn überquert – er selbst geht sehr viel hosenbeinbewußter, nie beeilt, mit kleinen Unterbeinschritten, die Hand in der Hosentasche, den Armstumpf zuweilen im Rücken verborgen. Der Bruder mit der Aktentasche kehrt sich im Fortgehen ein letztes Mal um, wechselt die tragende Hand und winkt lächelnd zurück. Darauf geht er noch ein wenig beschwingter zur Hauptstraße vor, in vergnügten Gedanken und furchtlos in seiner Morgenfrische.

Ich weiss nicht mehr, wie es zu dem unseligen Treffen eigentlich gekommen war, vermutlich auf Betreiben meiner Frau, deren versöhnlich gestimmte Töne mich wieder einmal in einen Hinterhalt gelockt hatten. Wahrscheinlich war sie der Meinung, ich sei nun lange genug mit der neuen Frau zusammen und man könne doch, nachdem das Schlimmste durchgestanden sei, endlich etwas entspannter miteinander umgehen, vielleicht einmal zu dritt zu Abend essen. Wir saßen jedenfalls in einem überfüllten Gartenlokal, eingezwängt an einem kleinen Tisch, Ulrike rechts neben mir, meine Frau und der Junge uns gegenüber. Ich denke, daß wir alle vier gleichermaßen bedrückt waren, nur der Junge war noch nicht in dem Alter, es zu zeigen oder seine Miene zweideutig spielen zu lassen. Er war besonders heiter und hell, und in seiner Wachheit entging ihm nichts von der beklemmenden Lage, in der wir uns befanden. Ich sah die Schönheit meines Kinds, das Licht, neben dem ich ein paar Jahre zubringen durfte, und es schmerzte mich, daß ich's für immer verspielt hatte ... Ulrike, die stille Unscheinbare, als die ich sie neben meiner Frau auf einmal empfand, eine Fremde schließlich, nur gesandt, um mit uns zu viert das Diagramm des Scheiterns zu erfüllen ... die Gute litt wohl nicht minder als ich selbst, vermutlich kam sie sich noch verlorener vor. Und so geschah es denn, daß sie einmal scheu, in einer flüchtigen seitlichen Abschweifung des Kopfes meine Hand küßte, aber tatsächlich so flüchtig, wie ein Vogel im Flug am Wasser nippt. Ich hatte, einfach weil ich auf dem engen Platz nicht wußte, wohin mit meinen Gliedmaßen, den rechten Arm über die Lehne ihres Stuhls gelegt, und meiner Frau stach nun dauernd diese provozierende Gebärde der Zugehörigkeit ins Auge. Ich konnte schlecht sagen, daß ich den Arm nur aus Platzmangel und Bewegungsnot so ausgestreckt hatte; außerdem hing meine rechte Hand neben Ulrikes Schulter schlaff von der Lehne, ich umfaßte sie nicht. Sie suchte wohl mit dem flüchtigen Abtauchen des Kopfes dem unerträglichen Gegenüber für eine Atempause zu entkommen, den geschmacklosen kleinen Sticheleien meiner Frau, der arglosen Helle meines Kindes, das aufgeregt vor seinem Vater saß, und schien entschlossen, sich vorübergehend der Geschichte des Nebentischs zuzuwenden, aber nur für ein paar Sekunden, dann dämpfte die eigene ihren Mut, und dabei streifte sie, beinahe in einem Anflug von Abschied, meinen Handrücken mit den Lippen, egal, ob es meine Frau nun mitbekam oder nicht, es war ihr egal, für den Moment war ohnehin nichts mehr zu retten.

Im Traum sah es dann so aus, daß wir den Jungen mit unseren widersprüchlichen Befehlen ausgerechnet in einer Drogerie drangsalierten, wo zum Warten ein Tischchen mit Blumentopf sowie zwei gelbe Plastikstühle standen. Lydia sagte, er solle sich auf den rechten, ich aber, er solle sich auf den linken setzen, solange wir mit unserem Einkauf beschäftigt seien. Es gab nicht den geringsten Grund, zwischen den gleichen Stühlen eine Entscheidung zu treffen, außer dem, daß jeder von uns beiden, jeder Eltern*teil* seiner Anweisung Geltung verschaffen und sie gegen die des anderen durchsetzen wollte. Unser Junge verharrte unentschlossen. Wir begannen vom Befehlen ins Überreden zu wechseln. Die Drogistin beteiligte sich und schlug sich auf die Seite der Mutter (der rechte Stuhl). Folglich hatte ich zwei Frauen und zudem die unbewußt »bessere« Seite, nämlich die rechte, die sie empfahlen, wider mich. Ich spürte in der wahrheitverstärkenden, notvergrößernden Strömung des Traums, wie auf einmal mein ganzes Herz und sein, des Kindes, ganzer weiterer Lebenslauf am linken Stuhl hingen und daran, daß er mir und nicht den beiden Frauen folgte. Mich bedrängte die panische Gewißheit, daß nur ich ihm das rettend Richtige wies, und doch empfand ich zugleich einen katastrophalen Mangel an Überzeugungskraft, eine höllische Schwäche des Wortes, sobald ich nicht mehr befehlen konnte. Meine Worte würden ihn niemals verleiten ... sie waren nicht bildlich, nicht einfach, nicht rührend genug. Meine Worte besaßen nicht das geringste Leuchten und gaben absolut nichts wieder von der Glut des Alles-oder-nichts-Gefühls, das mich bei dem innigen Wunsch, ihn auf meine Seite zu bringen, ergriffen hatte.

Er empfand wohl meinen vergeblichen Drang und Nachdruck, ohne zu wissen, woran ich litt. Im Grunde schien er ziemlich gleichmütig abzuschätzen, daß ich die schlechteren Karten hatte und keine Kraft, keine Kunst besaß, ihn zu bezaubern, für mich einzunehmen. Wollte ich etwa darauf hinaus, meines Kindes Mitleid zu erregen? Das hätte schon meine vom Befehlen nachzitternde Stimme, der falsche Zungenschlag des dringlichen Nachsuchens verhindert. Es war nicht zu erkennen für meinen Jungen, daß ich um ihn rang und daß wir alle drei um die geringfügigste Angelegenheit in Wahrheit einen schicksalhaften Entscheidungskampf austrugen.

Er sah mich an, nicht mitleidig, nicht horchend, sondern mit dem tierisch sicheren Gespür für den Verlierer, mich, der ihn in diesem Moment aus seiner Führung und Einflußnahme zu verlieren drohte. Aber da betrat ein schmaler, hübscher Junge, der vielleicht zwei Jahre älter sein mochte als der meine, den Laden und übergab der Drogistin einen Farbfilm zum Entwickeln. Da dies mit modernsten Kopiergeräten im rückwärtigen Labor ausgeführt wurde, konnte er an Ort und Stelle auf die fertigen Abzüge warten, und er setzte sich ... die kleine hochgradige Unentschiedenheit zwischen Vater, Mutter, Sohn und über die Theke gebeugter Drogistin mit ungezwungenen Parzival-Schritten durchkreuzend, ohne zu zögern und geraden Wegs ... auf den rechten Stuhl, zu dem hin meine Frau im selben, letzten Moment, mit einem raschen Betrugsmanöver unseren Jungen an der Schulter gedrängt und vorgeschoben hatte: vergeblich! Nun aber, aus Trotz entweder oder aus nachgeahmtem Elan, jedenfalls im Zuge der Kontaktaufnahme unter den Knaben, die jeden anderen Einfluß von nahen und fremden Erwachsenen unwirksam machte, setzte sich mein Junge, parallel zu dem älteren, in gleicher Ausrichtung, jedoch zu ihm hinüberschielend, auf den linken, auf »meinen« so tief ihm angewiesenen Stuhl. Ich, der Machtlose, hatte dabei sowenig gesiegt, wie wenn ich gegen den rechten Stuhl und seine Partei verloren hätte.

Missmutig geht ein kleines Mädchen an der Hand einer Maske. Sein Vater steckt in einer turmhohen Roboterfigur, die er aus Schachteln und Spulen, Drähten und Werkzeug selber gebastelt hat und auf dem Umzug zur Sechshundert-Jahr-Feier der Stadt vorführen wollte. Der Kasten ist über die Schultern und um die Hüfte festgeschnallt, die Beine sind frei, jedoch mit einer Sträflingshose bekleidet. Das Mädchen ist krank, es ist ihm schlecht, der Vater muß seinetwegen den Festzug verlassen. Aus der Mitte des verschlungenen Aufbaus, aus einem Filternetz, der Bauchhöhle der Maske, ertönt seine Stimme, und er schimpft mit seinem Kind. Es habe ihm die Freude verdorben, den ganzen Tag verdorben, auf den er sich so lang und fleißig vorbereitet hatte ... nur wegen eines lächerlichen Magendrückens! Das hätte sie schließlich vorher spüren können und zu Hause bleiben bei der Mutter. Das Töchterchen tippelt mit beeilten, manchmal sich verhaspelnden Schritten neben der

Maske, den Blick kahl nach innen gewandt, auf den Schmerz, das Malheur. Im Schritt der Maske werden Zorn und Ungehaltenheit mühsam unterdrückt, sie drängt voran, und dabei geraten die heftigen Beine in ein albernes Verhältnis zu der majestätischen Groteske, dem starren Gestell, das sie davontragen. Für sieben Minuten, für ganze sieben Minuten hatte der Vater auf dem Marktplatz angemessen schreiten dürfen und seine in monatelanger Kleinarbeit ausstaffierte Bastelei vorgeführt, diese phantasievolle Anklage gegen Technik, Rationalisierung, Automation. Zwar sitzt der gewaltige Aufbau fest am Körper, doch verpflichtet er eigentlich seinen Träger zum zeremoniellen Schritt der Maskerade. Jetzt aber sieht es aus, als mache sich ein Denkmal, ein Standbild aus dem Staub. Jetzt klappert und wackelt die Anklage, verliert die Maske ihre bittere Würde unter den kleinlichen verdrossenen Schritten, die ihr Motor sind.

Das Kind ist unterdessen nicht mehr mißmutig. Es bleibt still, doch der Blick richtet sich nicht mehr nach innen, er schweift nach da und dort, wendet sich auch rückwärts, alles in der Eile, die der Vater vorgibt und erzwingt unter anhaltender Schelte. Sie wehrt sich weder mit Geplärr noch Tränen und hält doch die eigenen kindlichen Gefühle abgeschirmt dagegen. Nur das Gesicht bleibt ein wenig konsterniert und unbelebt. Sie ist einfach noch zu klein, was der Vater in seiner Erregung nicht mehr bemerkt, um den schweren Vorwurf ganz bei sich zu empfangen: Du hast mir den wichtigsten Tag des Jahres ruiniert, das Fest… meine ehrgeizige Arbeit, meine große Vorfreude: alles umsonst! Eine Frau würde ihm darauf erwidern: Deine Rücksichtslosigkeit, dein hemmungsloser Egoismus bringen es fertig, daß dir dein lächerlicher Umzug wichtiger ist als meine Schmerzen, als die Erkrankung, die mich plagt!

Das Mädchen aber würde sich so nie wehren – es würde nicht einmal den Anflug einer gegnerischen Empfindung, wie sie im Gezänk gebraucht wird, bei sich finden. Und erhebt dennoch sein kindliches Recht gegen die Anmaßung des Vaters, erhebt es still, beinah ohne Ausdruck im Gesicht, weder mit leichter noch mit schwerer Seele, sondern einfach indem es nicht bei der Sache bleibt und plötzlich etwas anderes empfindet. Sie gehen jetzt auf einem menschenleeren Bürgersteig auf das östliche Stadttor zu. Da die Innenstadt heute für den Fahrzeugverkehr gesperrt ist, hätten sie frei auf der Fahrbahn unter dem Torbogen flanieren können. Das Mädchen hatte zaghaft an der Hand des Vaters gezogen, doch der hielt sie unwirsch auf dem Trottoir. Der Platz, den sie anschließend überqueren, liegt ebenfalls wie ausgestorben. Alle Einwohner haben sich vor dem Rathaus versammelt, der Umzug ist in vollem Gang. Die Maske und die Kleine kehren ganz allein zurück. Dabei muß sie sich so beherrschen, um nicht zu lachen und zu hüpfen. Das Magengrimmen ist verflogen, sie könnte jetzt den ganzen Tag mit ihrem Vater fröhlich sein. Doch sie wagt nicht, es ihm zu sagen, ihn zu bitten, zum Festzug umzukehren. Ihre Schritte sind jetzt so viel leichter, plappernder als vorhin – nur die Hand des Vaters hält immer noch so fest. Sie sind jetzt bald zu Haus, er hat den Tag für sich schon abgeschlossen. Aber was würde sie erst zu hören bekommen, wenn sie ihm gestünde, daß ihre Beschwerden längst vorbei seien! Doch es ist nun einmal bei einem Kind stets alles rasch wieder vorüber. Und das Kind möchte in genau diesem Augenblick der Erleichterung glücklich und unbeschwert sein, den Vater umarmen und mit ihm beschließen, daß alles wieder gut sei ... Aber die hohe Maske kennt nur die anhaltende Verärgerung. Die Kleine weiß schon: Es dauert bei

Erwachsenen alles unendlich viel länger, sie fressen sich fest in ihren Gefühlen, ihrer Stimmung. Fast hätte sie es doch gesagt: »Mir geht es wieder gut!« Aber dann spürte sie wieder den Zorn des Vaters im Handgriff und wagte es nicht. Nun hatte sie selbst einen Grund, verstimmt zu sein, und die Füße begannen auf einmal übellaunig, beleidigt zu schlurfen.

»Es ist alles schiefgegangen!« rief der Vater zu Hause, als er in den Hinterhof trat und die Mutter herbeikam, um ihm die Maske abzuschnallen, die bittere, kunstvolle Anklage gegen die Technik, die das Opfer des arbeitenden Menschen fordert. »Das Gör ist aber auch zu gar nichts gut. Es ist das letzte Mal, mein Kind, daß ich mich abmühe, um dir eine Freude zu bereiten. Darauf kannst du dich verlassen!« ... Verläßliche Gefühle, lang anhaltend. Jetzt erst bricht das Mädchen in Tränen aus, als die Mutter es in Schutz nimmt und nur zu einem milden Tadel bereit ist.

»Mein Geschenk ist ja nicht besonders angekommen.« Diesmal hatte sie für den Jungen ein beleuchtbares Labyrinth gebastelt aus zahllosen kleinen Stücken von Plexiglas und Chromstreifen. Obgleich sie viel Sorgfalt und Geschick darauf verwandt hatte, war es am Ende etwas unbefriedigend ausgefallen und sah nicht sehr hübsch aus. Es überforderte die Phantasie des vierjährigen Knaben. Er ließ es nach der ersten Überraschung bald unbeachtet und beschäftigte sich begierig mit dem neuen Plastikbagger und dem Rennwagen mit Fernsteuerung. Hillas Schwester hatte es sich mit Geschenken nie leichtgemacht, und doch blieb sie eine glücklose Geberin. Es sollte stets etwas Anspruchsvolles, Ausgefallenes sein, und ihren Einfall verfolgte sie mit erbittertem Ehrgeiz, ohne Rücksicht auf denjenigen, dem damit eine Freude gemacht werden sollte.

Es kränkte sie tief, wenn diese nicht spontan geäußert wurde und ihr Geschenk nicht die gebührende Beachtung fand. Sie sah nun ihr durchsichtiges Labyrinth, kunstvolles Handwerk ihrer Feierabende, beiseite stehen, während der Junge seinen protzigen Bagger verschob, um Legobausteine vom Teppich zu schaufeln. Sie konnte es nicht unterdrücken, das Kind mit einem verächtlichen Gefühl zu betrachten. Indem es ihre Gabe mißachtete, gewann es Macht über sie, unweigerlich und aus tiefsten Gründen des Tauschens und Gebens. Unabhängig von seinem geringen Alter, seiner Kleinheit und Unschuld – das Kind *»machte etwas mit ihr«*, es ließ sie kleinlicher und hintersinniger empfinden, als ihre Selbstachtung es zuließ. Sie dachte: Wenn ich ein Kind hätte, *mein* Kind sollte wohl mit vier Jahren genügend Wachheit besitzen, um für das feine Gebilde und das Rätsel seines Plans empfänglich zu sein. Der Junge ihrer Schwester Hilla schien ihr einfältig und durchschnittlich. Ja, sie verstieg sich in ihrer Befremdung sogar zu der Frage: ob ein solches Wesen überhaupt imstande sei, zu spüren, wie sehr es einen nahen Menschen, der sich ihm aufopfernd zugewandt hatte, verletzt und zurückgesetzt hatte? Es spielte ungestüm und ohne seine Tante überhaupt zu bemerken am Boden. Zwei Kameraden, die aus dem Nebenzimmer gekommen waren, wurde das Spielzeug aus den Händen gerissen. Wie brutal! Sie fand, daß er ein grober Sonderling war, kein Wunder, daß niemand mit ihm spielen wollte, nicht einmal an seinem Geburtstag. Wie sollte ein solch verkapseltes Geschöpf etwas vom Unglück eines anderen Menschen mitbekommen? Aber dann wieder war es ihr, als ob er sie doch heimlich erforsche, indem er sich beharrlich in ihrer Nähe aufhielt und keine andere Gesellschaft suchte ... Als saugte er sie geradezu aus ihrer Wunde: die gehässigen Beobachtungen, die sie an ihm traf. Verlangte er nicht in seinem abgewandten Dableiben, daß sie sich schäme für ihre egoistischen Verurteilungen eines gesunden, unbekümmerten Kindes, das sich nur getreu dem Gesetz seiner Launen verhielt?

Sie kam zu dem Schluß, daß er ein Biest sei; jemand, der sie dazu vermochte, sich Regung für Regung tiefer ins Unrecht zu setzen. Sie bereute aber auch, daß sie anfangs nicht verzeihlich genug reagiert und dem Kleinen dabei geholfen hatte, ihr Geschenk zu verstehen, es durch Erzählungen und Beispiele ihm näherzubringen. Sie verurteilte ihre eigene Gehemmtheit, den Mangel an Spontaneität und Großmut, von dem dieses Kind sie wieder einmal überzeugt hatte. Und sie schämte sich jetzt für die gieprige Erwartung, ja für die obszöne Erregung, mit der sie ausschließlich das Auspacken und das Enthüllen des Labyrinths, nicht aber für einen einzigen Augenblick die Miene des Jungen, des Beschenkten beobachtet hatte. Dieses teuflischen Jungen, dem es immer wieder gelang, sie auf ihre niedrigsten Antriebe zurückzuwerfen, sie daran zu fesseln und verzweifeln zu lassen.

Schon seinen Namen hatte sie nie aussprechen mögen: Ansgar. Der Name schien ihr so unwegsam, schien zu einem Kind überhaupt nicht hinzuführen. Und außerdem hatte sie aus ihren Jahren im Rundfunkchor einen Ansgar in denkbar schlechter Erinnerung. Vielleicht mußte ihr ein Kind, das sie niemals ungezwungen beim Namen genannt hatte, auch für immer verschlossen und unzugänglich bleiben. Eigentlich grübelte sie ohne Ende, wer von beiden, sie oder das Kind, den ersten Pfeil der Abneigung gegen den anderen losgelassen hatte.

Aber tatsächlich, wie *»gewaltbereit«* er sich aufführte beim Spielen! Gleich mußten die Klötze einem anderen entrungen, gleich ein falsches Teil in die Ecke geschleudert werden. Plötzlich fuhr sie ihn an und schlug mit der flachen Hand auf den Geburtstagstisch: »Hör auf! Geh anständig mit deinen Sachen um!« ... Sie erschrak. Der Ton war ihr zu schrill ausgeschlagen, so hätte sie gern einen Mann angeschrien.

Das Kind blickte sie nicht einmal an. Es hörte nicht auf sie. Sie senkte den Kopf. Sie spreizte die fünf Finger der rechten Hand, die neben dem Likörglas flach auf der Tischdecke lag. Ansgar hatte kein kindliches Gesicht. Diese erschreckend ältlichen Züge, dieses ganz klein Ausgeprägte, Männleinhafte an diesem Kind hatte sie schon immer angewidert. Er war wie die Puppe eines blonden, unerfahrenen milchbübischen Studienrats mit gelichtetem schlappen Kopfhaar. Es waren jedenfalls nicht die Züge seines Vaters, dessen Gesicht viel wechselhafter und unbestimmter erschien. Eher schlug der Junge seiner Mutter nach: ihr früh schon zur Maske erstarrtes Gesicht, das öde Frätzchen der jüngeren Schwester, die sich vor dem Spiegel schminkte, kam ihr jedesmal in den Sinn, wenn sie den Jungen ansah.

Sie war allein an der Kaffeetafel sitzen geblieben. In ihrem Rücken lag das Kinderzimmer, in dem jetzt Thomas und Hilla für die kleinen Geburtstagsgäste eine Vorstellung im Kasperletheater gaben. Das Geburtstagskind fand kein Vergnügen daran und hatte zwei Jungens mit sich fortgezerrt, um ungestört im Wohnzimmer seine Rabaukenkräfte zu messen ... bis sich die beiden anderen wieder losmachten und er allein mit ihr im Zimmer blieb.

Aber so ist er ja gar nicht! dachte sie plötzlich, halb erfreut, halb erschrocken. Es hatte ein zufälliger Blick des Jungen genügt, ein kurzer, offener, freundlicher Blick, der sie eben nur streifte, und schon fühlte sie sich wie erlöst, zutiefst dankbar berührt ... Er ist lieb! Ich bin es, die nur Falsches, Kleinliches, Häßliches in ihn hineinsieht. Ich verderbe ihn mir mit unfreien Gedanken, mit mißtrauischen und gekränkten Gefühlen, mit meiner ganzen verstockten Art! ... Der Junge kam zu ihr an den Tisch und fragte mit einer anmutigen Sorge: »Warum sitzt du so allein hier? Warum spielen wir nicht zusammen?« Sie blickte ihn an und war bezaubert von seinen runden braunen Augen, seinen niedlichen, halbgeöffneten Lippen. Sie versuchte zu lächeln und den sicheren Ton der endgültigen Zugewandtheit zu treffen. Doch seltsamerweise fragte sie: »Warum schaust du nicht beim Puppentheater zu?« Antwortete ihm also nicht, sondern parodierte ihn geradezu mit einer Gegenfrage, äffte ihn sogar im Ton ein wenig nach. Der Junge sah beiseite und beschied mit trotzig-geniertem Lächeln: »Möcht ich nicht.«

Ansgar besaß einfach zu viele Spielsachen, er war verwöhnt. Die Schenkenden, so mißbilligte sie die anderen, überhäuften ihn mit Gegenständen des schlechten Geschmacks, des billigen Materials, die keinerlei erzieherischen Einfluß auf die ordinären Schönheitsbegriffe und Gelüste eines vierjährigen Knaben nahmen. Im Zuge dieser Feststellungen überwand sie sich und löste mit einem kräftigen Ruck die Verschnürung von ihrem Herzen: »Wir spielen ein bißchen mit dem Labyrinth, wenn du willst?«

»Was für ein Labünth? Wo?«

Ihr Eifer hielt es aus, sackte nicht gleich wieder ab, sie vermerkte es dankbar. Ungeniert wies sie nach dem eigenen Geschenk, das auf dem Gabentisch neben den Anziehsachen und dem Zeichenblock stand und damit im Bereich der nützlichen, unbegehrten Dinge. Sie nahm ihn bei der Hand und zeigte ihm das verwinkelte, lichte Gebilde aus Plexiglas und spiegelnden Chromplättchen, das als Designer-Objekt gut in die Auslage eines Juweliers gepaßt hätte. Sie hatte zwei Figuren aus Fichtenholz geschnitzt, einen Jungen und ein Mädchen (oder Mann und Frau), die sich in diesem Labyrinth, wie sie ihm erklärte, verirrt hatten und wieder zueinander finden wollten.

Sie erzählte auch die Geschichte von Ariadne, Theseus und dem Stier, die Geschichte des roten Fadens (sie betonte tatsächlich den »roten« Faden), und forderte ihn auf, es einmal zu versuchen: die beiden Figuren durch die ineinandergeschachtelten Gänge so zu bewegen, daß sie sich entweder irgendwo träfen oder nacheinander zum Ausgang fänden (beides schien ihr eine gleichwertige Lösung).

»Wo ist der Stier?« fragte Ansgar. Sie hatte keinen Stier geschnitzt. Ihre Konstruktion sollte auch nicht das Verlies von Knossos darstellen, sondern war eine eigene Erfindung mit Blenden und Spiegelfallen. Er wollte aber den Stier. Er holte aus seinem Plastikzoo einen Büffel mit geschwungenen Hörnern und setzte ihn in den schmalen Gang, in dem der holzgeschnitzte Junge stand. Er ahmte den wutschnaubenden Stier nach und stürzte das Tier auf die Holzfigur. »Er spießt ihn auf, er spießt ihn auf!« schrie Ansgar und brach dem Figürchen Arme und Beine ab. Das gleiche wollte er dem weiblichen Teil antun, als Carmen ihn anherrschte. In einem wunderbar sicheren, unerbittlichen Ton drückte sie ihren Abscheu aus. Thomas und seine Frau riefen aus dem Nebenzimmer nach dem »Geburtstagskind«, und Ansgar rannte schnell davon, ehe Carmen ihn greifen und schütteln und für seine Zerstörungswut mit einer Ohrfeige bestrafen konnte.

Gewiß hätte die Ohrfeige sie für immer von diesem Kobold befreit – das hübsche Kind und seine schwermütig-schöne Tante hätten sich zum ersten Mal offen und verwundert angeblickt.

Carmen setzte sich wieder an die Kaffeetafel und nippte zitternd an ihrem Mandellikör. Mein Gott, was stellt das Balg mit mir an! Wie weit noch will es mich bringen? Es kann mich in die verkehrtesten Empfindungen hineintreiben, die je eine Frau gegenüber einem Kind hegte ... ja, schlimmer: Es ist mit seinen zwergmännlichen Schikanen imstande, eine Frau, die selbst kinderlos geblieben ist, so abschätzig zu behandeln, daß sie sich tatsächlich als unwert, schwach, abnorm empfindet. Was an mir, wenn ich's durch den Neffen fühle, wäre nicht verkehrt? Was, außer, als letztes noch, diesen beiden Händen, die basteln und werken können, nicht linkisch?

In der Woche, die auf Ansgars Geburtstag folgte, erhielt sie gleich zweimal Besuch von ihrem Schwager, den sie sonst nur sporadisch und niemals ohne Hilla, ihre Schwester, traf. Dabei waren sie einige Male beruflich miteinander in Berührung gekommen, wenn es um die Gestaltung öffentlicher Anlagen ging und sie, die Gartenarchitektin, sich mit dem Gewässerschutz, bei dem Thomas arbeitete, abstimmen mußte. Es war ihr jedenfalls angenehmer gewesen, ihn alleine zu treffen, er kam ihr heiterer und aufgeschlossener vor als zu Hause in der Familie.

Was ihn jetzt bewegte, unangekündigt nach Feierabend in ihrem Apartment zu erscheinen, war für sie nicht gleich ersichtlich. Er gab an, und wirkte dabei etwas zerstreut, sie etwas Bestimmtes und Unbestimmtes zugleich fragen zu müssen, wie er sich ausdrückte. Zu Beginn des Gesprächs vermutete sie, er wünsche etwas Besonderes über ihre Schwester zu erfahren, aus ihren Jugend- oder Kindertagen, forsche vielleicht nach der Ursache eines bestimmten Verhaltens oder Fehlverhaltens, mit dem Hilla ihm Rätsel aufgebe. Doch in Wahrheit erkundigte er sich wenig, fragte nicht viel, sondern räsonierte zuerst verhohlen, dann immer freimütiger über die »kleinen Eigenarten« seiner Frau, die ihm einmal besonders gefielen, das andere Mal eher befremdlich waren. Er beschrieb sie ihr besessen und kühl wie eine interessante Begegnung, eine Unbekannte, die er redend Zug um Zug für sich entdeckte, so daß Carmen den Eindruck gewann, von der eignen Schwester ihr Leben lang nur die gröbsten, täuschendsten Umrisse wahrgenommen zu haben. Gleichzeitig fragte sie sich, wie Thomas dieses Objekt seiner indezenten Beobachtungen überhaupt noch als seine Frau erkennen konnte. Auch blieb sie unsicher, ob es sich um die Zeremonie einer besonders verstiegenen Leidenschaft oder um den Ausbruch der reinen Lieblosigkeit handelte, dessen Zeugin sie plötzlich ohne eigenes Verlangen und Zutun geworden war. Mit botanisierender Genauigkeit unterschied er die vielfältigen Empfindungen, die er im stillen hegte, wenn er mit Hilla zusammen war. Und so widersprüchlich und reich verschlungen, wie sie waren, ließen sie sich im Grunde vor niemandem aussprechen, am wenigsten sicherlich vor der Lebensgefährtin selbst. Carmen aber lieh ihm ihr Ohr. Obgleich es sie verwirrte und sie anfangs noch widerstrebte, derart schrankenlos ins Vertrauen gezogen zu werden. Dann aber wehrte sie sich nicht mehr, sie ließ sich gehen, es erregte sie, ihm zuzuhören, sie tat es schließlich mit wachsender Lüsternheit. Und Thomas, der Schwager, verstand es, ihre fragwürdige Aufmerksamkeit noch zu steigern mit Einschüben wie: »ich hoffe, es belastet dich nicht, wenn ich dir nun berichte ...« oder: »bitte, du mußt mich wissen lassen, wenn es dir zu weit geht, was ich hier erzähle ...« Es gelang ihm, ihr freundliches unruhiges Zuhören bis auf die nackte schamlose Neugierde zu entblößen.

»Nach vierzehn Jahren ungebrochener Ehe, in denen die Treue eine souveräne Macht über uns gewann, in denen Hilla zu einer stolzen und reifen Frau heranwuchs, bleibt mir nur noch eines zu tun, Carmen: den Teil ihres Wesens zu zerstören, der sie imstande sein ließ, die unwürdige Geliebte anderer Männer zu sein, die es vor mir gab ... Von anderer Seite wurde sie einmal gehaßt, gedemütigt und viele Male erniedrigt. Weißt du übrigens, wer es war?«

Sie erschrak und dachte, sie müsse nun etwas berichten, aber natürlich gab er sich selbst ausreichend Antwort.

»Wo findet sich an ihr eine letzte Spur jener Bosheit, die ihr widerfuhr? Wo verbirgt sie, was dieser Mann einmal an ihr verdammte, hassenswert und widerwärtig fand? Wäre es denn möglich, einmal derart verachtet worden zu sein und nicht die geringste Narbe davongetragen zu haben? Nein! Sie trägt's ja noch in sich, irgendwo liegt er verschüttet, der Teil ihres Wesens, der sie imstande sein ließ ... Ich kann es je länger, um so weniger ertragen, daß sie zu einem früheren Zeitpunkt ihres Lebens das willenlose Geschöpf, die Hörige, die Sklavin eines hergelaufenen Möchtegern-Genies war. Ich könnte es hingegen leicht ertragen, nein, es würde mir sogar eine heimliche Genugtuung verschaffen, wenn sie es gewesen wäre, die mit einem nichtswürdigen Kerl gespielt, mit seiner Liebe Schindluder getrieben hätte. Jedoch umgekehrt ... und umgekehrt ist es leider tatsächlich gewesen. Ich habe es selbst mit ansehen müssen, der Zufall wollte es, daß ich meine Frau zum ersten Mal sah, als sie von einem anderen mißhandelt wurde. Etliche Jahre bevor wir uns kennenlernten, wurde ich zufällig Zeuge ihrer haltlosen Unterwerfungssucht gegenüber diesem räudigen Bastard von Künstler, dem sie sich an den Hals geschmissen hatte und der sie durchaus nicht haben wollte, sondern sie in seiner betrunkenen Wut quer durch den Wirtshaussaal schleuderte. Ein Vieh, zu dem sie mit blutendem Mund aufblickte wie zu einem Halbgott und zu dem sie immer wieder hinkroch, um sich an seine Beine zu klammern ... O hätte ich das niemals gesehen! Wäre ich niemals Zeuge dieser ihrer schlimmsten Erniedrigung geworden! Gewiß, ich habe die Macht dieses Schubjacks längst gebrochen. Ich bin davon überzeugt, daß sie heute so gut wie keine Erinnerung mehr an ihn besitzt, aber dieses Wesensteil, Carmen, dies kleine grauenvolle So-Sein, das ihr die lallende, obszöne Kriecherei erlaubte, es befindet sich weiter in ihr, es lebt mit uns, wenn auch auf das geschickteste verborgen, und ich werde mein Lebtag eifersüchtig sein auf diesen Wüstling, den sie anbetete und der in den Stunden und Tagen, da sie seine ungeliebte Kreatur war, eine bei weitem größere Macht über sie besaß als ich je in den vierzehn Jahren unserer wohlregierten, gerechten Partnerschaft ...! Jahre, in denen wir einander unausweichlich und unverwechselbar geworden sind, etwas Einziges, Individuelles … und doch, Carmen, ich weiß nicht, ob du mir so weit folgen willst … im Liebesspiel drei, vier Berührungen, die sie aus den Tagen früherer Liebe bewahrt in ihrer Hand … und wie es mich jedesmal graust, wenn diese langen Fingernägel, wenn ihre zarte Kralle mir über Rücken und Schenkel streift … nur diese kleine, allzu unpersönlich eingesetzte Zärtlichkeit, die sie schon mit in die Verbindung brachte und von der ich in diesen schrecklichen Sekunden nur spüre, wie sie einem anderen, gar *jenem* anderen einst dieselbe Belebung verschaffte!«

Carmen blieb unter den sie bedrängenden Geständnissen gar keine andere Wahl, als sich einer großen Täuschung hinzugeben. Sie suchte geradezu Zuflucht zu der Überzeugung, daß ihr Schwager eine tiefere und im tiefsten gehemmte Zuneigung zu ihr gefaßt hatte und daß diese umständlichen Eröffnungen, dieses ehebrüchige Reden letztlich nur dazu dienten, eine exzessive Vertraulichkeit zwischen ihnen herzustellen, die dann um so leichter und schwellenlos zum tatsächlichen Ehebruch führen würde. Ja, es würde eine Geschichte zwischen ihnen geben, daran hatte sie nun keinen Zweifel mehr, und sie würde von jetzt an in allem auf der Hut sein müssen. Sie mußte viel Vorsicht und Geschick an den Tag legen, zugleich aber auch unbedenklich bereit sein für diesen Mann, den sie zwar nicht liebte, der indessen an die uralte geschwisterliche Fehde gerührt hatte, so daß sie ihn unbedingt eine Weile an sich fesseln wollte.

Eines Abends schien alles für den Übertritt vorbereitet. Er hatte sie zum ersten Mal zum Essen ausgeführt und begleitete sie anschließend nach Hause, wo sie ihm Kaffee kochen wollte. Als hätten sie nicht schon ein dutzendmal unter dem Weihnachtsbaum zusammen gesungen! ... Sie sah, als er zwei Stufen vor ihr die Treppe hinaufschritt, daß er leider schon *»perfekt«* gekleidet war, daß er seinen ausgeprägten Stil besaß, daß sie es mit kleinen Geschenken bei ihm schwer haben würde. Es würde ihm bestimmt niemals gefallen – nichts würde ihm gefallen, was sie ihm heimlich schenkte. Was für ein *»Konzept«* hätte sie denn auch für ihn, der seine Erscheinung genau unter Kontrolle hatte und ihr keine Möglichkeit ließ, nach ihrem Geschmack etwas hinzuzutun, ihn zu beeinflussen, ihn zu bestücken nach und nach? Was war es denn schon, das sie sich unter ihm vorstellte? Was war das schon wert, verglichen mit der Art und Weise, in der er sich selber sah? ...

»Was werden wir jetzt tun, liebe Freundin?« seufzte Thomas linkisch und drehte sich auf der Treppe zu ihr um. Sie lächelte, weil sein Lächeln auf sie gefallen war. Sie hielt es für ein Zeichen von gespielter, verliebter Befremdung, daß er sie »Freundin« genannt hatte. Er hingegen hatte lediglich ein wenig ironisch beklagen wollen, daß es auch in der kommenden Stunde unvermeidlich um das gleiche gehen würde wie die Male zuvor. Ein winziger voreilender Zungenschlag, ein Hauch von Wechselwirkung zwischen ihnen hatte aber den beabsichtigten Ton dahin abweichen lassen, daß *sie* ihn mißverstehen und daß er ihre Erwartung steigern *mußte.* Während er im selben Moment sich dafür entschieden hatte, diese Frau sehr unsanft zu enttäuschen.

Es dauerte ein paar Wochen, bis Carmen begriff, welcher Seelenintrige sie zum Opfer gefallen war. Sie suchte nach dem genauen Impfpunkt der Verführung, seit dem die perfekte Illusion sie umfing, daß sie *»schwellenlos«* von der Vertrauten zur Geliebten des Schwagers aufsteigen würde. Das Ende der Täuschung ließ sich hingegen exakt bestimmen. Es war ein Satz, den Hilla beiläufig zu ihr gesprochen hatte und den sie nicht verstand. Er ging ihr so lange im Kopf herum, bis er ihr schließlich die Augen öffnete ... Kurz nach den geheimen, aufdringlichen Besuchen, die Thomas ihr abgestattet hatte, war sie überraschend von Hilla zu einem Spargelessen eingeladen worden. Beim Abschied, als Thomas den Jungen zu Bett brachte, hatte Hilla in der Garderobe über den unruhigen Zustand ihres Mannes Besorgnis geäußert, so jedenfalls klang es für Carmen, als die Schwester nebenbei in einem fast düsteren Ton sagte: »Ich hoffe nur, daß er mir nicht in meinen Armen zerfällt« ...

Für Carmen war es ein quälender Abend gewesen. Ihr Schwager, der sie noch wenige Tage zuvor in seine subtilsten Beschwerden eingeweiht hatte, behandelte sie auf einmal abschätzig und anmaßend. Was immer sie am Tisch zur Unterhaltung beitrug, wurde von ihm lächerlich gemacht, er fuhr ihr über den Mund und erteilte ihr völlig ungerechtfertigt Ermahnungen. Es dauerte eine Weile, bis ihr plötzlich bewußt wurde, weshalb Thomas sie immerzu maßregelte: er wollte sie zweifellos daran hindern, daß sie mit ihrer allzu leichten, ungewohnt heiteren Gesprächigkeit bei Hilla einen Verdacht auslöste. Also hielt sie sich auf der Stelle zurück. Doch er griff sie auch an, als sie schwieg. Da sie aber zu diesem Zeitpunkt noch tief in seiner Verführung steckte, machte sie sein ungehöriges Benehmen ganz hilflos und anhänglich. Zu ihrem Trost sagte sie sich, daß seine Schroffheit nur vorgetäuscht sei und zur Tarnung ihrer geheimen

Vertraulichkeit diene. Dennoch fühlte sie sich behandelt, als liege ihrer beider Geschichte oder Affäre nun schon Jahre zurück und ihm, dem einstigen Geliebten, sei davon nur ein bitterer Nachgeschmack geblieben, während sie mit warmherzigen und dankbaren Gefühlen daran hing.

Wie wenn man im Dunklen eines fremden Hauses nach dem Lichtschalter tastet, so suchte sie nach einem verborgenen Wink, einem Kassiber des Herzens in den verächtlichen Augen und Worten ihres Schwagers. Und alles geschah in Gegenwart des seltsam stillen, lauernden Knaben Ansgar, der wie ein arglistiges Meßgerät am Tisch saß und jedes unterschwellige Ereignis, Schweben und Schwanken zu registrieren schien. Ja, wenn Carmen ihn ansah, so glaubte sie im Herzen des Kindes den geheimen Umschlagplatz all der Unaufrichtigkeiten, der Gefühls- und Gewissenskonterbande zu entdecken, die die drei Erwachsenen untereinander verschoben.

Was ihr aber ärger zusetzte als die Unhöflichkeit ihres Schwagers, war der Umstand, daß dieser sich ungewohnt liebevoll und einläßlich seiner Frau zuwandte, als ob er mit ihr zu einer neuen Verständigung gefunden hätte. Hilla selbst blieb davon freilich so gut wie unbeeindruckt; sie zeigte sich kaum verwandelt, gab sich zurückhaltend und spröd. Sie war so wie immer – vorher ohne Herz und jetzt auch ohne. Und es gab ein Vorher und Nachher, das spürte Carmen nur zu deutlich. Aber was war geschehen? Wie notwendig wäre es jetzt gewesen, mit Thomas allein auf ihrem Zimmer all dies vertraulich zu erörtern – wie es sich dann klären würde! Doch er kam nicht mehr zu ihr.

Die Begierde des Verräters war längst gestillt. Er hatte

sie – für immer – zur Mitwisserin seiner intimsten Zweifel gemacht. Nachdem nun dieser Exzeß abgeklungen und verrauscht war, haßte er und verachtete er niemanden stärker als jene Person, vor der er sich zwanghaft entblößt hatte. Dies üble Geschäft zwischen ihrem Ohr und seinem Mund hatte für ihn offenbar eine reinigende Wirkung gehabt. Nun empfand er nur noch Ekel vor Carmens immer noch gierigem, duldsamen, allesverschlingenden Ohr ...

Wie schal und bitter war ihr nun zumute! Und das mußte ihr passieren, die zeitlebens der Überzeugung gehorcht hatte, daß ein großes Maß an Verschweigen, an Tabu, an Nichtberührbarkeit den innersten Schwerpunkt einer Person ausmache. Thomas besaß eine solche innere Beschwerung nicht mehr. Er war fahrig, zerstreut – er würde niemals leidenschaftlich und großmütig handeln. Seine verschlagene Vertrauensseligkeit war an die Stelle einer echten Leidenschaft gerückt – und sie war eine Folge seiner Geltungssucht, die er weder beruflich noch im Kreis seiner Freunde befriedigen konnte. Er mußte sich die Brust aufreißen – um eine arme Verwandte, nicht einmal eine stolze Fremde, mit der Propaganda der Aufrichtigkeit in den Hinterhalt zu locken.

Ja, sie war bereit gewesen, die Schwester mit *diesem Mann* zu betrügen. Die kalte und herzlose Schwester, die *diesen Mann* schon deshalb nicht verdiente, weil ein herzloser Mensch nicht einen anderen zur Ernährung seiner Herzlosigkeit mißbrauchen sollte! Nein, sie schämte sich auch jetzt im nachhinein dieser Bereitschaft zum Betrug nicht. Sie kam nur über diesen einen Punkt nicht hinweg: weshalb es schließlich nicht dazu gekommen war? Weshalb es von einem bestimmten Zeitpunkt an nicht *»ganz von selbst«* dazu gekommen war, was also den Ausschlag gegeben hatte, daß das Unvermeidliche sich im letzten Augenblick von ihnen abwandte?

Sie saß an jenem Abend angelehnt neben ihm auf dem moosgrünen Ledersofa. Sie starrte vor sich hin und dachte, daß es im nächsten Augenblick geschehen müsse. Aber sie wagte nicht, als erste die Hand auf seinen Unterarm zu legen – sie wollte es dann eben doch nicht gewesen sein. Offensichtlich scheute aber auch er in diesem Augenblick vor dem lächerlich kleinen Griff zurück – obgleich im Innersten alles bereits getan war – nur ohne das Glück, es mit Haut und Haaren zu spüren …

Und so ging sie Minute für Minute noch einmal gründlich durch und legte sich die ganze Sache so zurecht, daß nur ein winziger Fehler übrigblieb – ohne ihn wäre alles gutgegangen.

Gestern auf dem Berg Randa. Die steinernen Plätze vor dem Konvent waren schon menschenleer, die Busse abgefahren, hinter geschlossenen Fensterläden probte ein gemischter Chor. Hin und wieder kam jemand aus dem Wirtschaftshaus zum Brunnen oder ging hinüber zu dem kleinen Andenkenladen, der noch geöffnet war. Ich saß unter der Steineiche im Schatten. Fern in der Bucht von Palma ankerten zwei Kreuzer der Marine, sie glichen zwei dunklen Barken in einer dunstigen Lichtlache, die die späte Sonne auf das Meer goß. Ich sah meine Frau Ausschau halten mit der schirmenden Hand über den Augen. Ich sah den kleinen Sohn, der mit Freude tollte in der luftigen Stille. Der Begriff »Genügen« breitete sich aus, erhob sich über alle anderen und gebot ihnen Ruhe.

Der weiße Pulli steckte hauteng unter der breiten Gürtelschnalle, die zarten Strähnen des Nackenhaars, die nicht mit aufgesteckt wurden, loderten im Wind ... Alles wie einst.

Es war, als kehrten aus allen Himmelsrichtungen die Schnipsel und Fetzen zurück und legten sich wieder zusammen zu der *einen* Schönheit und machten sie, die gesprengte, für diesen Augenblick wieder ganz. So atmen die Partikel und das Eine. Schönheit, ausgeschwärmt in Myriaden zufälliger Ereignisse, Blicke, Gebärden, Worte, versammelte sich im Rücken einer Frau, die Ausschau hielt über die weite Ebene.

Sie war noch immer eine junge Frau. Die Geburt des Knaben hatte an ihrer schlanken Gestalt, die ich einstmals nicht umarmen mochte, kaum Spuren hinterlassen. In diesen Minuten wurde mir bewußt, daß ich die glücklichste Entscheidung meines Lebens getroffen hatte, als ich mich vor Jahren der Mindergeliebten zuwandte, um mich den Qualen, die mir die Einziggeliebte zufügte, zu entziehen und mich an ihr zu rächen.

Mit friedlichem Staunen und dankbar nahm ich es an, daß diejenige, die nie meine Erwählte war, sondern seinerzeit aus Not und Verwirrung ergriffen worden war, mit zauberischer Beharrlichkeit ein anfängliches Mißgeschick in ein dauerhaft gütiges Geschick gewandelt hatte. Längst hätte ich es ihr gerne gesagt, was ich *jetzt* für sie empfand. Ich wollte ihr sogar ein kleines Memorandum verfassen über das feierliche Genügen, das mir in jenen Minuten auf dem Berg Randa zuteil wurde. Aber damit hätte ich nur ihr Befremden hervorgerufen. Sie besaß von Beginn und Verlauf unseres gemeinsamen Lebens, von unserer Geschichte eine grundsätzlich andere Auffassung als ich. Ihre feste Überzeugung war es, daß *sie* anfangs die Widerstrebende gewesen sei, die erst auf mein stetes Drängen und Werben nachgegeben hatte – und damals auch nur zu einem flüchtigen Abenteuer bereit gewesen sei. Sie verkannte oder verfälschte die Perioden unserer Geschichte, sowohl was die Frühzeit anbetraf wie aber auch die mir viel bedeutsamere Neuzeit nach der Geburt des Kindes.

Für sie hatte sich meine leidenschaftliche Zuwendung mit den Jahren gemäßigt, hatte ich an Höflichkeit und Feingefühl eingebüßt – genau das Gegenteil meiner Empfindungen, der ich sie mit Sicherheit niemals fester umarmte als jetzt, und zwar mit einem Begehren, das einem natürlichen Wachstum gehorchte und das selbstverständlich den *Möglichkeiten* zwischen uns beiden entsprach und nicht dem Unmöglichen hinterherwollte, das mich zuvor an jene andere, die Gnadenlose, gefesselt hatte. Diese gesunde spätblühende Entwicklung meiner Liebe wollte sie einfach nicht wahrhaben. Dagegen hielt sie, der ich sonst keinen Mangel an Spürsinn und Einsicht vorzuwerfen hatte, an den trostlosen Klischees der Verfallsgeschichte fest, die keine Lebensform, und am wenigsten die eheliche, verschone. Sicherlich, ich hatte ihr auch niemals ein volles Geständnis abgelegt, wie wenig sie mir zu *Beginn* bedeutete und welch schmächtiger Ersatz, welch infames Mittel zum heimlichen Zweck – die andere bis aufs Blut zu reizen – sie mir gewesen war. Jedenfalls wäre ich jetzt mit meinem Memorandum über das höhere Genügen auf schroffes Unverständnis gestoßen. Natürlich kannte auch sie ein Genügen, jedoch unterschied es sich von meinem dadurch, daß es vor allem Bescheidung, Minderung der seelischen Ansprüche und nicht deren friedliche Einlösung, Güte des Lebens bedeutete. Wir hätten uns über den Begriff des Genügens sowenig einigen können wie über Aufstieg und Herrschaftszeit unserer Liebe, von der es niemals eine verbindliche Chronik geben würde.

Aber in diesen stillen Minuten auf dem Klosterberg leugnete ich sogar, daß sich überhaupt so etwas wie Geschichte im persönlichen Leben des Menschen zutrage. Die Begegnung, sagt Martin Buber, findet nicht in Raum und Zeit statt, sondern Raum und Zeit ereignen sich in der Begegnung ... Ich glaube an das Sternenzelt des Gewesenen über uns. Das, was jeder von uns als seine Lebenszeit erfährt, ist im gesamten vielleicht nur ein augenblickliches Sternschnuppengewitter im Nachhall eines Kometen, der längst vorübergezogen ist, ein Meteoritenhagel, der in der Atmosphäre unseres Bewußtseins verglüht und in unsere »Zeitrechnung« eintritt. Nur unser Gedächtnis, das unermüdlich vor- und nachordnend tätig ist, formt aus dem Allzugleich der Fülle diese trügerische dünne Streckung mit Namen »Geschichte«.

Doch auch hiervon konnte ich ihr, deren schöne, unerschöpfliche Anwesenheit mir solche Gedanken eingab, keine Mitteilung machen, sie wären auf Unverständnis und Ablehnung gestoßen. Sie war nun einmal in der Verblendung befangen, daß ihr Leben nur als Geschichte zu erfahren sei, mit Hoch- und Niederzeiten, Wende und Krise und all dem veralteten Zubehör, für das ich keine geistige Verwendung mehr hatte.

Ich betrachtete die freistehende Figur der Ausschauhaltenden am Rande des Plateaus. Sie ahnte nicht, weshalb ich sie auf den Klosterberg des Ramón Llull geführt hatte. Ich hätte ihr gern ein wenig von seinen gelehrten Künsten erzählt, besonders vom Traktat über das sichere Gedächtnis. Doch ich wußte, daß sie dafür keinen

Sinn hatte. Anders als die Gnadenlose wäre sie nie auf die Idee gekommen, etwas zu bewundern, das sie nicht verstand.

Ich erinnere mich nicht, ob ich damals wenigstens den Anstand besaß, auszusteigen und ihr die Wagentür zu öffnen, wenn sie aus der Haustür trat, den kleinen Weg durch den Vorgarten mit ihrem wachen, freudigen Entgegenkommen erfüllte, mit jener gehobenen Erwartung, in der sie gespannt und aufrecht wie ein gestrafftes Segel in unsere ersten Abende hinauszog. Ich erinnere mich indessen sehr genau, daß ich, wenn ich sie in den frühen Morgenstunden wieder nach Hause brachte, niemals den Fahrersitz verließ und wir uns, nebeneinander sitzend, küßten, manchmal leicht und freundlich, manchmal, auf ihr Betreiben, heftig und schmerzlich. Ich stand dann niemals auf und brachte sie zur Tür. Ich saß gebeugt über dem Steuer, mit schwerem Kopf, und wartete ab, wie lange sie diesmal abwarten würde. Wir blickten parallel nach vorn durch die Windschutzscheibe in die leere frühmorgendliche Straße. Das schleierhafte Lächeln auf ihrem müden Gesicht verbarg ein Gefühl der Versagung, und ich versuchte ihr zu erklären, daß wir uns vorsichtig aneinander gewöhnen müßten und daß nicht etwa Herzensträgheit oder sonst ein Mangel an Zuneigung (ich log) mich hindere, mit ihr den Rest der Nacht zu verbringen. In Wirklichkeit ersehnte ich nur eines: daß im oberen Stockwerk des Hauses ein erleuchtetes Fenster aufginge und in dem erleuchteten Fenster jene Dame sans merci, die Einzige, erschiene, und mich hier sähe, schneeweiß vor Eifersucht, und alles widerriefe, was sie mir an abfertigenden Worten zugedacht hatte. Aber sie wußte leider gar nichts von meiner neuen taktischen Verbindung und, schlimmer, wenn sie davon gewußt hätte, so wäre es für sie nur ein weiterer Anlaß gewesen, mich mit abfälligen Bemerkungen über meinen feigen Kompromiß zu mißhandeln.

Ich erinnere mich, wie meine Frau mit den Fingern immer wieder nach dem Türöffner tastete, der sich, ein kleiner Hebel, in der Innenverkleidung der Wagentür verbarg. Sie ging, und ich beugte mich faul, aber beglückt über meinen rechten Arm, der über der Lehne des endlich freien Beifahrersitzes lag. Ich sah, wie sie vor dem Gartentor die Schlüssel aus der Handtasche grub, dann über die Steinplatten zum Hauseingang schritt. Hier drehte sie sich noch einmal um, und ich startete den Wagen erst, nachdem wir uns ein letztes Mal gegrüßt hatten. Ja, ich war bereit, es diesmal mit einer Ungeliebten zu versuchen. Einer Frau etwas vorzumachen, an der ich zunächst lediglich nichts auszusetzen fand, deren beglücktes Entgegenkommen mir aber an jenen Abenden großartig und berührend erschien, deren Stärke und Klarheit in allen Gefühlen und Entscheidungen, die sich auf mich bezogen, ungewöhnlich waren und mich schließlich befähigten, ihr ein wenig von ihrer Freude, von dem übermütigen Gefühl, am Ziel zu sein, zurückzuspiegeln. Wirklich begehrenswert erschien sie mir erst, als sie das Kind zur Welt gebracht hatte. Dieses Kind. Das lichte und frohe, das ich mit einer Ungeliebten gezeugt hatte.

Wer empfände es nicht als Wunder, daß in der eigenen Brust sein Herz, das fremdeste, ob er wacht oder schläft, liebt oder lügt, ohne Unterbrechung, ohne jeden Einhalt oder Stillstand, *tätig* ist, millionenmal schlägt im Verlauf eines gesunden Daseins von durchschnittlicher Dauer? Einer begrenzten Zahl also gehorcht es. Aber das Pausenlose – lebt es? Kein Gedanke, kein Finger, kein Fuß, die nicht in bemessenen Abständen zur Ruhe kämen und, um tätig zu sein, auch ausruhen müßten. Das *Ding* in den Häuten ist das eigentliche Geheimnis des Herzens, das Ungerührte, dessen Namen wir für jedwede Erschütterung des Lebens verwenden.

Am geräumten Tisch unter dem blassen Strahler, gestützt auf seine Unterarme, hing der stille Mann zwischen den eigenen Schultern wie ein schweres nasses Kleid. Die linke Hand umfaßte das Gelenk der rechten. In seinem Rücken, er hörte es, traf seine Frau letzte Vorbereitungen, um vor ihn hinzutreten. Sie trug etwas in sandfarbenem Crêpe de Chine, weite lange Bluse mit dreiviertellangen Glockenärmeln, sehr weite, elefantenbeinweite Hose; alles Ton in Ton, lose, fließende Hülle um einen kaum noch ahnbaren geraden und mageren Leib. Die Haare graumeliert, gedrängte Locken. An den Füßen weiße stumpfe Schuhe, Clogs. In der rechten Hand, zur Brust gehoben, der runde Hut, eine rote Melone, die das Nummerngirl schwingt in der Revue. Das ganze Kostüm nur weiches Fallen, lichter Stoff an einem nirgends vorragenden Leib.

So trat sie vor ihn als die Geschickte und auch die Ungeschickte, die sich mit gemimter Leichtigkeit in der Hüfte bog, tief verneigte und die in klopfenden, groben Schuhen im Zimmer tappte. Auf ihrer Stirn leuchtete der Wunsch, daß sie dem Harrenden, Ausharrenden eine Erheiterung verschaffe, daß ihr Mann zwischen seinen Schultern endlich auftauche und sie sehe. Also ging sie um seinen Tisch herum. Tock tock tock. Tock tock tock. Setzte sich dem Niederblickenden gerade gegenüber auf einen Stuhl. Dann griff sie mit ihren Händen so passend unter die seinen, daß alle vier einen fest verschlossenen Kreuzgriff bildeten, wie man ihn lernt bei den Pfadfindern oder dem Roten Kreuz, um verletzte, gehunfähige Menschen fortzutragen. Wo seine Rechte den geflochtenen Griff schließen mußte, faßte er eine spindeldürre Knochenschiene und eine kleine spitze Gelenkwulst. Welche Gliedmaße, wie beinern! Und doch: wie eisern schlossen ihre Hände! ... Da beugte sie sich zärtlich unter seine Augen und sagte: »Wen tragen wir davon, mein Herz? Wen setzen wir auf unseren Händestuhl?«

»Weshalb willst du mich aufmuntern? Woran ist dir gelegen?« flüsterte der Mann.

»Es ist an der Zeit, daß du deine Last verlierst«, antwortete sie.

»Ich blicke aus dem Fenster, und sofern du mir nicht im Weg sitzt, dann verliere ich sie, wenn es glückt, allmählich.«

»Vielleicht, wenn ich mit dem runden Hut spiele, geht es schneller?«

Und sie löste ihre Hände aus dem Griff, stülpte mit einem künstlichen Aufschlag die rote Melone auf ihre Stirn, und es war eine so rührend geübte Gebärde, daß selbst der Eingesunkene sie bemerken und ein wenig lächeln mußte. Sie lehnte sich zurück, verschränkte beide Arme über ihren Brustspitzen, und unter dem Tisch kreuzte sie die kolossalen Hosenbeine, in denen die federleichten Schenkel steckten, und mit dem runden Schuh wippte sie gegen seine Kniescheibe.

Es lag eine dunkle und kindliche Sorge in jedem ihrer Versuche, erheiternd zu wirken, so daß Grazie und Unschuld, anders als beim Artisten, aus der reinen Absicht ihrer linkischen Darbietung hervortraten. Man mochte bei ihrem Anblick an das Unvermögen eines Seraphen denken, einen einzigen irdischen Scherz zu landen, einen einzigen frivolen Ausdruck seiner gelösten, doch körperlosen Gestalt abzugewinnen.

»Gut. Du hast es geschafft«, sagte schließlich der Mann, und sein derbes, bulliges Gesicht tauchte tatsächlich langsam über den Schultern auf. Seine dicken Augen erhoben sich zu der Verkleideten, und es ging ihm der Mund über von Lob.

»Ja, es ist dir gelungen, mich aufzuheitern! Indem du dir keinen Versuch erspartest, nie müde wurdest, nie aufgabst, hast du es schließlich geschafft. Es ist wie ein Wunder. Doch einzig das ist das Wunder, daß du nie aufgabst und ungeschickt eine von fern Geschickte darstellst, die sich mit unbegreiflicher Schönheit und Güte mir nähert ...«

Nun konnte er nicht mehr einhalten in seinem Lob, fand zu ihrem Preis immer neue Wörter und Wendungen und wiederholte sie in immer höherem Ton. So redete er ohne Unterbrechung, aber auch ohne Ende und Ziel, strebte vielmehr einem ewig sich bildenden, ewig sich entziehenden letzten Wort entgegen, dem nie endgültigen ... Nichts bemerkte er von ihrem allmählichen Erstarren und schließlich ihrem erschrockenen Zurückweichen. Und als sie schon an die nackte Wand gewichen war und wie angenagelt gegen die Wand gepreßt stand, quoll immer noch dieselbe geißelnde Huldigung über seine gleichgültigen Lippen. Da nahm sie ihren Hut in die eine, ihre lauten Clogs in die andere Hand und schlich ungesehen unter seinen verdrehten Augen ins Nebenzimmer, um ihr Kostüm abzulegen und ihre Füße zu cremen.

Wie könnte sie, ohne zu stocken, noch *gepriesen* sagen, da sie ein dutzendmal am Tag »ausgepreist« hört und selber sagt, eine Perfektbildung, die in der deutschen Sprache nicht vorgesehen ist? »Du hast die Haarbürsten noch nicht ausgepreist, Marita«, sagt also die Verkäuferin in der Drogerieabteilung des Kaufhauses, eine junge, zähe, überschminkte Frau. Sie nimmt die Pistole mit den Preisetiketten und tackert damit über die Rücken der Bürsten. »Was soll ich denn tun?« fragt sie auf einmal, unterbricht ihre Arbeit und wendet sich an ihre Kollegin mit einem schalen, unversöhnlichen Blick. »Was soll ich tun? Ich sitze mit meinen besten Freunden zusammen, und jedesmal passiert es, daß jemand über den Vater meines Kindes herzieht. Es ist längst vorbei zwischen uns, er ist nicht mehr Chef von unserer Abteilung, aber gerade jetzt, wo er die Treppe eins raufgefallen ist, zerreißen sich alle den Mund über ihn. Ich sehe ihn nur, wenn er die Kleine abholt, aber wenn ihr mit eurem fetten Grinsen über ihn sprecht, weil ja manche auch nicht wissen oder vergessen haben, daß er der Vater von Larissa ist, dann durchzuckt es mich jedesmal, und ich merke, was ich einmal für ihn empfand, und es interessiert mich einen Scheiß, was die anderen beruflich von ihm halten oder ob er eben unten durch ist bei ihnen, egal, was er gerade mal wieder angestellt hat. Schließlich habe ich auch unter ihm gearbeitet, er wär heute auch nicht mehr mein Fall, aber ich halte es nur schwer aus, daß man dauernd über ihn stöhnt und angewidert herumquatscht. Schließlich ist Larissa auch ein Teil von ihm. Ich seh ihn, wie er war, täglich vor mir. Soll ich stillhalten, wenn man in meiner Gegenwart auf den Vater meines Kindes losprügelt, das ist er nun mal, und Larissa liebt ihn doch, soll ich ihr sagen, dein Vater gilt in unseren Kreisen nichts, eine Null, ein kleiner Schaumschläger, »den Bonsai« nennen wir ihn heimlich? Ich kann ihn vor meinen Freundinnen nicht verteidigen. Dazu fehlt mir auch hier oben das nötige Kaliber. Aber ich kann auch nicht einstimmen in den Chor, wenn es heißt, er hat mal wieder die Hosen runtergelassen oder er hat mal wieder das und jenes verbockt. Das sag ich dir: Irgendwo tut sich doch jeder von uns ein bißchen dicke, wenn es um Larissas Vater geht, und es gehört doch fast zum guten Ton, auf ihm herumzuhacken. Aber du, vor mir, sag nicht mehr, daß du ihn für ein Arschloch hältst. Es tut mir weh. Irgendwas richtet das dauernde Gemaule in mir an, daß ich vor Larissa nicht mehr gerade dastehe, wenn's um ihn geht. Und für sie gibt's nur diesen einen Vater, jenseits von Gut und Böse. Verstehst du das? Verstehst du soviel von einem Kind?! ...«

Ich hatte sie keineswegs beobachtet. Ich bildete mir ein, sie kurz und müde mit einem einzigen Blick gestreift zu haben, abschätzig vielleicht, aber so, daß sie es unmöglich bemerkt haben konnte. Sie war eine knäbische kleine Person, die mit sonorer Stimme sprach, perfekt amerikanisch, und in diesen lässigen Lauten unentwegt indiskrete Bemerkungen über mich machte und sie kurz darauf in ihr Notizheft schrieb. Ich dachte: Hier sitzt du nun, ein elend ruhiggestellter Poet – und diese knubblige kleine Vettel, eine blutige Anfängerin, übt sich in hastigen Mutmaßungen über deine Person, beobachtet dich mit ihrem femininen Hochmut, und vielleicht hättest du's früher umgekehrt selbst getan. »The man behind you is watching me«, sagte sie mit verkniffenem Mund zu ihrer Freundin, einer Japanerin oder Koreanerin, die ihr am Caféhaustisch gegenübersaß. Das unverbrauchte Talent hatte die Schuhe ausgezogen, sich in die Lehne gefläzt, die Füße auf den Rand eines leeren Stuhls gesetzt und schrieb auf ihren angezogenen Oberschenkeln. Überall sah ich jetzt diese kleinen Schreibzecken mit ihrem stilettzähnigen Enterhäklein und dem Saugrüssel, die sich auf alles herabfallen ließen, was über 36° warm war und ein bißchen Buttersäuregeruch verströmte. Ich fiel also ihrem frechen, verengten Beuteblick zum Opfer und spürte es förmlich im Nacken aufsteigen, was sie sich unter diesem Mann, diesem besonders ledernen Stück Mann einzubilden begann. Welch dummes Gesicht aber würde ich sehen, wenn ich ihr erklärte, daß ich auf ihrem Instrument selbst nicht ganz unbewandert sei und es mir leichtfiele, nichts auszulassen an ihr, wenn ich's nur wollte, wenn's mich bloß noch interessierte. Natürlich tat ich nichts dergleichen. Ich überließ mich ihren falschen Vorstellungen bereitwillig und stumm, ohne Ehrgeiz, den Eindruck eines unerfreulichen Mannsbilds, den ich auf diese Art Frauen gewöhnlich machte, zu zerstreuen oder zu korrigieren. Ich hielt still. Ich saß ihr Modell für ein Minutenporträt im Straßencafé …

Sie sah also die Summe meiner Nutzlosigkeit verkörpert in einem eitlen untätigen Mann, etwa zweiundfünfzig Jahre alt. Er trug ein dunkelblaues Jackett, und im Kragen seines weißen Hemds, das mit dunkelblauem Monogramm bestickt war, sollte ein nach Sandelholz duftendes Seidentuch einliegen. Natürlich fehlte die dunkle Sonnenbrille nicht, die Haare waren zu einer kurzen Welle geschnitten, mit vielen weißen Strähnen darin war es dennoch ein festes jugendliches Haar, die rotbraune Haut zeigte auf den Wangen tiefe Narben früherer Furunkel... Sicherlich, damit war zu rechnen, sie nutzte dies markante Merkmal meines Gesichts, das mich selbst dem oberflächlichsten Beobachter interessant und hintergründig erscheinen ließ und schon in zahllosen falschen Vorstellungen, die man sich von mir machte, gewürdigt wurde. Für sie war ich ein herumlungernder alternder Beau, der seine Tage mit Zeitunglesen in Straßencafés verbringt, sich immer noch für unwiderstehlich hält und ständig in Erwartung der Frau lebt. Jemand, der die Schönsten gerade gut genug für sich findet und dem es dann doch nur gelingt, die ermüdete Frau seines besten Freundes auszuspannen, freilich auch nur für eine kurze Weile, worauf er beide verliert, seinen Freund und die schlecht gewählte Geliebte. Beruflich bin ich nur noch lose mit meiner Immobilienagentur beschäftigt, die inzwischen hauptsächlich von meiner geldgierigen Nichte betrieben wird. Ein nutzloser Mann mit Namen Hartmut, der, wie es aussieht, bis zum Ende seiner Tage nichts mehr hinzugewinnen wird, schlimmstenfalls eine schwere Krankheit, denn er raucht in seiner grenzenlosen Eitelkeit und Muße an die fünfzig Zigaretten pro Tag.

Ein Mann, der sich nicht einmal langweilt, der seine Zeit damit ausfüllt, Figur zu machen, und mit sich rundum zufrieden ist, sieht man einmal von gewissen kleineren Plagen, von diesen leicht beunruhigenden Erwartungen des Geschlechtstriebs ab, doch die werden mitunter auch als angenehme Ventilation an stillen Vormittagen empfunden, und wenn sich, wie immer, keine erfüllt, so ist es am Abend auch nicht düsterer. Er kehrt nach Hause zu seiner Frau, legt das Jackett und die Lackschuhe ab und blickt unter viel Nasenbohren in den

Fernseher. Später wendet er sich seiner Nächsten zu, bekleidet sie mit einer hübschen Illusion und gießt den unerfüllten Tag in ihre Seite.

Er besitzt weder Charme noch Intelligenz, er ist im Grunde gutmütig und wacker, wenn da nicht sein Äußeres wäre, das ihn irgendwann verdorben hat, ihm den Kopf verdrehte. Er lacht ziemlich nah beim Herzen, wenn auch meist nur kurz, damit das Gesicht nicht länger unterbrochen wird und sich die Züge dunkler Härte und Verwegenheit schnell wieder ordnen, von denen er meint, daß sie ihn zu einer unnützen Lebensform geradezu verpflichten.

Es stellt sich für die junge Autorin heraus (sie ist vernarrt in die bezeichnende Kleinigkeit): Mein Hemd, das bestickte, ist kurzärmelig unter dem Jackett. Das nimmt sie zum Anlaß, sich despektierlich über meine Angezogenheit und Unangezogenheit, meinen Geschmack und meine verborgenen Nachlässigkeiten zu verbreiten. Um schließlich mit ganz anderer Beachtung dann von meiner Frau zu sprechen. Sie hat einen Hochschulkurs für Kosmetik absolviert und bildet sich überhaupt ständig fort. In ihrem Auge blinkt der kleine harte unverwirrte Funke der weiblichen Erlösbarkeit. Hundert Modezeitschriften, die sie im Jahr studiere, fielen wie mürbe Blätter dahin vor diesem einen heiligen Funken, und keine Television, kein männliches Scheinwesen, kein Lack und kein Konsum habe ihn zu löschen vermocht ...

Nun, eines zumindest will ich nicht bestreiten: Ich liebe das Leben um der Löcher willen, die ich in die Luft starren darf. Ich habe nie gern einen geschäftigen Eindruck gemacht. Ich verweile mehr, als daß ich mich bewege. Aber ich bin gewiß nicht eitel, trage kein falsches

Bild von mir in der Brust und habe schon gar keine Frau, die einen »Hochschulkurs« für Kosmetik absolviert hat. Die Wahrheit zu sagen: Es gab nie eine Frau an meiner Seite, ich erwarte auch keine und sehe keiner nach auf der Straße. Dieses derbe, gezeichnete Männergesicht gehört in Wahrheit zu einem Menschen, der dreimal in der Nacht aufsteht und nach seiner schlafenden Mutter sieht! Aus Angst, es könnte sie irgend etwas daran hindern, mich um Hilfe zu rufen ... Es gehört jemandem, dem es Freude macht, seine alte Mutter zu begleiten, ihr das Haus zu besorgen, wenn es seine Zeit erlaubt (und das tut sie ausreichend), der in der S-Bahn mit ihr zum Einkauf fährt, gemeinsam mit auffallend vielen anderen in ihren mittleren Jahren aus der Bahn geworfenen Männern, Ausgeschiedenen aus Beruf und Ehe, die ebenfalls an der Seite ihrer Mütter, rüstigen Trümmerfrauen oft, aus dem Ostteil der Stadt nach Charlottenburg fahren und ihren Vormittag in Kaufhäusern verbringen. Denn es ist mein einziger Ehrgeiz, sie behutsam und verläßlich aus dem Leben hinauszuführen, geradeso wie sie mich einst hineinführte. Dies ist mein Weg. Nichts wird mich von ihm ablenken. Und wo er abbricht, werde ich reglos stehenbleiben.

Mir selbst wäre vor meinem Spiegelbild nicht geheuer, wüßte ich nicht mit Sicherheit, daß ich klein bin, von eher unscheinbarer Gestalt, jedenfalls das krasse Gegenteil des interessanten, verlebten Mannes, den man sich vorzustellen beliebt, wenn man sich in die oberflächlichen Male der Männlichkeit verguckt, mit denen ich ausgestattet bin und die rein epidermischer Natur sind, Risse, Narben, harte Spuren eines Lebens, das ich weder führte noch ertrug.

Unter den vielen falschen Vorstellungen, die mein

robustes Äußeres bei den Leuten erweckt, befindet sich eine, die mir nahegeht, und es ist natürlich die, welche meine alte Mutter, aller mütterlichen Gewißheit zum Trotz, von mir hegt. Ich gestehe, daß mein tiefer Gehorsam, den ich ihr schulde, mich dazu verpflichtet, *ihre* Illusion, die sie von mir besitzt, schadlos zu erhalten, zu schützen und zu nähren. Ich habe mich also, meiner Mutter zuliebe, daran gewöhnt, ein Mensch mit verhältnismäßig engem Brustraum zu sein, in dem sich jedoch, wovon sie immer überzeugt war, ein halbes, nie ganz zum Zuge gekommenes Genie verbirgt, ein exzentrischer, gefährdeter Charakter, ein ordnungsliebender und eigensinniger Künstler-Zölibatär, der ständig in der Maske des gespitzten Bleistifts herumläuft, korrekt, überkorrekt gekleidet, von außen beinahe wie ein Kontorist vom alten Schlage, der mit seinem schmalen, keilförmigen Kopf durch die Wand will, während eine fettige Haarsträhne neben dem Scheitel albern in der Luft wippt, der aber zuweilen in ahnungsloser Kühnheit Umwälzendes daherredet, zum Beispiel in nächtlichen Kaschemmen und in finsterer Gesellschaft – wie ein Caravaggio! –, wo er im Übereifer seine Urteile wie fauchende Messer durch den Raum schleudert, ein immerzu bedrohter Geist, spitz aufgerichtet wie eine Rakete, dabei fest ummantelt mit Kontoristenmanieren – foris ut moris, intus ut libet! – und im tiefsten dazu befähigt, ein Mörder aus heiterem Himmel zu werden, nicht aus gemeinen Motiven, nicht einmal aus Jähzorn oder enthemmter Leidenschaft, sondern einfach aus zu heftiger Brustraumverengung ... ein solcher Mörder im übrigen, der seinem erwählten Opfer respektvoll über den Rücken streicht, einmal von oben bis unten, den langen Mantel entlang, beeindruckt von der Größe und Gradheit dieses Körpers, den er erlegen wird, denn er selbst, wie gesagt, ist eher zierlich gewachsen, sehr mager und blutarm.

Das Gespinst der Gänge, der Kokon der kleinen gewohnten Verrichtungen, in den sich die Greisin allmählich zurückzieht ... Ich saß wieder im Café Adlon an der Straßenkreuzung. Obwohl wir nun, nach über dreißig Jahren, in unser kleines Haus in Köpenick zurückkehren konnten, hielt sie ihrem Frisör die Treue, und ich begleitete sie einmal in der Woche zum Adenauerplatz. Wie allein wir sind, dachte ich auf einmal mit vollem Gewicht, ein Mann, verwirrt in seinem Zeitgefühl, und seine Mutter, die Achtzig hinter sich, deren Schritte immer kleiner wurden, zierliche schlurfende Schritte, die sich nur wenig vom Boden lösten. Die ihn unverständig, voller Güte und Dankbarkeit anstrahlte, das alte, noch längst nicht zerfallene Gesicht erhob mit ihrem viel gebrauchten lieben Lächeln.

Manchmal gerate ich in üble Stunden und fühle mich entsetzlich wehmutlos, bin erfüllt von Nüchternheit und Zuversicht, als könnte ich ein neues Leben planen. Ich ertappe mich dabei, erschrecke und sage: Da hast du wieder eine kalte Stunde, in der du ihre Abwesenheit ertragen könntest ... Wenig später zehrt mein Auge dann an ihren engen beschränkten Bewegungen, ganz aus der Nähe verzehrt es sich nach ihnen, damit ich's nie vergesse, wie sie den Schmuck in ihr Samtschälchen legt, in der Küche sitzt und ihre Wortfindungsübungen macht, die ihr der Logopäde nach dem leichten Schlaganfall beibrachte. Dann möchte ich selbst in diesen Kreis der geringen Handhabungen, scheuen Behinderungen, in diesen im engsten abgerundeten Verstand einziehen und darin verschwinden. Ich höre das leise Pochen in diesen Verrichtungen, das ablaufende Zählwerk der Wiederholungen, das nichts mehr einläßt von einer Welt, die draußen schwankt und stürzt und rumpelt. Was hindert mich, daß ich einkehre unter ihre Hände? Weil sie und alles, was sie tun: der Kreis sind ... der Kreis, den man sein Lebtag suchte und dem man doch immer auf offenen fortstrebenden Linien entfloh. Sie ist der Kreis, und sie bereitet ihn mir.

Bald ist sie taub. Dann wird die Stille in ihrem Gehör wiederum an mir ziehen, die Greisin wird mich fesseln mit ihrem Gesicht, das aus dem Unvernommenen noch zarter, suchender und lieber nach mir lächelt ... Was ist das? Ist wie sacht sich schälender Glanz, sah's zuerst in ihrem linken Auge, als sie einen schlechten Mittagsschlaf hatte. Und dies da? Ein Ekzem, gefährlich rot, nässend, unter dem Ohrläppchen ... Ich hasse alles, was sich nicht im innersten Gewinde des Endens dreht. Ich hasse, was sich nicht auf engstem Raum wiederholt.

Niemals würde sie selbst es sagen: Komm doch mit ...! Sondern *es* sagt so: Ihr Dasein, in mir mündend, in mir versiegend.

Mit der frischen Dauerwelle in ihrem vollen silbergrauen Haar erinnerte sie mich zu meinem Mißfallen an irgendeine Fernsehansagerin der ersten Stunde. Ich mochte es ihr aber nicht sagen und wußte auch keinen anderen Stil vorzuschlagen. Als wir zum Charlottenburger Bahnhof gingen, sprang uns plötzlich die knäbische Kollegin in den Weg. »Ich kenne Sie!« rief sie mich an, und mit diesem unsinnigen Ausruf steckte sie mir ihr Verfaßtes zu. Ich wandte mich schnell ab, doch sie ließ sich nicht abschütteln. Ich drehte mich um, schalt sie mit einer falschen halben Kopfdrehung gen Himmel, um ihr nicht ins Auge zu schauen: »Dies meine Mutter! Bleiben Sie gefälligst zurück!« So, als wollte ich den Satan abschrecken. Sie verfolgte mich aber wie die lästige Geliebte einer einzigen Nacht. Sie eiferte und flehte um Gehör, sie forderte ihr Recht an mir ... Ich packte den Arm der Schriftstellerin, die sich durch mich ein schildernswertes Gefühl der Erniedrigung verschaffen wollte, ich drückte, quetschte und schüttelte ihren Arm und schmiß ihn dann an ihren Körper zurück. Da war sie still und sah mit blöden Augen auf meine Füße. Ja, nun war es soweit. Ich duldete sie. Es war mir unbegreiflich, warum. Aber ich tat es von nun an. Sie war würdelos, zäh, unzerstörbar wie ein aus gepreßtem Müll gebackener weiblicher Golem. Und doch mir haushoch überlegen mit ihrem rücksichtslosen, schauderbaren Erzählgeifer!

Im Herbst kam der todkranke Wilhelm mit einem Kleintransporter voll Pflanzen, pflanzte zwei Tage wie besessen, weil wir nun ein gutes Stück Erde um unser Haus haben. Flieder, Tulpenzwiebeln, Narzissen, Krokus, Scilla. Und kleine Bäume, Ahorn, Linde, Platane, Espe, Birke. Es sollte ein Geschenk für uns sein. Er setzte sein Vermächtnis in die Erde. Es war unmöglich, ihn einzuschränken. Es würde nun sein Garten sein für alle Zeit.

Jede Stunde nahm er ein dunkles Fläschchen aus der Hosentasche und ließ ein paar Tropfen Opium auf seine Zunge fallen. Seine Gesichtshaut war bleigrau. Die Zähne traten immer nackter hervor. Durch die Zähne kündigte sich die Herrschaft des Skeletts an. Es war schmerzlich, daß zwischen uns eine Barriere war. Ich konnte nicht so auf ihn eingehen, wie er's verdient hätte. Es war nie wieder so wie früher zwischen uns. Ich hielt meine Mutter von ihm fern. (Sie hatte ihn nie besonders gemocht.) Es gehörte zu meinen strengsten

Pflichten, sie über Wilhelms Krankheit und den wahren Charakter unserer Freundschaft im unklaren zu lassen. Barbara indessen, die sich bei ihr aufhielt, solange wir im Garten arbeiteten, konnte es nicht verborgen bleiben. Als ich ihr Wilhelm vorstellte, war ihre kaum verhohlene Verblüffung ein kleiner, flüchtiger Triumph für mich.

Sein pfirsichgroßes Lymphknotengewächs, das sich in die Magenwand gefressen hatte und das der Magen wie einen Fremdkörper umschloß, wurde mit Hilfe der Chemotherapie auf Pflaumengröße abgeschmolzen. Er lebte jetzt mit einem »ziemlich genauen physischen Empfinden« für sein Skelett. Seine »Utopie« nannte er's beharrlich: zusammengekauert in der selbstgezimmerten Kiste zu liegen. Wie belächelte er den Hochmut der Schönen, der Aufrechten, der Geschäftigen! Seine ärgste Furcht war es: »närrisch« zu werden. Seine innigste Hoffnung: rechtzeitig das Bewußtsein zu verlieren. Man wußte nie, ob er im nächsten Moment eine obszöne Unverschämtheit oder eine fromme Anrufung herausbrachte ... »Da! Ich geb dir meine Stimme. Hast du was zum Erinnern. Hast du übrigens nicht verdient. Vielleicht das letzte Mal, daß du sie hörst!« sagte er zu jemandem, den er mitten in der Nacht anrief. Er war: der unleidliche Todgeweihte. Der tödlich Getroffene, dem die Galle übergeht.

Niemand, der ihn in den letzten Monaten am Krankenbett besuchte, wurde von seinem Grimm verschont. »Ich bin schon Aas«, mußte ich mir anhören, »entweder du beugst dich zu mir in die Fäulnis, in den Gestank, oder du machst, daß du wegkommst.« Fast ein Dutzend Mittel bekam er gen Ende. Zum Schlafen, zum Defäzieren, zum Schmerzstillen, AZT immer noch, die Tausend-Mark-Spritze der Chemotherapie nicht mitgerechnet. Andererseits war er geradezu wohlhabend geworden auf seine letzten Tage durch Krankenhausgeld und Versicherungsauszahlungen. Neidisch beobachtet er den Tod der Stubenfliege. Die fällt auf die Flügel, zieht die Beine an, strampelt noch einmal heftig, legt dann die Gliederchen alle ordentlich an den Leib und läßt sich rasch erstarren.

Als ich Barbara fragte, ob ihr das Caféhaus-Gekritzel über mich nicht peinlich sei, nun, da sie die Wahrheit kenne, antwortete sie, daß sie nur an meine »Physis« glaube, daß sie nur meiner Physis traue; was hinter ihr lebe, interessiere sie nicht. Sie glaubte an meinen Körper! Ausgerechnet! ... Ich nahm alles hin, ich ließ sie gewähren, denn sie gefiel meiner Mama.

»Für mich gibt es Dinge, die ich nicht mehr ausspreche, und manches, mich allein betreffend, das ich nicht einmal denke. Vielleicht fällt es dir leichter ... Es ist mir dreißig Jahre lang gelungen, das, was ich nicht mehr nenne, vor ihr geheimzuhalten. Es bleiben nur noch wenige Jahre, die ich durchzuhalten habe. Ich habe übrigens einen Pakt mit meiner ›Physis‹, wie du es nennst, geschlossen: daß sie mich nicht im Stich lasse, solange die Mutter noch lebt. Danach werde ich nicht den geringsten Widerstand leisten. Sollte sich aber entgegen unserer Verabredung die ›Physis‹ unfair verhalten, so bitte ich dich, bitte dich mit dem Gewicht und der Verpflichtung einer letzten Verfügung: die Lüge, die du über mich begonnen hast, fortzusetzen mit allen Mitteln, die dein erzählerisches Talent hergibt, um *sie* damit vor Aufklärung zu bewahren. Die Illusion meiner Mutter bestand seit eh und je aus einer halben, genau begrenzten Ahnung, die am kritischen

Punkt abbricht und in ein kreatürliches, wohltuendes Unwissen entschwindet. Ihre falsche Vorstellung von mir ist für mich schützenswerter als alles übrige auf der Welt.«

Ich konnte nicht erkennen, ob ich die kleine Schreibzecke angesprochen hatte oder Barbara, die Nothelferin bei Blitzgefahr und Plötzlichem. Sie nickte und schüttelte leicht den Kopf. Offenbar war sie einverstanden, ohne recht zu verstehen.

Wilhelm kam unter Quarantäne. Er besaß so gut wie keine Leukozyten mehr. Jeder Keim konnte ihn dahinraffen.

Als ich ihn wieder besuchen durfte, war der Mann zu einem schmächtigen Greislein geschrumpft, nicht mehr zu unterscheiden, ob weiblich oder männlich. Ich erschrak, als ich in die Tür trat, denn im ersten Anblick glaubte ich die Mutter zu sehen und von ihrem Gesicht nur noch das Loch des röchelnden Munds. Das Loch war gen Himmel gerichtet, so offen und bereit, die Seele herauszulassen und nichts mehr hinein.

Da lag sie, die Lunge voller Wasser, und wollte sich umwenden im Bett. Die Hand, die ein Zeichen geben wollte, um Hilfe bitten, war schon zu schwach. Was ist das für ein Sterben? Das Bleigewicht der Schwäche, die sie hinabzieht. Und alle Sehnsüchte des Lebens scheinen nun auf eine einzige zusammengeschrumpft: nicht mehr diese gewaltige Anstrengung aufbringen zu müssen, das Zeichen zu machen, damit jemand das Glas Wasser reicht, diese Sehnsucht, daß es einen nie wieder dürsten möge ...

Ich schloß die Augen und sagte: »Ich bin glücklich, dich zu sehen.« Und er antwortete langsam und gleichlautend: »Ich bin glücklich, dich zu sehen.« Ich merkte bald, daß er nur noch, kaum hörbar, wiedergab, was man zu ihm sagte. Es entstand auf einmal eine große gemeinsame Stille in diesem Krankenzimmer. Mir kam die Erinnerung an unseren Besuch bei den Mennoniten, damals, als wir ihr Haus kaufen wollten in der Nähe von Coburg, weil wir der Großstadt müde waren. Alles war dort aus Holz gemacht, und es herrschte eine unvergleichliche Zeitvergessenheit in den Räumen der alten Fabrikantenvilla. Die Leute wollten zurück nach Paraguay, zu ihrer Missionsstation, in ihr Reservat. Drei Frauen in schwarzen Schürzengewändern saßen zu Mittag auf dem Sofa und lasen in der Bibel. Überhaupt gab es nur dies eine Buch im ganzen Haus, aber überall herrschte Würde und Maß, nicht wie in einem Museum der Frömmigkeit, sondern es war wie ein Einschluß Weltabgewandtheit in der harten Weltkugel, die ohne diese machtvollen Verstecke der Stille auseinanderflöge. Und wie freundlich, wie vollkommen mild lag der Mittag auf dem großen Bett mit dem hohen Kissen, in dem beschützt und entrückt das kleine Mädchen schlummerte, das an Masern erkrankt war ... Als ich von diesem friedlichsten Bild erzählte, das wir in unserer gemeinsamen Zeit gesehen hatten, schien ein kleiner Lichtstreifen von Erinnerung über sein eingefallenes Gesicht zu ziehen.

Anfangs hatten unsere Gebete eine Bitte des heiligen Sebastian einbeschlossen, »daß du mir eine Wohnung bereitest in den Sternen«, und Wilhelm, als ihn sein Grimm noch nicht verlassen hatte, wollte aus derselben Legende die Zeile auf seinen Grabstein setzen: »da schoßen sie so viele Pfeile auf ihn, daß er stund wie ein Igel«.

Er starb drei Tage vor dem Pfingstfest. Am Nachmittag war ich noch einmal bei ihm. Er lag in einem einzigen Weiß, Haar, Laken, Haut, Kittel. Er japste schwer und regelmäßig wie ein Wesen aus dem Wasser, das in unserer Luft nicht atmen kann. Das Herz schlug leer und heftig. Die Schwester, die Ärztin vom Dienst kamen und betteten ihn neu. Sie strichen seine Zunge, seinen Gaumen mit weißer Salbe, damit sie nicht rissig würden. Die matten Augen – aller Glanz: abgeschält! – gingen noch einmal suchend und entgleitend auf, als er meine Stimme hörte. Er sah mich nur noch kurz, und der Blick, so fremd, ließ mich spüren, daß wir einander nicht mehr nahe waren, nicht mehr in derselben Sphäre. Kurz darauf schlug sein Herz nicht mehr gleich. Von nun an hätte man die Schläge wohl zählen können ... abzählen, bis zum letzten. Es läuft nicht aus. Es steht mitten in seinem sturen Rhythmus, nach einer letzten Störung, still. Aus. So lange gearbeitet ohne einen einzigen freien Tag ...

Das war der Tod. Er zeigt dir den geliebten Menschen noch, wie er eben war: wie er atmete, wie sein Körper, dessen Fleisch noch warm ist, sich hob und senkte. Dann läßt er die Haut seiner Jahre, das Gewand seiner Geschichte leer in deinen Armen zurück. Diese Hülle, »was er gewesen ist«, kannst du mit dir forttragen und aufbewahren.

Wenn der Aufenthalt in einer fremden Stadt zu Ende geht und man sitzt zu früh bei schon gepackten Koffern, raucht und zählt den Rest der fremden Währung; wenn der Ort schon schwindet und man selbst streckt sich in Gedanken vor in die gewohnte Umgebung, obwohl man noch eine volle Stunde warten muß und in dieser überflüssigen Stunde nicht hier, nicht dort sein kann – so war der Zeitraum, den ich von nun an zu bewohnen hatte ... Himmel! dachte ich, das soll schon alles gewesen sein?

Die paar Augenweiden, Irrwische, das Gesehene, das Leben, nur Fusseln immerzu, nur mouches volantes?

Der Himmel war schwarz wie der edelste Rappe. Es war niemand zu Hause. Durch die Fenster stach das Zwielicht des nahen Unwetters. Eine vertrocknete Hortensie stand in einer kleinen Vase vor dem Spiegel. Die Vase zersprang, die Blume fing Feuer ... es war die Stunde der Barbara. Doch sie war verschwunden. Auf ihrem ungemachten Bett lag eine Schachtel mit ausgekippten Teebeuteln. Schränke und Schubläden waren leer geräumt. Auf dem Schreibtisch keine Nachricht, nur ein Einkaufszettel, Besorgungen für den Haushalt, die sie nicht mehr erledigt hatte.

Die Mutter rief aus einer Telefonzelle an. Sie wagte sich nicht allein auf den Heimweg wegen des aufziehenden Gewittersturms.

»Wo steckst du? Wo ist Barbara?« schrie ich erregt.

»Sie ist heim zu ihrem Kind«, sagte sie in einem harschen, vorwurfsvollen Ton, den ich nie von ihr gehört hatte. Ich herrschte sie an, befahl ihr, sich zusammenzunehmen, denn ich glaubte, es sei nun eingetreten, wovor ich mich immer am meisten gefürchtet hatte, sie sei verwirrt. Ich wollte es um keinen Preis wahrhaben, ich schrie und hoffte, daß ihr vor Schreck der Verstand wiederkehre. Andererseits klang ihre Stimme so fest und befremdlich, daß es mir kalt über den Rücken lief: was war um Himmels willen vorgefallen? Was hatte die Fremde ihr erzählt? Ich holte sie mit dem Taxi ab. Sie hatte sich bis nach Grünau verirrt, war allein mit der S-Bahn aus der Stadt gefahren und im Forst spaziert. Ich fand sie erschöpft, aber nicht verwirrt. Auf meine Vorhaltungen und Fragen antwortete sie nicht. Sie wich mir mit einer unangenehmen, pikierten Traurigkeit aus. Ich glaubte, daß alles verloren, ruiniert sei, und schwieg ebenfalls. Dann sagte sie: »Wußtest du eigentlich, daß sie ein Kind hat, daß sie verheiratet ist in Amerika?« Mit einer vorsichtigen, halben Erleichterung gab ich die einsilbige und aufrichtige Antwort: »Nein«.

Es beschäftigte mich in diesen Augenblicken weniger, was für eine Geschichte, schlecht erfunden, die knäbische Autorin über sich selbst erzählt haben mochte, als vielmehr der furchtbare Verdacht, daß es da noch etwas anderes gab, das meiner Mutter zu schaffen machte und das ihrer Stimme jeden Ausdruck von Arglosigkeit und Einfalt geraubt hatte.

Zu Hause löste sich die Spannung, sie weinte, schluchzte ein paarmal heftig wie eine unglücklich Verliebte. Ich konnte es nicht mit ansehen und saß doch wie gelähmt bei ihr. Ich wagte nicht, sie in den Arm zu nehmen. Sie kam jedoch wieder nur auf Barbara zu sprechen, die mir inzwischen ziemlich gleichgültig war oder allenfalls verdammenswert erschien, weil sie nicht zuverlässig auf meine Mutter aufgepaßt hatte. Sie sagte, sie sei so enttäuscht und aufgeregt gewesen, daß sie einfach habe »ausreißen« müssen. Aber das war noch nicht alles. Sie sprach nun sehr leise und angeekelt, die Erinnerung an das Vorgefallene verhärtete ihr Gesicht. Die kleine Asiatin sei gekommen und habe der Barbara eine böse Szene gemacht. Es sei sehr schlimm gewesen, was sie im Nebenzimmer, schließlich im ganzen Haus, habe mit anhören müssen. Im Streit sei dann eben alles herausgekommen … Meine bleiche Neugierde erstarb in diesem Augenblick. Es war unmöglich, weiter in sie zu dringen, zu erforschen, was sie nun eigentlich wußte und was nicht. Alles, was sie vorbrachte, kreiste immer wieder um Barbara (»Wie kann man sich in einem grundanständigen Mädchen so furchtbar täuschen?!«) und um den Skandal ihres Kindes: daß sie bereits zu Wochenanfang in Vermont sein müsse und daß sie Olivers Einschulung schlicht vergessen habe! ... Und es endete zu guter Letzt bei einem maßlos übertriebenen Bedauern und kläglichen Entschuldigungen, daß sie nicht anders gekonnt habe, als vor den beiden – weil sie's nicht mehr hören wollte! – aus dem Haus zu flüchten. Aber weshalb war sie in *Wahrheit* davongelaufen?

Wir befanden uns in einem heillosen Durcheinander von falschen Tönen, falschen Annahmen, falschen Rücksichtnahmen, von unterstellten Gefühlen und vorgeschützten Worten, so daß wir uns unablässig etwas zu verstehen gaben, das jeder für sich auslegte, wie er mochte. Eine einmalige Eröffnung, eine unumstößliche Wahrheit, gar die Aufdeckung einer sogenannten Lebenslüge hätten in dieser aufgelösten Situation keine größere Glaubwürdigkeit für sich beanspruchen können als irgendeine der verdeckten Mitteilungen und unechten Beteuerungen. Und so glichen sich die gefährlichen Signale am Ende harmonisch aus, nachdem wir uns ein wenig beruhigt hatten und wieder in das Schwerefeld unserer Liebe eingetreten waren.

THERESE REDETE EINTÖNIG UND FLIESSEND, aber es blieb etwas leidversiegelt ungesagt im Grund ihres Geredes. Nebenan wurde ein Tisch von Opernbesuchern besetzt, die die Vorstellung in der Pause verlassen hatten. Mein Blick streifte hinüber, als dort ein Mann an seiner

Tischnachbarin vorbei einem anderen blitzschnell mit dem Handrücken ins Gesicht schlug. Ich sah's eben noch, aus einem Wort aufblickend, das ich an Therese gerichtet hatte. Die Brille des Geschlagenen zerbrach. Er wehrte sich nicht. Zweifellos hatte er irgend etwas in seiner stillen, unerträglich überlegenen Art auf die Spitze getrieben, eine herablassende Bemerkung gemacht. Die Gesichter der Frauen wurden blaß, und ängstlich zupften sie über den Schultern an ihren Kleidern. Der Geschlagene zeigte ein bittersüßes Lächeln und pflückte sich die Glassplitter der Brille aus dem Mund. Er sprach dabei weiter, vielleicht um eine entscheidende Nuance weniger unverschämt, nur daß diese Maske der Selbstbeherrschung ebenso provozierend wirken mußte. Kurz darauf verließ er mit der Frau, an der vorbei ihn die Hand des anderen getroffen hatte, das Lokal.

Therese, die seit einigen Jahren Deutschunterricht im Französischen Außenministerium gab, verliebte sich als reife Studentin in Paris in den Professor, der sie mit einer Arbeit über Marat promovieren sollte. Einen Marxisten, verstrickt in zahllose Kontroversen mit der Annales-Schule. Als sie bei ihm anfing, stand sein Name noch in vollem Glanz. Aber sie hatte ihre Dissertation noch immer nicht beendet, als niemand mehr die Wege der klassenkämpferischen Revolutionsforschung beschritt. Angeblich starb der streitbare Historiker in ihren Armen. Aber sie wich immer aus und sagte: »Von großen Männern behauptet man gern, sie seien gestorben, als sie gerade in einer Frau waren. Das Zweideutige füttert die Legende.«

Ihr Vater, der Gymnasiallehrer für Geschichte gewesen war, beanstandete in dem einzigen Aufsatz, den sie je publiziert hatte, über Marat natürlich, den Ausdruck »Schote«. Irgend jemand habe Marat eine Schote erzählt. Er kannte die Wendung einfach nicht. Sie glaubte darauf selbst nicht mehr, daß es Schote in dem von ihr gewünschten Sinne gab. Sie strich das Wort aus dem Manuskript.

Später lernte sie einen rumänischen Maler kennen, einen Schrank von einem Mann, Robert, der alles, was ihm über den Weg lief, benutzte, um schnell zu Erfolg zu gelangen – aber am Ende doch nur der Assistent eines blinden Kunsthändlers in St.-Paul-de-Vence wurde. Therese hatte ihm nur als Verbindungsperson gedient, um Eintritt in Diplomatenkreise zu erlangen. Dann kam Daniel, ein zum Verlagschef aufstrebender Vertriebsleiter einer großen Publikumszeitschrift. Er stammte aus bester Familie, sie bewohnten ein Haus neben den Monetschen Gärten in Giverny. Dort erfolgte die Zusammenlegung ihrer beiden Bibliotheken. Zu diesem Zeitpunkt war noch nicht abzusehen, daß Daniel bald ein steiler Aufstieg bevorstand, an dem Therese nicht mehr teilnehmen durfte. Daniel heiratete ein knappes Jahr nach ihrer bibliothekarischen Vermählung eine Biologentochter, ebenfalls aus sehr guter Familie, die seiner Mutter bedeutend lieber war als die spröde Fremde, die deutsche und ortlose Therese mit ihrer gedämpften, unmelodischen Stimme. Jetzt saß sie allein im neunten Stock eines Hochhauses in Gentilly, bekam nach und nach ihre Bücher zurück und blickte aus ihrem Fenster in den Hof einer großen Reinigungsfirma. Während eines Weihnachtsbesuchs beim Vater in Berlin verliebte sie sich in einen afghanischen Physiker, der aber Familie hatte, und zwar einen ausgefalteten Clan, der eng zusammenhielt. Dennoch gelang den beiden eine heimliche Reise nach St.-Jean-de-Luz. Sie gingen zwei Tage am Meer spazieren, wohnten eine Nacht im Palasthotel auf den Klippen von Biarritz, aber damit war auch diese Etappe von Thereses erotisch-intellektueller Pelerinage schnell wieder beendet.

Wenn sie einmal ihre Zeit betrachtete, durch die Reihe der Männer, die in den vergangenen zwanzig Jahren ihre Liebhaber waren, für kurz oder länger: wieviel falsche Schwüre hatte sie zu hören bekommen, und wie oft war sie bloß Hebamme bei einem schweren überfälligen Abschied gewesen, den jemand von einer anderen nahm! Wahrscheinlich, daß es sogar ihr weibliches Schicksal war: immer nur das Lösungsmittel zu sein, nie das Ziel. Dabei war sie nur allzu begierig, sich der Leiden, der Reue, der frischen Wunden ihrer Männer zu bedienen, um sie noch tiefer zu quälen. Ihr bevorzugtes Opfer war der skrupulöse Ehebrecher, der beklommene Liebhaber, der, von schlechtem Gewissen geplagt, in vielerlei Beziehung nicht der beste sein konnte, so daß sich immer ein Anlaß fand, ihn kurzfristig wieder zu verlassen. Nur um zu beweisen, was sie sich von Anfang an beweisen wollte, daß es auch mit diesem Menschen nicht ginge. Und natürlich: um mir alsbald am Telefon ausführlich bis zur bitteren Frivolität davon zu erzählen. Schließlich rechnete sie fest mit meiner stillen Zufriedenheit darüber, daß kein anderer ihr der Rechte sein konnte. Alle halben Jahre die ähnlichen Anrufe, so ging es dahin, und früher, als wir noch etwas jünger waren, kam es zuweilen nach einer gescheiterten Affäre zu einer kurzen Wiederbegegnung zwischen uns, einer gemeinsamen Reise, zufällig meistens zu Ostern, oder zweimal in den »geplatzten«

Sommerferien, wenn der Liebhaber mit seiner Familie verreisen mußte.

Aber auch diese flüchtigen Wiederberührungen der alten, allzu vertrauten Lippen und Hände … was für ein Greifen und Lassen! Was wollte, was suchte sie nur? Sie, deren Gesicht zusehends wie ein Mond von Trübsinn über dem schönen, vollen Körper stand.

Und war doch eine, der ich als Halbwüchsiger nicht widerstehen konnte, deren Lachen so hell und gewinnend war, wenn auch nicht frei von Belustigung, die mein Anblick, meine Unreife ihr bereiten mochte. Auf dem Gang durch die Felder konnte sie mir sagen, daß ich sie als Mann – wir waren erst siebzehn! – nicht leidenschaftlich interessierte, um gleich darauf mich zu sich zu rufen und mit allen Kräften an sich zu ziehen. Als Kind hatte sie eine starke Rückgratverkrümmung, bekam eine Stange eingebaut, und in meiner Vorstellung lag in ihrem Rücken hinter den großen Narben die gewundene Wirbelsäule wie die Schlange um den Äskulapstab. Ihrem Schicksal zu trotzen, nahm sie neben der Schule Ballettunterricht, ließ sich ordentlich zur Tänzerin ausbilden und war natürlich in der Tanzklasse die Beste. Kurz nach der Schule reiste sie eine Zeitlang mit einer freien Tanzgruppe. Nur einen einfachen Purzelbaum brachte sie wegen der Stange im Rücken nicht zuwege.

Wir beide waren die ersten in unserer Klasse, die miteinander geschlafen hatten, und man sah es uns an, wir gingen engumschlungen in den Pausen, während sonst Jungen und Mädchen getrennt in eingehängten Reihen und gegenläufig ihre Runden um das Schulhaus drehten …

Obgleich wir uns so lange kannten, sprach sie bei unserem Wiedersehen selten in geradem Anblick zu mir, sondern immer ein wenig beiseite, ein wenig abschätzig lächelnd über ihre eigenen, umständlichen Geschichten. Diese Scheu und zugleich dieser Drang, unfaßbar eintönig aus ihrem Leben zu berichten, als seien es Randbemerkungen, die jemand anders an ihr Herz geschrieben hatte, rührten zum einen her von ihrem grundsätzlich gedämpften, von ständiger intellektueller Selbstprüfung zernagten Temperament. Zum andern aber verbarg sich darin der Grund, der eigentliche Grund, der sie wieder in meine Nähe geführt hatte. Fast belustigt erwähnte sie es einmal, ganz rasch und nebenbei, so daß es leicht zu überhören war und von einem leisen Kichern sofort wieder verwischt wurde ... ah, wie wenig ausgewogen erschien ihre Gescheitheit mit ihrem fülligen, schönen, betrübten Leib, und wie häßlich verbog, verkniff sie ihre weichen Lippen, als sie es aussprach! ... War's nicht abgemacht, einmal, in den frühen Tagen, auf den Parkbänken der ersten Liebe, beim Aufblicken aus den Büchern (o ja, gewiß, das Lesezeichen stak im zweiten Band von »Les chemins de la liberté«, als wir einander die Unschuld raubten ... aber welche Unschuld senkt sich jetzt, von heute gesehen, wieder über die Parkbänke dieser ersten Freiheit!) ... war's nicht abgemacht, gaben wir uns nicht das Wort? ... Gaben uns die Freiheit, daß jeder seiner Wege gehen könne, doch am Ende dieser Wege würden wir wieder voreinander stehen, es war doch versprochen.

Wie gesagt, so freimütig und lyrisch hätte sie es zu diesem Zeitpunkt nicht vorgebracht, und auch nicht als einklagende Forderung. Sie spielte nur flüchtig mit einer Erinnerung, die uns beide erheitern sollte. Und doch war in diesem winzigen Nebenbei der große, letzte Schritt enthalten, den sie unternommen hatte, um mich aufzusuchen, und diesmal in unmittelbarer Nähe meiner Familie (wenn sie auch vorgab, für ein paar Wochen in der Handschriftenabteilung des Stadtarchivs arbeiten zu müssen).

Das erste, was ich an ihr wahrnahm, war das alte Gelöbnis. Ich sah das kindliche Versprechen, das wir uns gegeben hatten, förmlich aus ihrem Gesicht strahlen, als einen zwiespältigen Glanz von Erwartung und Vergeltung. Ich selbst hatte es auch nicht vergessen. Aber ich gab nichts mehr darauf, im Herzen war es längst leeres Stroh, hinfällig und bedeutungslos wie der Existentialismus mit seiner rührenden Sorge, uns Moderne an ein tragisches Dasein zu erinnern. Wir haben aber seither ein rücksichtslos befreites und unverbindliches Leben geführt, in dem kein Pakt, außer gewissen mit Kreditanstalten geschlossenen, irgendeine unauflösliche Kraft besäße. Was sollte mir also ein Versprechen, das ich einer Jugendfreundin gegeben hatte, heute noch bedeuten? Und doch war sie auf einmal wieder da und war offensichtlich am Ende ihrer Laufbahn angelangt, war mit keinem Mann zurechtgekommen, was sollte es anderes heißen, einfach wieder dasein, als mich an den Pakt zu erinnern, während ich selbst mich keineswegs in vergleichbarer Lage befand, im Gegenteil, ich hatte mit Lis seit vielen Jahren einen anderen Weg eingeschlagen, der durchaus nicht zurückführte an den Ausgangspunkt, wo Therese auf mich wartete, sondern vorwärts, hinaus, an der Seite vor allem von Kerstin, meiner kleinen Tochter.

Nun, ich hatte ihre Worte nicht überhört, obschon sie an der Schwelle des Überhörtwerdens ausgesprochen worden waren, so flüchtig und unsicher wie eine

Floskel, die man sofort zurückzunehmen bereit ist, als hätte sie gesagt: »Ich erwähne es nur: Wir sind uns versprochen …«

*

Die Bibliothek wuchs, das Zimmer wurde dunkler, die Regale schlossen an die Decke, im Schacht der Bücher saßen wir bei langen Lampen, Lis und ich, Abend für Abend und Jahr um Jahr, wir lasen und verfielen, hoben unsere Augen hie und da von den Seiten und sahen heimlich nach dem anderen, ob irgend etwas aus den Büchern nicht auch auf ihn, ein wenig und so ähnlich, zutreffen könnte.

Am Ende, wenn man unsere Lage bedenkt, hatten wir uns wahrscheinlich zu häufig heimlich angeschaut und zu selten umarmt. Irgend etwas muß ja das Versäumte sein, das brennt. Etwas, das zu einem bestimmten Zeitpunkt nicht mehr zu ändern ist. Für immer, vermutlich, werden wir die Liebe unausgeschöpft zurücklassen. Wieviel mehr, ach, wieviel wäre noch möglich, wäre zu riskieren, zu feiern, zu verschwenden gewesen! Aber es hätte auch ein Mehr an umstürzlerischen Empfindungen dazugehört, an Nachtseiten, Gemeinheiten und Zumutungen, die den seidenen Faden, der diese beiden blassen und gewichtlosen Leben aneinanderband, schnell zerrissen hätten. Statt dessen sind wir einander in unzähligen höheren Versionen begegnet, und nie verloren wir bei der Schilderung von Liebesbetrug und Eifersucht, von roher Gewalt und bitterem Dulden das Bild des Menschen gegenüber aus den Augen, verglichen uns in den infamsten und den schönsten Abenteuern zwischen Mann und Frau.

Ich frage mich also: Wer wären wir uns, wenn sich

unser Zimmer nicht ansteigend verdunkelt hätte? Wer, wenn wir es nicht ertragen hätten, aufblickend von den Seiten, uns verfallen zu sehen?

Aber war sie meine Frau? Ich fand oft nur ein kaltes Gefallen an ihr. Sie war sehr schön – mit dem einzigen Makel, daß sie sich selbst für sehr schön hielt. Das versteifte, verkünstelte ihre Züge, sie dirigierte sie unbeholfen. Das Bild, das sie von sich besaß, entsprach einem etwas frostigen und glatten Ideal, und es verriet, daß ihr Schönheitsbegriff nicht sehr reich entwickelt war und sich mit Regelmäßigkeit zufriedengab. Eine ähnlich enge und klare Anlage des Begreifens und Erfassens beherrschte häufig auch das Urteil, das sie über andere Menschen hatte, so daß ich mich oft fragte, was wir in unseren Büchern wirklich gemeinsam lasen und einig erkannten. Doch das Verstehen, das die großen Werke einem Leser geben, ist wohl allemal größer als sein eigener Verstand.

Mit den Jahren hatte die Anständigkeit zwischen uns die Oberhand gewonnen. Ich achtete sie, ich bewunderte sie sogar ihrer tatsächlich makellosen Gradheit und Aufrichtigkeit wegen. Aber Leidenschaft – Leidenschaft braucht nun mal ihr nötiges Quantum an Verschlagenheit, Täuschung, Lüge und Schweinerei. Und daran fehlte es zwischen uns beiden. Sie war glücklich mit unserem Leben, und es erheiterte, es erfreute mich ihr Glück, ja es stimmte mich auf zaghafte Weise selber ein wenig glücklich. Es genügte, daß der Klang ihrer Empfindungen eine bescheidene, ungedämpfte Resonanz bei mir fand, so daß ich keinen eigenen hohen Ton zugeben mußte und sie ihn auch nie vermißte.

Therese hingegen war eine Gehemmte und eine Verdorbene zugleich. Jemand, der sich und andere durchschaute, alles Unglück im voraus kommen sah und sich dennoch ständig aufs neue auslieferte, töricht und sperrig, hungrig und bitter. Es ging ihr alles schief, aber das mit einer Figur, die gewöhnlich nur standhafte und siegreiche Frauen besitzen.

»Lis ist eine wunderbare Person«, sagte ich zu meiner ersten Liebe, hörte ich mich sagen, »aber reden, reden, wie ich's mir vorstelle, kann ich nur mit dir. Wie eh und je.« Ich glaubte nach wie vor an meine Verschwiegenheit. Ich glaubte, daß nur der Teil von mir redete, auf den es nicht ankam. Damit der andere um so ungestörter schweigen konnte ... »Versetze dich in meine Lage, wenn ich dir die folgende Begebenheit schildere, und du weißt, wie es um mich bestellt ist: Ein Mann im schwarzen Polohemd, der hinter dem Hotel in den Garten tritt, zum Balkon hinaufstarrt, auf dem Lis und ich kurz nach der Ankunft den ersten herrlichen Ausblick genießen, während der Kerl auf dem Kiesweg frech wie ein Straßenjunge ihr unter den Rock starrt und schief vor sich hin pfeift. Wenig später klopft es an der Tür, und der Dreiste steht schon im Zimmer. Er stellt sich vor, er scherzt, er mildert seine Unverschämtheit, wird feiner und charmanter, ein Strolch mit zarten Tönen. Er sucht die gefällige, entspannte Übereinkunft unter dreien herzustellen. Für mich aber bleibt es dabei: in *meinen* Augen tritt er nach wie vor als der ebenso lächerliche wie abgefeimte Mann für Frauen zwischen uns. Ich zögere indessen, ihn hinauszuwerfen, denn auf einmal bin ich mir nicht mehr ganz sicher, wie er eigentlich auf meine Begleiterin wirkt ... Ja, du hast richtig gehört: Begleiterin. Die allervertrauteste Person an meiner Seite: diese fatalen Minuten entrücken sie wieder zu einer frühen, halb unbekannten Begleiterin, deren Charakter und

Lebensart mir noch ein Rätsel sind, wie auf einer ersten gemeinsamen Reise. Flog da nicht der Schatten eines Lächelns über ihr Gesicht? Du fürchtest, ja du spürst es sogar ganz deutlich, daß dieser Eindringling für deine Geliebte von Interesse sein könnte, wenn auch vielleicht nur im geheimen, nicht eingestanden – und dies aufgrund einer gewissen geschlechtlichen Atmosphäre, aufgrund von Aroma und Nimbus, die den geschlechtlichen Mann umgeben und für die du zwar nicht unempfänglich, jedoch nicht der richtig entschlüsselnde Empfänger bist. In dieser Materie, davon zeugt allein sein Mut, uns zu überrumpeln, ist das Niedrigste nie nur das Niedrigste! Oder umgekehrt: auch das Sublimste ist hier durchtrieben, vom Niedrigsten ersonnen. Also hast du es mit etwas durch und durch Ungewissem zu tun. Du schwankst und läßt den Fremden unverständlicherweise gewähren. Sie aber, deine zur Begleiterin zurückgestufte Frau, ist es schließlich, die kurz und entschieden das Wort ergreift und ihn hinauswirft.

Was also? Der Bursche hat sich getäuscht und doch ins Schwarze getroffen: in *deinen* Augen war deine Frau gewinnbar. Sie aber bewies dir, daß du ein Schwächling, ein Kleingläubiger der Liebe bist.

Oder sollte noch anderes im Spiel gewesen sein? Gab es nicht eine weitere, alles umkehrende Nuance, die du nicht bemerken konntest? Wie kam es denn zu diesem Zögern um Minuten, wie dann zu diesem prompten, allzu beherzten Wort, mit dem sie ihm die Tür wies? Lag in dem kühlen, schnittigen Hinauswurf nicht eine Spur zuviel Gebärde? Worauf – wie ja deutlich zu sehen – der Eroberer es lächelnd hinnehmen konnte, daß lediglich sein erster Versuch gescheitert war. Dieser Mann, der ebenso auf den Effekt seiner Rücksichtslosigkeit wie auf die Leistungen seines Feingefühls vertrauen durfte, hatte gewiß den Keim einer künftigen Zuwendung sofort bemerkt, der sich in der verspäteten Unerschrockenheit regte, mit der deine Frau ihm begegnete – und eigentlich unmöglich das erste und einzige Mal begegnet sein konnte.

Du bist infiziert. Obgleich das Verhalten deiner Frau dir niemals Anlaß zu Mißtrauen oder Argwohn gab. Aber die über die Grenze der Wahrscheinlichkeit gesprungene Frechheit des fremden Mannes läßt alles übrige, das bloß wahrscheinlich war, nicht mehr gelten …«

*

»Ich muß dir eine Neuigkeit über den Unglücklichen berichten, den Mann von Geist und gefährdetem Geist, mit dem ich mein schmächtiges Leben teile.« So schrieb sie, die schweigsame Lis, an den fernen Freund, dem sie sich seit vielen Jahren anvertraute, ohne daß es je zu einer Wiederbegegnung zwischen den beiden gekommen wäre.

»Nun ist es also geschehen (nein: wirklich geschehen ist bisher gar nichts!): er ist seiner alten Liebe wiederbegegnet. Eine gewisse Therese, ein dickliches spätes Mädchen mit unappetitlich fettigem Haar. Soviel ich weiß, ist sie in Paris erst kürzlich (mit beinah vierzig Jahren!) zur Historikerin promoviert worden. Wenn du sie sähst, bliebe es dir genauso unvorstellbar wie mir, daß unser André ihr je verfallen konnte, ja schlimmer: daß sie noch heute Macht über ihn hat. So ist es nämlich. Seitdem sie in der Stadt ist, merke ich, wenn er nur zur Tür hereintritt, daß *mein* Mann wieder in ihre Sphäre eingetaucht ist. Sie hat Macht über ihn, sie wird, solange beide leben, Macht über ihn haben. Ich hingegen … nun, Du weißt, er hat mich niemals fürchten müssen. In seinen Augen bin ich immer die kühle, arme Träumerin geblieben. Die erlernte, die eingefleischte Behutsamkeit, die unseren Umgang miteinander bestimmt, nein: die unsere Tage und Nächte immer gewaltsamer beherrscht, bringt es wohl mit sich, daß zwischen uns mehr unausgesprochen bleibt, als die gesunde Ehe verkraften kann. So erzählt er selbstverständlich auch nichts von seiner Begegnung mit Therese. Doch gleichzeitig legt er meine ungeschmälerte Zuwendung für dumpfe Ahnungslosigkeit aus. In deren Schutz glaubt er sich rücksichtslos verändert zeigen zu dürfen. Bekanntlich hält er sich für unschlagbar auf dem Feld der geheimen und empfindlichen Beobachtung und war seit jeher davon überzeugt, daß es über seine Selbstwahrnehmung hinaus nichts an ihm zu bemerken gibt. Dabei treten in seinem Verhalten Anzeichen, die ihm selbst entgehen, immer zahlreicher und dreister hervor. Ja merkt er denn tatsächlich nicht mehr, was er mir in verdeckten Worten, unterlassenen Handlungen unentwegt zu verstehen gibt? Wenn das so ist, dann dankt es sich bereits dem Einfluß dieser starken Rückkehrerin.

Wie kann er sich derart plump in Sicherheit wähnen und vergessen, daß er mir, der so tief bekannte Mensch, in allem eine offene Anzeige ist? Der heimtückischste Beschattungsapparat könnte mir über Therese und ihn keine genaueren Nachrichten liefern als er selbst mit jedem seiner Gesichter, Schritte und Worte. Daß er mir dies Bemerken nicht zubilligt, nicht mehr von mir erwartet, nicht fürchten muß, das ist, mein Freund, für mich weitaus kränkender als alles, was womöglich noch zwischen den beiden geschieht. Und de facto – auch das ist leicht zu erkennen – ist gar nichts geschehen. Noch nichts. Weder hat die Glutlose sich den Mann gegriffen, noch windet er sich zu ihren Füßen, noch gar fassen sie beide einen hinterhältigen Plan. Dennoch ist jede dieser Wendungen unbedingt anwesend, wenn sie sich treffen, und liegt in der Luft, die ihn umgibt, wenn er heimkehrt. Aber noch bleibt alles in einem Nu der Möglichkeiten ungeschieden, im Kräftefeld von Anziehung und Ablassen völlig wechselhaft.

Aber fändest Du es nicht faszinierend, bis in die Urnebel der Absicht, in die rohe Unentschiedenheit vorzudringen, wo alles gleichzeitig getan und ungetan ist, bis in die innerste Wirre einer Stunde, in der nichts geschieht und gleichsam alles bereits geschehen ist, so daß man sich anschließend genauso verhält, als seien vollendete Tatsachen geschaffen ... Mein Gott! Lebten wir nicht von Anfang an, André und ich, seit eh und je in der Geschiedenheit und mitunter sogar in der vollzogenen Geschiedenheit und blieben dennoch beieinander, Aug in Aug? Es geht doch im Grunde nur darum, die tödliche zeitliche *Abfolge* der Ereignisse, die bis zum bitteren Ende führt, nicht zu erleben, nicht stattfinden zu lassen! ... Es ist meine tiefe Überzeugung, daß das, was uns fügt und wieder löst, unentwegt und immerzu gegenwärtig ist und zu jedem beliebigen Zeitpunkt kreuz und quer durcheinanderwirkt. Und ich denke, daß wir nichts mehr zu vollziehen haben. Die Entfernung, sogar der Bruch bleiben einbeschlossen in diesem gemeinsamen Äther, aus dem jeder von uns seinen Atem empfängt. Nichts dringt heraus, nichts Endgültiges bildet sich, kein letzter Schritt wird getan. Man lebt und verharrt in der Anwesenheit von Abschied und Fortgehen, praktiziert wird nichts. (Ist nicht die Liebe zu jedem Zeitpunkt die virtuellste aller Welten? Überreich an Möglichem, an Tatsächlichem eher arm.) Warum sollte nicht auch diese hartnäckige reale Anfechtung namens Therese in den Wettern, die André und mich umgeben, wieder in eine imaginäre verwandelt werden und sich zu reiner Möglichkeit läutern lassen? Zugehörigkeit wird immer, um unverbrüchlich zu sein, in ihrem Kern eine tiefe Befremdung, eine ursprüngliche Zurückweisung bewahren. Ist es nicht so, mein liebster Freund? Könnte es so nicht sein? Sag es mir in Deinen Worten. Denn von ihnen lebt ja Deine …«

*

In der Folge kam es zwischen Therese und mir zu einer Begegnung, bei der ich ihr aufs gröbste verändert erscheinen mußte. Der erste Blick, der sie traf, war ein rascher, von verächtlicher Wut. Sie wußte sofort, daß etwas vorgefallen war; etwas, das uns alle drei über Nacht aus der vorsichtigen Schwebe, in der wir uns bis dahin befanden, verstoßen hatte. Und ihre voraussehende Miene veranlaßte wiederum mich, mit einer unlogischen Floskel und eher im Ton des Angriffs als der Unterrichtung zu beginnen: »Du weißt, daß ich Lis gestern niederschlug? Ich schlug ohne jeden Grund, einfach von Erbarmungslosigkeit ergriffen, und als nach dem ersten Schlag dies Lächeln der Geringschätzung auf ihren Lippen stand, wie ich niemals zuvor eins gesehen hatte, verlor ich jede Besinnung und verfiel einer Art Blutrausch wie ein bißwütiger Köter. In diesen Augenblicken fühlte ich nichts mehr von mir, ich war leer und seelenlos, null und nichtig.«

Und ich fuhr fort, mich wortreich anzuklagen, immer neue Umschreibungen meiner Nichtswürdigkeit und Entartung zu finden. Therese besaß natürlich eine zu feine Witterung, um nicht zu erkennen, daß meiner Selbstbezichtigung ein übler Reviergeruch anhaftete, der vor allem ihr in die Nase stechen sollte; daß es allemal gegen sie gerichtete Vorwürfe waren, die ich in meinem schimpfenden Peccavi hervorstieß. Ja, sie verstand, sie nahm es an – und hielt ihrerseits den Augenblick für gekommen, die unausgesprochenen Rückstände, die sich in unseren Unterhaltungen angesammelt hatten, plötzlich herauszulassen.

»Überall entfernen sich Befreundete voneinander«, begann sie, scheinbar ohne auf den geschilderten Vorfall einzugehen, »sie verlieren sich für immer aus den Augen. Nur bei uns schließen sich am Ende die Wege wieder zusammen –«

»Es ist nicht das Ende!« rief ich erregt und fiel ihr ins Wort. »Noch nicht das Ende!«

Da sie nun einmal die erste Hürde genommen hatte, drang sie unbeirrt voran und kam im nächsten Satz schon auf die »Ablösung« zu sprechen und begann nun alles in peinlich deutliche Worte zu fassen, was vorher ihre betrübt-hungrige Anwesenheit ganz von selbst bezeugt hatte.

»Es ist soweit, André. *Jetzt* ist es soweit... Ich möchte sehen, wo gäbe es das noch: zwei, die nicht aufhören, miteinander zu sprechen, während in ihrem Rükken die Welt die Kulissen wechselt, während Länder und Meere und Menschen, geliebte und fremde, sich um sie drehen, ohne daß in der Mitte des Wirbels, in ihrem Gespräch nur die leiseste Störung aufkäme!«

Fern jeder Sentimentalität erwiderte ich: »Du solltest die Schar deiner Liebhaber endlich an einer großen Tafel zu einem festlichen Bankett versammeln. Du solltest dich einer einzigen, letzten, verschwenderischen Geselligkeit hingeben. Du hast Halt bei jedem einzelnen gesucht, und keinen hast du halten können. Auch mich nicht.«

»Es liegt wohl an meiner Art«, sagte sie in einer scheinbaren Rückkehr zur Mutlosigkeit, die mir nichts Gutes verhieß. »Diese Art, wie ich nun einmal bin, langsam und zu wiederholten Versuchen bereit ... Aber so war's ja nicht immer, so bin ich ja schließlich erst geworden. Nicht ganz ohne dein Zutun. Die Willkür, die ungeheure Willkür, für die du dich damals entschieden hast, es war vielleicht zu früh, ich war noch zu jung ... Man kann auch sagen, und das ist schon ein guter Ausdruck, wenn man es recht bedenkt, man kann auch sagen: Du hast mir das Herz gebrochen. Genauso ist es nämlich. Und deshalb bin ich eben nur mit halber Kraft durchs Leben gekommen.«

»Das ist Unsinn. So kann man es eben nicht sagen. Wenn überhaupt, so war es *zuerst* deine ganze Art, die dazu führte, daß du schon als junges Mädchen gewisse Vorfälle übertrieben ernst genommen hast. Anderen, Tausenden, passiert das gleiche. Erste Liebe. Die lachen heute darüber. Aber du hast eben eine Art, die alles um- und umwälzt und ewig mit sich herumschleppt.«

Nach einer winzigen Pause, in der sie sich aufrichtete und blitzschnell den gesamten Rest, den sie mir zu sagen hatte, überflog, begann sie ganz sacht und wie auf einem anderen Gleis ...

»Das ist auch Unsinn, nicht wahr, wenn es heißt: die Menschen redeten aneinander vorbei, sie verstünden sich nicht. Sie verstehen sich nur zu gut. Es ist nämlich ganz anders: sie suchen lediglich den Zweikampf bis zur letzten Entscheidung zu führen. Zweikampf der Überzeugungen, der Interessen, des Sich-Befindens. Was sie reden, dient ausschließlich geheimen Kampfzwecken. Natürlich finden die wenigsten den Mut, diesen Kampf bis zur letzten Konsequenz auszutragen. Es bleibt meistens bei oberflächlichem Geplänkel, dann drückt man sich auch in Worten feige aneinander vorbei. Offener Krieg und helle Freude brauchen keine Worte. Liebende allerdings, das ist nun eben ein riskantes, undeutliches Mittelding ... Du hast mich verletzt. Ich werde dich töten.«

Sagte sie? Hörte ich sie sagen?

Jedenfalls erinnerte ich mich in diesem Augenblick daran, wie wenig mir ihre Stimme behagte, als sie in den vergangenen Monaten mehrmals anrief, ohne mir im übrigen die geringste Andeutung ihres bevorstehenden Besuchs zu machen. Ihre Stimme oder vielmehr ihr lauerndes Hören und Aushorchen bedrückten mich seltsam, als hätte ich davon einen ersten Infekt des kommenden Übels empfangen. Ich merkte, daß mir ihre Vorsicht bei diesem Gespräch nicht geheuer erschien, ich spürte den starken Andrang unlauterer Gedanken und Absichten, den sie gewaltsam zurückhielt.

Allerdings muß ich einräumen, daß ihr Erscheinen später meine Verdächtigungen gleich wieder zerstreute, da das Auge wohl von Natur aus weniger mißtrauisch reagiert als das Ohr.

Dennoch hatte ich's gleich wieder im Sinn, wie sie am anderen Ende der Leitung forschte, ob irgend etwas bei mir nicht ganz so stimmte, wie ich es behauptete; ob da nicht irgendein falscher Ton von mir verriete, daß ich in Wahrheit meiner häuslichen Umstände überdrüssig sei; ob mir nicht eine kleine Floskel unterliefe, die nur unserem Gespräch, unserer alten Weise zugehörte, so daß wir uns unversehens wieder in einem tieferen Einklang befunden hätten, als ich ihn je mit Lis, meiner Frau, erreicht hatte. Ja, sie war ganz Ohr; auch wenn sie sich erkundigte und durch alle freundlichen Fragen nur die eine große Frage nach meinem Verderben stellte. Auch wenn sie sprach, klang ihr Gehör, und aus ihrem Gehör vernahm ich den Grundton der Verurteilung, der mörderischen Bitternis und Trauer.

Therese hatte ihr Leben über viele Jahre in einer dunklen Hinwendung zu dem meinen geführt, hatte es immerzu in einem provisorischen Zustand gehalten und sich nur auf Abruf mit dem oder jenem Mann eingelassen. »Zurückkehren« sagte sie in vielerlei anderen, beruflichen und zeithistorischen Zusammenhängen so häufig, daß sie es in dem einen, für den es mit Leib und Seele galt, nicht eigens auszusprechen brauchte. Sie lebte in Paris lediglich zu einem einzigen Menschen hin im Exil. Sie führte ein um sein Fehlen kreisendes Leben. Ohne daß es ihr zu Bewußtsein gelangte, nährte sie aus der Quelle seiner Abwesenheit die reinen und düsteren Wünsche, die sein tatsächliches und unwiderrufliches Verschwinden zum Ziel hatten. Diese nahmen an Heftigkeit zu, sie war schließlich beseelt von ihnen. Ich wußte nun: Sie suchte nicht mehr nach mir, sie suchte nach meiner vollendeten Abwesenheit.

Es gibt seltene Konjunktionen, Grenzfälle der Begegnung unter Menschen, bei denen die modernsten Sicherungen, über die unsere Seele verfügt, plötzlich unwirksam werden, so daß für schreckliche Augenblicke eine ganz ungemilderte Erlebnisfähigkeit von uns Besitz ergreift. Dann wird auch der Sinn einer dunklen Gerechtigkeit verstanden, der eine um ihre Liebe Betrogene dazu zwingt, den Schuldigen zur Verantwortung zu ziehen und ihm das endgültige Urteil zu sprechen. Und natürlich wird der Angeklagte bis zuletzt versuchen, das zentral erlernte und erfolgreichste Mittel des heutigen Menschen anzuwenden, nämlich sich herauszureden, sich erklärend, sich psychologisch zu entschuldigen.

Doch je geschwinder er redet, je umfassender er wird, um so verzweifelter wird er bemerken, daß er mit seinen schmächtigen Worten der Gewalt dieses Urteils nicht mehr zu entfliehen vermag.

*

»Lieber Freund! ... In den vergangenen Wochen fand ich nicht die nötige Ruhe, um dir Mitteilungen der gewohnten geduldigen Art zu machen. Hör nur! Die Hoffnung, meine tiefste Hoffnung, es könne zwischen uns vieren alles in der schonenden Schwebe bleiben, es könne de facto nichts Veränderliches geschehen! ... diese Hoffnung ist nun endgültig zerstört. Es gibt sie also doch, die traurigen Ereignisse. André seit letzter Woche in der Klinik sediert. Er braucht jetzt fünf Minuten, um ein Messer richtig zu greifen und eine Orange zu schälen. Das gebrochene Schweigen führte zu einem hemmungslosen Redefluß. Dieser mündete über Nacht in einer kindischen haltlosen Frömmigkeit. Der Glaube kommt ja heute nicht selten erst als die Schlacke einer verbrannten, verzehrten Person zum Vorschein. André jedenfalls strebt jetzt, mit dem einig zu werden und darin zu verschwinden, was vorzeiten alle zusammenhielt. Nüchtern gesprochen: es packte ihn die nackte Furcht, er trat die Flucht vor uns an ... Aus den Nebeln eines nie erklärten Abschieds kehrte seine Erste Liebe zurück, Therese, langjährige Beschatterin unserer Ehe. Aus welcher Hoffnung, aus welcher Rücksicht auch immer, er hatte sich ihr nicht etwa nur in der Jugend versprochen, sondern erst vor wenigen Jahren seinen Schwur erneuert: ›Wenn es mit Lis vorbei ist, wenn diese große Kraft nachläßt (offenbar meinte er zu spüren, daß unser Glück seinen Zenit überschritten habe), dann bin ich für dich da, dann kehr zurück, und wir beschließen, was wir gemeinsam begonnen haben ... Ich schwöre es. Wenn es vorbei ist, dann komm!‹ Nun, sie schlug ein und gewährte den Aufschub.

Ich bemerkte anfangs ein langsames, fast zärtliches Zurückweichen zwischen uns. Wie zwei Abberufene in einem Zaubermärchen waren wir, die sich Schritt für Schritt rückwärts voneinander entfernen, ohne sich aus den Augen zu lassen, und sich Liebesworte nachrufen, bis sie beide rechts und links in den Kulissen verschwunden sind ...

Ich entfernte mich innerlich erst von ihm, als er zum Eiferer wurde. Und zwar zum Eiferer um sein eigenes Kind, unsere kleine Tochter Kerstin, die er auf eine gegen mich rücksichtslose Weise zu vergöttern begann. Ich wollte leben mit einem Mann und fand schließlich jemanden, der mir in pathetischen Begriffen auseinandersetzte, was den rechten Mann, was die rechte Mutter ausmache und welche sündhaften Versäumnisse ich mir zuschulden kommen lasse. Sein Geist umgab sich mit einem Panzer von Überzeugungen, und hinter diesem vollzog sich ein fortschreitender Verfall seiner Glaubwürdigkeit. Seine Bekenntnisse standen in keinem Verhältnis zu der tatsächlichen Verantwortung und Besorgung, die er für die Kleine übernahm. Das Kind existierte vornehmlich in seiner preisenden Sprache, und diese erhob sich letzten Endes zu einer einzigen Anklage gegen mich, die unmütterliche Frau, die im Kindbett ›nur einmal der Natur Genüge getan habe‹ ...

Unversehens war Therese wieder da. Sie kam, angezogen von seinem Kummer, von der Zersetzung unserer Ehe, über der sie wie ein Geier kreiste, er brauchte sie nicht zu rufen. Jetzt kam sie ein letztes Mal und legte die Schlinge des Erbarmens um seinen Hals. Weiche unerweichliche Rächerin, die endlich Vergeltung für ein Kind erwirken wollte, das sie einst nicht zur Welt bringen durfte, damals, als er, von Geltungssucht und Ehrgeiz zerfressen, gierig nach einem freien unabhängigen Leben strebte. Und als er sich abkehrte und gleichzeitig auf später schwur, hatte sie ihrerseits etwas geschworen: ›Irgendwann hol ich mir das Kind von dir oder hol mir dein Leben.‹ Sagte ihre Weissagung und verschwand. Senkte den Schwur wie einen Fundamentstein in seine leichte, rücksichtslose Jugend. Baute Jahr um Jahr, Wiederkehr für Wiederkehr am Haus ihres Raubs. Und jetzt, nach bald einem Vierteljahrhundert, hält sie den Kläglichen tatsächlich in ihren Armen. Er hatte aufgegeben. Zu schwach, um sich ihrer noch einmal zu erwehren, kauerte er schließlich an ihrem siegreichen Herzen und harrt, daß der Spruch auf die erste, für ihn glimpflichste Bedingung hinauslaufe. Und ich, um das Leben unseres armen Andrés bangend, sah mich zu guter Letzt genötigt, die Gebärmutter einer angejahrten Intellektuellen in meine Fürbitte einzuschließen …

Auch sie war ja in den Eifer geraten. Denn es war keine Liebe mehr in ihrer maßlosen Treue. Nur Bekenntnis, nur die falsche Überzeugung vom Einzigen, Richtigen, dem Mann, der ihr das verdorbene Leben wiedergutmachen sollte. Ausgerechnet sie, die Jahrzehnte Strolchende, erstrebte nun Absolution für ihre Jugendsünden, klagte sich selber des Mords an, den sie an ihrer Frucht vor fünfundzwanzig Jahren begangen hatte. (Verzeih, aber diese neue Gesittung, diese moralische Selbstgeißelung, der man da begegnet, kommt mir so scheinheilig vor wie ein letztes, perverses Gelüst, kurz bevor die Libertinage in völlige Erschöpfung und Gleichgültigkeit fällt …)

André lebte schon Monate vor ihrer Rückkunft unter der Bedrohung der Bekehrten. Ja, er fürchtete sie wie der zum Biedermann gewordene Ganove, bei dem eines Tages ein soignierter älterer Herr auftaucht, ›um eine alte Rechnung zu begleichen‹...«

*

»Ich hatte nicht aufgehört ihn zu lieben«, mit diesen Worten begann nun auch Therese sich Rechenschaft abzulegen über die bekannten Vorgänge, und das hieß: sich mit den Mitteln der Aufrichtigkeit einer möglichst lückenlosen Selbsttäuschung hinzugeben, wie es die beiden anderen vor ihr getan hatten.

»Als er sich tatsächlich entschloß, Lis zu heiraten, war ich zunächst schockiert. Ich hatte, ehrlich gesagt, auch nicht damit gerechnet, da ich Beweise genug besaß, daß er sie keineswegs liebte. Ich nahm an, daß ich nicht allzu lange abzuwarten brauchte, bis meine Zeit gekommen wäre. Nun, andererseits war meine Zeit auch nicht mehr unermeßlich ... Er war diese Ehe nur eingegangen, weil er die Plagen, Widrigkeiten, Entbehrungen und Schmerzen, die unser Verhältnis uns beiden auferlegte, nicht mehr ertragen und gewaltsam abschütteln wollte.

Für mein Empfinden hatte er Lis nur geheiratet, um aus unserem verzweifelten Hin und Her auszubrechen und endgültig ein Grenzmal, einen Pflock in die Erde zu treiben, der unseren allzu freizügigen Bewegungen eine feste Beschränkung bot. Als er dann aber ein Kind mit ihr bekam, riß unter mir der Boden auf. Gekränkt und verstört bewegte ich mich einige Zeit gleichsam unterirdisch fort, hielt keinen Kontakt mit ihm und war für ihn nicht aufzufinden.

Nach sechs Jahren meinte ich, daß die Zeit für mich reif sei, und ich rief das erste Mal wieder an, aus unserem Ferienhaus, das wir in der Nähe von Toulouse erworben hatten. Ich erklärte ihm, daß ich mich nun langsam auf den Weg machen würde, die Frist sei abgelaufen, er möge sich darauf vorbereiten.

›Welche Frist?‹ fragte er erschrocken, und ich mußte lachen, denn er erschrak über seine Freude, mich zu hören ...

Es ist richtig, daß Lis niemals versuchte, ihn zu hintergehen oder zu irgendwelchen fragwürdigen Entscheidungen zu zwingen. Dennoch konnte sie keinen Zweifel haben, welche Rolle sie in unserer Verbindung spielte und daß sie nur vorübergehend, langsam vorübergehend seine Frau sein sollte. Gleichwohl waren dabei (in dieser Rolle?) die Schönheit und die Gradheit ihres Wesens immer deutlicher hervorgetreten. Ihre Gestalt, ihre Beherrschung, ihre Worte erschienen André wie eine stete anmutige Belehrung, wie ein lächelnd erhobener Finger, aber einer, der nicht droht, sondern nur zum Achtgeben anweist ... Mehr Vorsicht, Lieber, lerne, wenn du mit uns Frauen rechnest ... Ihre kühle Feinheit und Strenge verboten es im übrigen von selbst, daß sie je eine plumpe Aussprache über ihr wirkliches Verhältnis führten. So lebte er mit dieser zarten, fremdartigen Vermahnung, erkannte die Überlegenheit ihres klaren Herzens, und sie betörte ihn. Ihre Aufrichtigkeit – und das war für ihn sinnlich: ihr helles Aufgerichtetsein – wußte er letztlich nur mit dem Gefühl einer scheuen Verehrung zu erwidern. Zuweilen war ihm, als führten sie ihre Ehe nicht in einer modernen Neubauwohnung, sondern in der Zurückgezogenheit eines mittelalterlichen Gärtleins, umschlossen von einem Kreuzgang, in dem Worte wie

Huld, Dank und Ehre in ihrer alten Ordnung widerhallten. Er hörte sich oft in solch ergebenen Worten zu ihr sprechen – über seine Lippen aber kamen sie nie. Von dem hohen Ansehen, in dem sie bei ihm stand, führten nur schwierige, klippenreiche Pfade hinab zur Befriedigung der gewöhnlichen Begierden, die von ihr ohne Ermüdung, ohne Nachlassen gefordert und erwartet wurde. Für ihn barg hingegen Begierde, sofern sie echt und schamlos war, immer die Gefahr, daß das Auge darin unterging und daß der Mund im Eifer log. Ihr Gesicht, wenn es sich in Lüsternheit verzog, war nicht mehr schön. Obendrein machte sie, die Unschuldigste, allerlei rührende Anstrengungen, von denen sie wohl annahm, daß sie auf einen gesunden Mann unwiderstehlich wirken müßten. Aber sie verstörten ihm ihr Bild, und Schamgefühle behinderten ihn.

Nun sind André und ich in diesem Punkt vielleicht besonders vorbelastet. Seit unseren Jugendtagen haben wir nach älterer Schönheit unter der Oberfläche des Alltags gegraben. Es kam ja überall noch ihr Urgestein zum Vorschein, man mußte nur auf Einzelnes besser achten, um zu sehen, wieviel Schönheit, wenn auch in tausend Stücke gesprengt, über uns alle verstreut liegt und auch zum Strahlen kommt. Allein was nicht alles keusch sein kann selbst an einem ganz verkommenen Menschen! Und wenn es nur ein Schimmer seines Auges ist, ein Wink mit seiner Hand, und selbst mitten im Unrat, den er denkt und fühlt, taucht es plötzlich auf, das Unberührte …

Ja, ich bin dieser Frau im stillen nachgefolgt. Sie war es, daran gibt es nun keinen Zweifel mehr, die mich über die letzten Jahre hin tiefer anzog als André, der Mann. Sie war es, die das Unauflösliche meiner Verbindung zu André besser verkörperte als ich selbst. Es kam in ihr zu einer schöneren Erscheinung. Ich hätte mich nicht geschämt, sie weit über mich zu stellen. Aber es gab nun einmal diesen Pakt, der sie ausschloß, und ich mußte ihn erfüllen.«

»Schimpfen! Schimpfen kann er ...« Sie sitzt mit seinem Jackett über den Knien auf einem Poller vor der Tiefgarage und wartet auf ihren Begleiter, der sich in einer zwielichtigen Gaststätte Zigaretten besorgt. Sie sind beide aus einem Film gelaufen, den sie nicht länger ertragen konnten. Nun stolpert er aus der Kneipe, wieder einmal in einen Streit verwickelt, tritt halb in die Tür zurück und ruft noch eine harte Verwünschung gegen den Wirt. Schlüpft dann schnell auf die Straße, schließt die Tür fest hinter sich. Krempelt die Ärmel hinunter: »So.« Der Wirt reißt die Tür auf und brüllt ihm eine unverschämte Drohung hinterher. Schlägt darauf seinerseits die Tür zu, und zwar mit solcher Wucht, als hätte sie, obgleich zu seinen Räumen gehörig, Partei für den Störenfried ergriffen. Der Abgewiesene nickt nur und kichert bleich. Dann stößt er in die Luft hinaus seinen lautesten, besten Fluch, der den anderen für immer der Lächerlichkeit preisgibt, ihn akustisch aber nicht mehr erreicht.

»Wo wir auch hinkommen, schimpfst du«, sagt die junge Frau, »und wieder müssen wir woandershin für deine dummen Zigaretten.«

»Aber solch einen Haufen Barbaren läßt man nicht ungeschoren!« empört sich der Mann und nimmt seiner Gefährtin das abgestoßene Jackett aus dem Schoß.

»In einer Spelunke wirst du einen Haufen Barbaren finden. Natürlich. Was sonst? Was erwartest du anderes?

Du gehst ja in voller Absicht in solche Spelunken hinein, weil du im voraus weißt, daß du dich darin mit irgend jemandem anlegen kannst.«

»Fang du mir auch noch an!« schneidet ihr der Mann das Wort ab, eher bitter als drohend.

»Ein philosophischer Streithammel bist du. Leicht erregbar und schnell außer Kontrolle.« Das mußte sie noch anfügen, damit ihr nicht wirklich das Wort abgeschnitten war. Eine junge beleibte Frau war sie mit eselsgrauem, rauschendem Lockenhaar und ging mit diesem intellektuellen Vagabunden, der sein Gesicht beständig über sie erhob, als spräche er vor einem dicht gefüllten Saal.

»Ich weiß nicht mehr, wie ich dich umarmen, dich küssen soll. Die niederträchtigen Zurschaustellungen von Menschen, die sich nur zum Schein paaren vor toten Kameraaugen, haben mein geschlechtliches Empfinden verletzt und erniedrigt. Sie beschwören die Plagegeister der Unlust herbei. Und diese Barbaren dort in der Spelunke *loben* genau den Film, den wir beide fluchtartig verlassen mußten.«

»Man kann darüber hinwegsehen ... wenn man einen etwas weiteren Blick besitzt.«

»Wie soll das gehen? Auch *deine* Nacktheit trägt nach einem solchen Film in *meinen* Augen das bürgerliche Lumpenkleid der Unverschämtheit, einer maroden, verüppigten, stagnierenden, sinnentleerten Unverschämtheit. Alles Reklame, nur noch ein Fetisch, kein Körper mehr, nur selbstgenügliche Reklame für ein Handelsgut, das es nicht mehr gibt: die Sinnenfreude! Entsetzen muß einen packen, Entsetzen – das eigentlich Nackte! – vor dem Akt im bürgerlichen Lumpenkleid. Aber vielleicht ist meine Hoffnung bereits auf das Unheil gerichtet. Auf einen Bildersturm, wie die Welt ihn noch nicht gekannt hat ... Es muß über uns kommen, aus uns selbst kommt nichts mehr. Es muß jedermann so sein, als sähe er einem Menschen beim Erbrechen zu, sobald auf der Leinwand ein Hosenschlitz geöffnet wird ... Wie kann ein Künstler, angeblich ein Meister des Indirekten und der feinsten Nuance, sich gerade in diesem empfindlichsten, heiligsten Bereich als der bulligste Realist gebärden?! Und meine Geliebte? Na! Lebt ganz zufrieden mit den gesehenen Kopulationen. Läßt sich's nicht verdrießen. Ach, ich allein bin ein Aufschrei der geknebelten Lust! Ich allein bin ein so Verlorener, weil der Wandel der Welt mit meinem nicht Schritt hält! ... Was man erlernt hat, kann man nicht mehr nutzen. Das Handwerk ist ausgestorben, bevor man die Lehre beendet. So wie auch die Frau, für die ich einst das Lieben erlernte, nicht mehr unter den Frauen zu finden ist! ... Im übrigen glaube ich gesehen zu haben, daß nur sehr wenige Gesichter von sinnlicher Freude oder Neugierde erhellt werden können. Sinnliche Neugierde spielt auf dem Gesicht des Menschen, jedenfalls in unseren Breitengraden, eine sehr untergeordnete Rolle, kommt nur sehr spärlich und reguliert zum Vorschein und tritt auch fast niemals in Reinform auf, sondern das, was vorrangig strahlt und die Gesichter belebt, ist soziale Vorteilssucht. Die Frage der Sinnenfreude gilt es abzuhandeln vor dem Hintergrund einer Unterhaltung, die zwei Kassiererinnen im Einkaufsmarkt über ihre noch ausstehenden Urlaubstage führen, zwei Frauen, die abgewandt voneinander auf ihrem Geschlecht sitzen, die Waren über den Scanner ziehen und die Kunden keines Blickes würdigen ... Die Frage der Sinnenfreude, die für uns die zentrale und lebendigste ist, muß gegen die ungeheure Masse an sozialer Zeit erwogen werden, in der sie keinerlei Bedeutung besitzt, in der die nackte Unsinnlichkeit den Alltag und seine Geschäfte beherrscht ... Das Auge, die Hand des Menschen sind ungeschickt geworden, ungeschickt auch seine begierige Seele, die jeder Sicherheit enträt. Wo sind die Beschwerten, die Mahler-, die Dostojewski-Naturen ... wo sind sie, die Verbohrten, die Ringenden, die Zerrissenen, die Heilssüchtigen und Versuchten, die Gemütsfindlinge mit ihrer zermalmenden Passion? Weg. Der Geist, der die Zerklüftung erfassen soll, ist glatt, spiegelglatt wie eine gesunde Leber. Nur ich trete hinaus in den Garten der Erschütterten, Entsetzten, Schreckensgelähmten und führe meine rosensträuchige Aufwärtsrede, ich, ein lichtdurchlässiger Mann ... Es gibt genügend Menschen, die in der Lage sind, viereinhalb Stunden im Kino zu sitzen und sich einen Film von ungeheurer Länge anzuschauen. Aber meinem Vortrag sollte man nicht einmal über zweieinhalb Stunden folgen können? Ich rede nun einmal genauso lange, wie einst Theodor Däubler seine Dichtung ›Das Nordlicht‹ rezitierte. Ich biete keine kurzen, griffigen, schnittigen, geschliffenen Vortragshappen. Ich bin bekannt für epische Breite. Ein Vortrag, der nicht zu gut einem Drittel aus emphatischen Wiederholungen besteht, einem Drittel aus stürmischen Vorstößen und einem Drittel aus Gedankenstrichen, Fermaten, der nicht Brucknersche Länge erreicht, lohnt sich nicht – so etwas kann man in kurzen Merkblättern draußen vor der Saaltür verteilen. Zusammengefaßt! Zusammengefaßt läßt sich bei mir überhaupt nichts sagen ... Epochenbruch und Ärasturz, nun, wir haben uns erschöpft in geschichtstrunkenem Bewußtsein. Jetzt muß man wieder, der Künstler zuerst, zur Tagesordnung des Ewigen übergehen. Um in allem, was geschah, die aufwärtige Bewegung, Anagoge, zu ermitteln. Im Haus des

Seins werden polternd die Möbel gerückt. Es kann nicht schrecklicher kommen, als das schreckliche Bewußtsein schon ist. Alle erdenklichen Grauen. Schlimmer als erdenklich ist nichts. Am Furchtbaren ist das Furchtbarste, daß es eintritt, wie ausgemalt und vorhergesehen … Noch redet die Vernunft beherzt, im Benennen der Übel und der Sorge wird ihre Rede seltsamerweise immer behender und geschickter – doch die Erdkräfte scharren nur ein wenig und übertönen sie schon. Spät dran, meine Liebe, sind wir, spät dran. Wir haben zur Unzeit das Neue verstanden. Jetzt, wo es wirklich hereinbricht, ist unser Verstehen verbraucht. Jetzt, wo die Muster alle durchgespielt, die Affekte alle ausgetobt, läßt die Epoche den Bären los. ›Wir befinden uns inmitten umwälzender Geschichtsprozesse‹, sagt der kindliche öffentliche Mund. Im Grunde tendiert unser Gegenwartsinteresse mit übertriebener Spannung zu jenen Späteren hin, die einmal schlüssiger und mühelos wissen werden, was unsere Gegenwart bedeutet. Wir zerreißen uns vor Neid auf ihren gelassenen Rückblick, wir, Meister der Vergangenheitssichtung, uns muß das passieren, so spät noch, ein so mächtiges, unentschiedenes, unausgegorenes Jetzt! … Aber was, frage ich, ist ein Weltverstehen wert, das im Lauf der Geschichte fortwährend schwankt, sich korrigiert und widerspricht, verglichen mit den uralten, verläßlichen kleinen Welten, welche die Assel oder die Libelle umgeben, den Dornhai oder den Leoparden? So wie das ›Weltbild‹ der Ameise gesichert ist durch die Verkettung des Sichbetrillerns, der ständigen chemotaktischen Verbindung, ist im Gegenteil das unsere verunsichert durch die laufende Produktion von falschen Weltbildern. Immer wird das Bild, das wir uns von der Welt machen, primitiver sein als die gehirnliche Technik, aus deren Fabrikation es stammt. Hirn und wirkliche Welt stehen sich näher als Weltbild und Welt oder das Hirn und seine Vorspiegelungen. Wir können nichts *richtig* sehen, wir sind blinde Gemütstolle, emsige Unbesonnene ... Die Natur des Menschen ist eine bildnerische, wie die Natur der sich betrillernden Ameisen eine chemotaktische ist. Und dieser zuverlässige Apparat der permanenten Täuschung ist das Höchste, was die Natur hervorgebracht hat! Er wird von einer nicht abreißenden Geschäftigkeit des Herstellens beherrscht, der Kreation, der Fabrikation von Farbe, Form, Sinn, Gestalt und Zusammenhängen. Allein in seiner rastlosen Emsigkeit ist der Mensch den Naturvorgängen eingegliedert und sogar in der Blindheit des Betreibens jenen Tieren eng verwandt, die in ihrer Schönheit sich kategorisch dem Schönheitsansinnen verschließen, das der menschliche Betrachter an sie richtet ... Das frei und froh in den Lüften gaukelnde Pfauenauge ist in Wahrheit nur vergleichbar dem von Telefon zu Telefon hetzenden Börsenmakler. Nichts anderes als Geschäftigkeit ist im Falter, diesem ›Symbol der menschlichen Seele‹, am Werk. Man muß überall das Mißbräuchliche, die Katachrese unserer Bild- und Vorstellungswelt aufspüren und bloßstellen ... Gaukeln! Meine Güte! ... Frei! Meine Güte ... gar noch ›froh‹? Wann endlich lernen wir, wenn wir schon von unseren maßlosen Einbildungen nicht lassen können, uns inmitten einer völlig fremden Welt mit der nötigen metaphorischen Zurückhaltung zu bewegen? Das Geschwätz des Lebens selbst! Die Lüge des Lebens selbst ... die eine und ganze Rodomontade! ... Untröstlich stimmt bei längerem Anblick der Baum, der unfähig ist, stolz auf sich zu sein. Traurig und enttäuscht zieht sich unsere Seele mit den Jahren von den abweisenden Schönheiten der Natur zurück – sie wollte sich doch vereinen mit dem, was ihr so gefällt.

Plötzlich begreift sie das tote Stück Holz, die tote Blüte – und hat nur noch ein Gefühl für den Dampf der Moleküle. Die Seele erfährt spät erst ihre Einsamkeit und ihren einsamen Narzißmus: sie hat stets nur sich selbst geliebt. Geist und Seele haben im vertrauten Zusammenspiel alles, aber einfach auch alles gemeinsam hervorgebracht, die Schönheit der Dinge sowohl wie das Empfinden für diese. Und es geschah einzig um des menschlichen Wohlgefühls willen! ... Ich versuche das Lebendige leblos zu sehen. Wenn ein Falter um eine Frühlingsblume schwirrt, so ist in seiner Wesenheit nichts, das sich meinem menschlichen Erkennen und Verstehen mitteilt, selbst wenn ich ihn aerodynamisch bis in den kleinsten Flügelzacken ergründe und entschlüßle ... Erst wenn ich im Kleinsten wie im Größten – im Licht, im Atem, im Blut, im Blick – auf das zuinnerst Menschabgewandte gestoßen bin, werde ich das Wunderwerk der Gleichgültigkeit zu ahnen beginnen, in dem wir, unser menschliches Erkennen, nur eine zufällige Emsigkeit unter Milliarden anderen darstellen. Das ist der Kern der Mystik, das ist das Zusein bis obenhin, der Welt einbeschlossen. In ihr bin ich eingemauert mit meiner Liebsten bei lebendigem Leib wie einst der Stammeshäuptling im Sudan, wenn sein Zeugen versiegte, mit einer letzten Konkubine auf seinen Knien ... Unter den Leblosen die bestschwingende Saite möchte man sein ... Man spricht von großen Klängen, die von unserem Planeten aufsteigen und ins All hinausschwingen ... aber die Musik spielt hinaus, um die eherne Stille, die uns belagert, abzuwehren. Die Musik ist ein einziger Kampf an der Sphärenfront ... Was heißt, die Menschen verstehen einander nicht? Sie verstehen sich nur zu gut! Das ganze Gerede läuft letztlich auf Stimmfühlung im Dunklen hinaus, die sie benötigen wie die

Gänse! ... Simmel und der X, wie hieß er noch? haben sich gegenseitig angebrüllt vor Mitteilungsdrang, haben laut und fast zornig aufeinander eingesprochen, ohne daß einer dem anderen zugehört hätte, und dennoch hatten beide das Gefühl, sich auf das beste zu verstehen ... Auf dem Bibeldeckel hatte sein Whiskyglas einen dunklen Rand hinterlassen. Er hatte es nicht nur darauf abgestellt, sondern beim Perorieren mehrmals hartnäckig drauf gestoßen ... Stell dir nur vor, es käme soweit, daß jeder seinen Scheitel zu bedecken wünscht, sich nach der Perücke sehnt, um seine Haare nicht zu zeigen – *jeder*, plötzlich von Scham wie besessen ... Was ist mit meinem Scheitel? Ich kann ihn doch nicht dauernd mit der bloßen Hand bedecken? ... Was, glaubst du, hat es mit der Scheitelscham auf sich? Es ist nicht nur orientalischer, jüdischer Brauch, daß Frauen vor fremden Männern das Haar bedecken müssen ... Jeder will seinen Kopf bedecken, jeder! Haarpracht – Haarscham. Wenn alles umkippt, Freundin, wenn erst einmal alles wieder umkippt: Hochmut in Demut, Umrißvergrößerung in Umrißminderung. Imponiergehabe in Unscheinbarkeitssucht, alles, was sich entspricht, Macht – Ohnmacht. Der prächtige Hut ist die vergoldete Scham, der Haarschmuck die werbende Blüte der Haarscham – und Scham ist die Quelle aller Lust: Verwerfung jeder Entblößung, geschlossenes Scheitelauge ... Alles Künftige wird Erinnerung sein. Die Zukunft selbst wird ein Werk der Erinnerung sein ... Aber wo bleibt die Utopie, die Träume, der Menschheitstraum? Die Menschheit träumt nicht. Nur jeweils *ein* Mensch träumt. Die Träume gehören der Seele und der Nacht. Das Wort Traum ist nicht beliebig verpflanzbar ... Wer hat die Welt global gemacht? Wer sind die tückischen Erfinder des Ganzen? Nicht der Bauer, nicht der Industriearbeiter, nicht die Mutter, nicht einmal der Tourist. Philosophen! Philosophen zuerst und dann ihre späten Zöglinge, die Techniker. Das Ganze: ein Phantasma, eine Zwangsvorstellung ... Ich habe die ganze Welt bereist und nichts gesehen. Die bunte Welt ist wertlos wie eine abgelegte Narrenjoppe. Der Narr ist seit langem ausgeschlüpft, ist weit geflohen. Seinem König nach. Im Exil ist er übrigens zu einem tüchtigen Kämmerer und praktischen Verwalter geworden ... Wer war es gleich, Bernhard von Clairvaux? Der ging dreimal um den Genfer See und bemerkte den See nicht, da er in gläubigen Gedanken lief. Des Glaubens und der Liebe Nichtsehen, und die Bildlosigkeit der Bilder heutzutage, die uns erschöpfen wollen. Ich schäme mich vor dem Unsichtbaren für jedes gefilmte Gesicht. Vom Antlitz darf nicht mehr als das verlorene Profil gezeigt werden. Ohne Scheu keine Liebe. Freilich: wenn Worte nur Abfall vom Wort, wenn Bilder nur unermeßlicher Abfall vom Bild – so tut es doch den beiden Wundern selber nichts: dem Wort und dem Bild ... Dazu noch gibt es jetzt diese negative Selbstvergottung von Mensch und Menschenwerk ... Die letzte Rationalität, sie lautet: Es ist alles vom Übel, verseucht ... genieß nie die Sonne! ... Lieb keinen Fluß, keinen Baum, sieh, was verdorben, verrottet ist an ihm. Damit schließt die Geschichte der christlich-gnostischen Naturverachtung ... Petrarca besteigt den Mont Ventoux, genießt die Landschaft, ist verzaubert von ihrem geistigen Gepräge und liest in den Confessiones, oben angekommen, liest er beim Augustin, wie verwerflich es sei, die Natur zu bewundern. Gottes freie Natur existiert für den Frommen nicht. Sofort steigt er wieder hinab und kehrt in seine Bücherstube ein ... Theologie des Mülls, Theologie der oikonomia, der ewigen Ordnung des Hauses, absconditus Deus sub contrario, Sein Eingehen in die Vertauschung ... Jeder bedeutende Gegensatz geht auf ein Urdoppel religiösen Daseins zurück ... Der Bilderfeindliche und der Bilderfromme. Der Reformator und der Kultgläubige. Der Dogmatiker und der Mystiker. Das Schiff des Enthusiasmus hat zwei Borde. Da legt es sich mehrfach über in den wechselnden Stürmen der Epochen. Dann müssen die Reisenden auf die hohe Seite springen: Revolution, Stunde der Bildermassaker. Später muß dann wieder die Herrschaft der Ikonoklasten gebrochen werden. Es schwankt gewaltig, das Schiff der ständig Begeisterten, im einfachsten Sinne ist es die tobende Wiege der Menschheit, und diese ewig hilflos, ewig neugeboren ... Ah! Und unsere frühe Verehrung für die Träne? ... Das ganze Dasein, die Schöpfung selbst steckt in der Haut einer einzigen Träne ... Geschichte gibt es nur, um den steten Fluß der Träne zu sichern ... den Durst, zu weinen ... Erinnerst du dich an die langen Terrassen, die Villen, die Kieswege im Park, La Notte, Antonionis geräumige Isolationen ... nein, du erinnerst dich nicht. Du kennst sie nicht mehr, die ernste, kühle Stille, das wortkarge Pathos des Scheiterns, moderne Männer in nicht legerer, nicht sportlicher Kleidung. Und die atemberaubende Unschuld einer Blondine in dreiviertellangem Kostüm und weißen Stöckelschuhen. Es waren die ersten Einsamen, die wir zu Gesicht bekamen, die Einsamen mit Stil und Lebensgefühl ... dunkle, undurchsichtige Arrangements unter einer Handvoll nächtlicher Menschen, Moderner! ... Helden der Langeweile und des Ekels, Edle des Ichs. Ach, auch wir hätten bis vor kurzem etwas Eigenes, etwas uns Gemäßes dem ewigen Thema der Langeweile hinzufügen können, eine unverkennbare Variante des großen ennui, nicht ganz so brutal wie das formlose Ungeheuer *Freizeit*, das Menschenmassen verschlingt ... aber wir haben die Chance verpaßt. Jetzt ist es zu spät. Die Langeweile ist vorbei, kommt so bald nicht wieder, jedenfalls nicht als prägendes Epochengefühl ... Ja, das weitere Leben seit La Notte, die Stimmungsgeschichte der westlichen Welt, hat uns daran gehindert, gute Existentialisten zu werden. Les chemins de la liberté! Ha! Und nun? Ein neuer Existentialismus, eine neue Heraldik des Scheiterns. Ein Weltversagensgefühl. Ein Stil der Trauer über den Zerfall aller Begreifbarkeit ... Und Frühe, was ist sie? Nur jetzt-gemacht, anders gibt es sie nicht. In einer Zeit ohne Verheißung und voller Abdankung übermannt uns die eigene Frühe, als man nur von Versprechungen lebte. Und so kommt es, daß man sich weit von den Menschen entfernt, nur um die Versprechungen des Herzens noch einmal zu spüren, besser, härter, verklärter, das ist: reiner und erzrein. Die Sehnsucht will nicht Natur, nicht Wachstum, Differenz, nicht die Vermehrung der Unterschiede, des Abweichens, der Individualität. Die Sehnsucht eines Menschen verharrt bei den un- und übernatürlichen Genien, der Schönheit und der Magie, vom ersten Lächeln bis zum letzten Gebet. Man sieht ja, daß nicht alles Lebendige lebt, daß Künste, Ideale, Hoffnungen halb lebend, halb anorganisch sind und Sentimente wie Sedimente behandelt werden müssen und wir ein Geschicht sind über dem Erdboden, ein zusätzliches Stratum, darin schlägt, als unseres Lebens Gegenstück, das anorganische Herz ... Wir haben nur ein anderes Tönen als die Frösche. Der aufrechte Gang ist dem Menschen angeboren, erst wo sein Knie sich löst, gewinnt er Würde. Aber sie wissen es nicht, sie wissen es nicht ... Ich traue nur der Stimme der Beschwerten. Ich leide nur aus der Quelle uralter Leiden ... und bin doch der Beigesellte einer immerzu turnenden, aerobictreibenden, vollkommen biegsamen Frau, an die ich, während sie unersättlich ihre Glieder streckt und beugt, lautlos, stumm bis auf ein immer unverschämter werdendes Atmen ... meine Herzensergießungen richte ... Der Redner. Der Gewalttätige. Die nach vollkommener Unbeschwertheit Strebende. Sie bilden die Sinnbilder, die Portalfiguren vor dem Zeitalter der Gegenkommunikation. Du hörst und hörst! Dann gehst du von mir zu diesem anderen, kehrst als die Unerbittliche zurück, die ihr hohes Bein auf den kleinen Schemel setzt, auf dem er seine Stunden in Erinnerung verbrachte, während er nun vor dir, vor deiner Ferse auf dem Boden kniet. Das Demut-Hochmut-Pendel, das immer schwerer schlägt ... ich wittere ein langes Verbleiben in ungeklärten Verhältnissen. Was sagt dein anderer nun zu alledem? Der, den du schikanierst um meinetwillen ... um meinetwillen? Um deiner Affekte willen. Was gibt es Neues vom anderen? Er weiß, daß ich ... daß ich rede? Vielleicht wäre er mein bester Freund geworden. Die Nähe ist hergestellt. Man erfreut sich im Alter – als letzter, so hofft man! ... an einer Begleiterin, die einst von vielen besessen wurde ... Wenigstens hat sie was gelernt, weiß 'ne Menge zu erzählen ... Was will man von einem Menschen sehen? Es genügt die Kadenz einer Hand: Augenschirm, den Fremden zu erspähen. Dextera porrecta der Begrüßung. Ihr Ruhen auf dem Knie des aufrecht Hörenden im Gegenüber ... Aber welche Interrogatorien! ... Während die Welt immer gewandter, geschickter, technisch-behelfsmäßiger wird, werden die wahren Liebenden immer linkischer und unbeholfener ... Um dem Erstaunen, dem Nichtverstehen, der Wortleere Ausdruck zu verleihen, erfolgt der Biß in die Schulter des anderen oder in den eigenen Handballen. Solange er sich selber beißt, schweigt er. Wenn er den anderen beißt, so spricht sein Schweigen, ohne daß er es bräche ... Wie jedermann weiß: man sucht nicht das Laster, sondern die Übertretung des Verbots. Unsere Lust krankt an zu schwachen Verboten ... Wahrscheinlich ist jede Frau dem einen die Hörige, die Kniende – dem anderen aber die Gebieterin, die Unerbittliche. Sie besitzt weder das *Wesen* der Unterdrückerin noch das Wesen der Dulderin. Sie ist die eine oder die andere je nach Lage des Kampfes ... Oder sie beleidigt den einen, um die Beleidigungen des anderen ertragen zu können. Oder: daß sie ihn liebt, lädt ihn, der sie nicht liebt, mit Liebe auf, die er dann anderswo, bei anderen Weibern verschwendet ... Ich träumte in der Absicht, in einem anderen aufzuwachen. Ich tat unrecht mit dem Ziel, dem Rechtmäßigen neue Geltung zu verschaffen ... ich täuschte, um jemandem die Augen zu öffnen ... ich sage dies, weil wir unter der Sonne in einer Wildnis von Zwecken und Absichten leben und einsam mit wilden Entschuldigungen ... Wenn ich aber dein Gesicht erwarte, die hundert braunen Sprossen auf der weißen Haut, die helle Müdigkeit des Auges, die lange feine Maske zwischen Haar und Kinn – facies non uxor amatur! Ja, ich will dich stolz unter all den gewichtlosen Weiblein, den alltäglich Zerrütteten des anderen und ungenügend anderen Geschlechts. Stolz und sicherem Leid zugewandt. Die nervösen Schrecken, gesondert zu sein von einem mächtigen Dasein, sollen andere ertragen, epochenweis nehmen sie zu ... Sonderlinge! Gesondert von allem, was wärmt und stärkt ... Ich besitze nicht viel Begierde. Ich dachte, sie wäre größer und schändlicher ... Kennst du das? ... Es ist da, es ist vorhanden, nahe, dingvoll, konkret, plastisch, aber nicht mehr berührbar, nicht mit Begriffen zu benennen oder, wenn benannt, dann nicht mehr in seiner Eigentümlichkeit, nicht mehr so, wie es zu uns ›spricht‹, wie es uns möglicherweise befremdet ... wir besitzen nicht mehr die geheime furchtsame Art der Benennung, etwas ist da, ein elektronisches Gerät, nun gut, wie nennt es sich? Rechner? Wenig Wort für viel Ding. Daneben eine Teekanne aus schwarzem – wie heißt der Stoff? *Makrolon*. Sagt mir nichts. Wir befinden uns in einem *ergonomisch* korrekt eingerichteten Büro ... die Dinge zu glänzend, zu neu, ständig erneuert, das Auge, die Sinne, das Gedächtnis, die Metapher finden keine Lücken und Risse an den Gegenständen, an denen sie haften könnten ... diese Dinge strahlen nur noch, sie sondern einen hellen, kalten Glanz ab, den man nicht berühren-beschreiben kann ... nur noch die linkische Hand, das ältliche Tasten des Herzens ist einigermaßen erwähnbar, entzieht sich den Begriffen nicht sogleich, aber vielleicht alsbald auch das nicht mehr, die Wolke von Chromglanz und Abstraktion rückt gegen das Innerste vor, um es unbenennbar zu machen, unbenennbar für den Betrachter, Erleider, was empfindet er noch? Blitzblank, Blitze ohne Feuer ... Ich kann *es* wohl sehen, es hebt sich ab von der roten Straße, aber das Auge ist nicht das messende Organ. Ich kann *es* erleiden, das ist das messende Organ ... Alles entfallen ... an diesen *Dingen* ... wie heißt *das*? Wie nennt *es* sich? Was *ist* das? An diesen Dingen fehlen die Namen ... die Dingwörter ... wie kann *ich* es nennen? Was ist daran überhaupt nennbar? Fast nichts ... Du wirst sehen, es wird immer schwieriger, die Dinge bei ihrem Namen zu nennen. Sie sind sehr listig geworden und wissen sich heute den festen Bezeichnungen rasch zu entziehen. Dann stehst du da mit deinem leeren Wort – das Ding ist längst verwandelt! ... In unserer Sprache herrscht der unendliche Widerhall des einen ausweisenden, aus der Sprache hinausweisenden Worts. Daher ist sie von Anbeginn auf der

Flucht, im Verstoßen-, Vertriebensein. Ein Universum des Sichherausredens ... Das Ziel, das zwanghaft und hilflos angestrebte, aller Sprache ist der *eine* Laut des Verständigtseins zwischen Himmel und Erde und aller Kreatur. Die Sprache aber verlautet das Schicksal des Verstoßenseins. Sie gleicht den verzweifelten Intonationsversuchen eines Sängers an jenem Morgen, da er seine Stimme verlor ... Alle Sprache: un-menschliche Verheißung (es ist uns das in der Tat Göttlichere versprochen, die Natur übersteigend zu sprechen). Alle Sprache: Tritte der Namenlosigkeit in dein Gedärm ... Ich muß mich verständigen in einer Geschwindigkeit, die mit meinem Verstehen nichts zu tun hat. Unentwegt ist ein Aggregat der Notverständigung eingeschaltet. Nahsprache suche ich, nicht das ferne Geräusch unter den Menschen. Frei und nah dem Unbegreiflichen ... Jemand, der vorgibt, er beherrsche die deutsche Sprache, der hat etwa soviel Macht wie ein Museumswärter, der behauptet, er sei Herr über alle diese Gemälde ... ich habe sie nicht geschaffen, doch ich beherrsche sie! Der einzige, der über die Sprache etwas Rechtmäßiges sagen kann, ist der, der sich von ihr ergreifen, stoßen, beißen und erschüttern läßt – der von ihrer ganzen Größe angefallen wird ... von ihrer *Unmenge*. Diejenigen aber, die nur durch schmale Schlitze, gelenkige Schablonen voyeurhaft-technisch mit ihr in unterkühlten Beziehungen stehen, die sind wie Bildungsreisende, die überheblich vom längst erloschenen Orakel salbadern, nur weil sie selbst es nicht vernehmen können ... Aber so wird es immer sein: die einen schaukeln sicher am Tag und stürzen ab in der Nacht, die anderen fallen durch den Tag und steigen in der Nacht ... Wie, mein Herr, Sie haben nur geschickt gesprochen? Aber das ist in der Nacht nicht einmal ein Murmelpfiff! Lackierter Staub! ...

Siehst du, man täuscht sich nie ärger, als wenn man einen Menschen in seinen klaren Umrissen und unverkennbaren Merkmalen zu entdecken glaubt. In Wahrheit ist sein getreues Porträt das Phantombild, das nach ihm sucht. So sieht jeder aus und ist: der Ungefähre, das wabernde, vielfach überblendete Bild. Das Produkt zahlloser Umrisse läßt sein ›Charakteristikum‹ einfach offen und wirbt, es zu ermitteln ... wenn auch der Donnerstag, beim Wort genommen, mich erschüttert ... Am Ende wird man am Schopf und am Leib ergriffen von der entfesselten wörtlichen Bedeutung, die uns mit animalischen Kräften überfällt. Das Sprach-Biest und das Menschen-Gestell ... So furchtbar es scheint, es gibt keinen Ausweg aus der anagogischen Sinnennatur, dem gewaltsamen Aufstieg der Sinne in ihre Verflüchtigung ... Die Welt kreist aus mir heraus in immer engeren Spitzdrehungen ... wie der Fluß schneller strömt vor dem Katarakt, wie die Tage kürzer werden vor dem Jahresende, wie das spätere Leben zum Tode hin zu fliehen scheint, wie die Mücke immer enger wirbelt im abfließenden Spülwasser, so gerät auch das feste, das mächtige Nennen in den Strudel des Jahrtausend-Ausgusses. Und doch gebiete ich meiner Seele, mit übermenschlicher Anstrengung zu widerstehen, ein eiserner Krieger der Ruhe zu sein. Stehen, Harren, Halten, dem schnellenden Verlieren nicht nachgeben. Nicht mit verzauberten Augen hineinstarren in einen Himmel voller Augenwische! ... Manchmal aber im dünnen Schlaf greift der Alb mir ans Herz, und das endgültige Urteil, die abschließende Gewißheit ist da: Du wirst niemals gedacht haben, was dir einst im ersten Ansturm fast zu denken gelang ... du wirst nie gelebt haben, wie dir im ersten Ansturm zu leben beinahe gelang! ... Den Eremiten zerfleischt die Sprache, die er nicht zum Gebet zu bändigen versteht. Was er gesagt hat, fällt ihn hinterrücks an und beißt sich in seine Schulter. Meine Worte haben sich in mein Fleisch verbissen wie Muränenmäuler ... Man muß wieder Hamann lesen, um zu lernen, daß Geist aus Rissen und Sprüngen entweicht, daß alle klärenden kleinen Sprachmeister Langweiler sind ... daß man sich jede Minute vergessen kann... daß Leidenschaft, Drang, Affekt höchste Güter des Lebens, der Religion – und des Stils sind, paulinischer Glaubenssturm, augustinische Selbstdurchdringung ... Er heiratete die Bauerstochter Regina Schumacherin, in deren Armen sein Vater starb. Teilte den Haushalt mit seinem schwachsinnigen Bruder. Ohne Hamann kein Deutsch. Ohne den Dunklen vom Norden kein Licht ... In der einen Minute sehe ich den ganzen strahlenden Aufbau, die innere festgefügte Idealarchitektur der Werte und Schönheitsbegriffe, die ganze un-natürliche Hierarchie, die heilsam und allerorten verborgen wirkt – und in der nächsten Minute erkenne ich ebenso freudig die Wunderwerke der fließenden unschlüssigen Formen und zweifelhaften Absichten, den unabsehbaren Reichtum der Auflösung, das unendliche Gelöstsein, dessen Herrlichkeit sich darin offenbart, daß kein einziges Menschen-Bewußtsein ihrer Herr werden kann. So, scheint es, wird unsere Begeisterung stets zwischen zwei Unbedingtheiten hin und her geworfen: verstehen zu wollen und nichtverstehen zu wollen. Das Alte mit schlüssigen Rändern leuchten zu sehen und das Neue nicht absehen zu können, was – wie tagklar der Blick auch sein mag – immer und unvermeidlich ein Gefühl der Dunkelheit auslöst ... Aus tausend Überblendungen von Gesichtern taucht auf das eine geliebte Gesicht. In tausend zerstreuten Goldkrumen verbirgt sich der Lauf des einen geschlossenen Rings. Durch den Zickzack, die Wirren hastiger

Episoden geht der Atem einer langen Epopöe. Aus Myriaden von Galaxien sieht uns ein Kinderkopf mit weltenleeren Augen an. Tausend Lebchen wimmeln gleichzeitig in einer Biografie und vermehren sich wie die Bakterien in der Pfütze. Jeder ist tausend anderer Durchhaus. Wo einmal fester Ort, steife Zeit waren, sind jetzt nur Sprünge und Funken. Wo einmal zwei getrennte Kammern für Gut und Böse waren, sind jetzt membranhäutige Übergänge, durch die Dämonen wechseln, sich vermischen und vertauschen … Ah! gelänge es nur, einmal noch eines Menschen Umriß wahrzunehmen, statt sofort in seiner Vielgestalt sich zu verlieren und ein Gesicht von der Erinnerung an ebendieses Gesicht nicht mehr unterscheiden zu können! All die Menschen, die ich halb sah, halb war … Das Menschenleben als etwas, das danach strebt, erkannt zu werden. Es vollzieht sich in der Gewißheit eines anderen Auges, das überblickt und Gestalt erkennt, wo der Dahinlebende sich nur der wirren, sporadischen Spuren und Teile gewiß ist. Das Vertrauen in ein umfassendes Gesehenwerden gründet in der Einheit Gottes, der Eines sieht, in dieser losen, wilden Spreu, die wir vor Ihm ausbreiten im Wind, längst von der Ähre, der Frucht getrennt. Wir wissen, daß Er nicht das Zerstreute, daß Er vielmehr das eine Gesicht, das entscheidende, zählende Merkmal, das Geliebte erkennt. Ohne diese Gewißheit, Erkannte zu sein, hielten wir uns keine Sekunde aufrecht. Ein Aufgerichtetsein zum Erkanntwerden … Wenn ich bedenke, daß ich niemals ein kahles, sperriges Zweiglein sein wollte, das irgendwo frei in die Wirre deutet … Und doch ließ es sich nicht verhindern. Bin mit den Ästen in die Dürre gezogen … Aufrecht steht das Land im Winter. Aufrechtes Weiß. Pantomime alles, was ruft. Und die Krähe, ein Drohfinger der Nacht …

Es kommt keine Sonne. Wir sind ganz allein, Weiß und Schwarz ... Das Geäst strebt in die Höhe, das Kopfhaar steht zu Berge. Alles vergeht aufwärts. Selbst der Schnee steigt, sobald wir ihn nicht sehen ... Gemarkungen, Brandzeichen, Ketten und Pfähle: was hat man nicht alles erfunden, um die furchtbare Ununterscheidbarkeit, das Grundblatt des Himmels von der Erde zu tilgen! ... Die große Glocke kniet ins Tal ... Die Erde nur Startplatz. Anagoge alles, was lebt. Von hier steigt es hinauf. Laßkraft. Allem, was sich entzieht, reglos nachziehen. Heute will ich mich auswohnen! ... So, gegen die eigenen Wände gepreßt, halb vor Entsetzen, halb vor ekstatischem, prassendem Wohnen ... Es ist alles anders, als ich es sehe ... Nur ein Tropfen kosmischer Zeit, der sich in unseren irdischen Stundennapf mischte, und es würde, nur zum Beispiel, etwa alle zehn bis fünfzehn Minuten (irdisch) *ein* Bild vor unseren Augen vorbeischweben, wo zuvor zigtausend Sinneseindrücke in der Sekunde empfangen und verarbeitet wurden, ein Bild, einsam, lautlos, vielgestalt, zöge im Bogen herauf und sänke wieder ins Leere, ohne Folge. Nichts vorher, Nichts nachher. Ereignisleere, Schwarz minutenlang (irdisch). Dann wieder der schwache Hof, der schimmernde Halo, aus dem schließlich gestochen scharf, einmalig und undurchdringlich, das Bild heraufzöge ... zwei Hände, eine Obstschale ... Galavision. Ikone des Tages. Ein Brocken aus der unendlich langsamen Sprengung. Und – genau hinsehn! – es kehrt nie wieder. Unaufhaltbar und unwiederbringlich verfliegt der Körper, das Bruchstück einer einzigen unermeßlichen BILDSTÄNDIGKEIT ... O das Weiterreden! Das immer neu sich bildende, immer neu zurückweichende Ende, nie endgültig! Das Oknos-Seil, das wir mit Worten ewig unnütz flechten müssen, damit's der Esel ewig wieder aufbeißt...

Ein ungerührtes, ein unbeherrschtes Sprechen war es, das du an mir tadeltest? Ja, eines sogar, dem du eine gewisse Herzspärlichkeit nachsagen wolltest und ebendiesen betrüblich hohen Grad an Selbstüberwachung, die keine freie, unbeholfen-liebenswürdige Äußerung mehr durchgehen läßt ... Ach, du Gute! Weißt du überhaupt, was sich hinter dem banalen Ausdruck ›wach‹ abspielt? Ich bin wach ... bin verheerend wach. Auf Erden gibt es kaum noch etwas, das nicht meinen Fluchtinstinkt reizte. Ich bin ein Tier aus fürchtendem Geist ... Ich? Mich? Bemeistern? ... Du wirst verstehen, daß ich diese Forderung als ebenso absurd zurückweise, als würdest du einem Tragelaphen nahelegen, sich endgültig für einen seiner Körperteile zu entscheiden, ob er nun im ganzen Ochs oder Hirsch ... oder dem Myrmecoleo, ob er Löwe oder Ameise sein möchte. Ich habe zur Unzeit meine Zeit besucht. Auch der gute, der beste Mensch, der zur Unzeit ins Haus tritt, verbreitet Schrekken. Ich *suche* meinen Meister, seitdem ich ein Wurm auf Erden bin ... Ich, ich bin das Angebot – und in meiner Krümme so lohnend geboten, daß Wohlmaß und Gefüge gegen mich erst wieder recht begriffen werden können. Ich glaube, Groethuysen war es, der wundersame Groethuysen wünschte sich schon deshalb die Weltharmonie des Sozialismus herbei, damit es eines Tages Menschen wie ihn nicht mehr gebe! ... Stell dir nur vor: Da sitzen seit zweitausend Jahren Burschen wie der und ich auf der Erde herum mit rauchenden Köpfen, Unglücksraben und Zauderer, verpesten die Atmosphäre mit ihrem lebensfeindlichen Gedankenausstoß. Jeder Handelnde ist demgegenüber ein Klärwerk, der Denkende aber oft genug ein sanierungsbedürftiger Schlot ... Eines Mannes gesamtes Forscherleben widerlegt, hinfällig gemacht, für alle Zeiten überflüssig. Die Geschichte des wissenschaftlichen Fortschritts wird in vorderster Front von Verlierern bestritten. Ein einziger ›Fund‹ – ein einziges neueres Forschungsergebnis, das unter Umständen ein sehr viel geringerer Kopf beinahe durch Zufall, jedenfalls auf den Schultern des Riesen und ohne lebenslange Anstrengung oder sogar lediglich durch die instinktive Abwehr gegen die herrschende Theorie einfach-so-fand ... Noch gegen Ende des letzten Jahrhunderts glaubte man, das Nervensystem bestehe aus miteinander verbundenen ›Röhren‹. Das war die Hypothese der sogenannten Retikulisten. Dann kam einer, Cajal, und bewies, das Nervensystem bestehe vielmehr aus einzelnen voneinander getrennten Zellen, Neuronen, zwischen denen sich ein schmaler Spalt, eben die Synapse, befinde. Aus für die Retikulisten. Oder: Mach, der die Existenz von Atomen leugnete, oder sagt man besser: nicht wahrhaben wollte? Cuviers unerschütterlicher Glaube an die Beständigkeit der Arten. Louis Agassiz, das letzte große Bollwerk gegen Darwin, hielt – einsam, traurig, fromm – daran fest, daß die Arten die fleischgewordenen Verkörperungen der Ideen Gottes seien ... Margaret Meads Theorie vom friedliebenden Naturvolksstamm, erledigt. Whorfs Theorie der Hopi-Sprache, widerlegt. Das Lebenswerk ... iam perlucente ruina ... schon schimmert die Ruine durch ... Es dauert mich ... wer oder was? Nicht mehr zu unterscheiden. Alles und jedes, jede Stunde, jedes Kind, die Fülle der erschaffenen und herumliegenden Werke, die keiner nutzt, *es* dauert mich namenlos und an sich ... Ich fürchte die Überblicker, ich fürchte die Gedächtnis-Zyklopen, die eiskalten Mutanten der Mnemosyne, die aus der Kreuzung von technischem und kollektivem Gedächtnis entstehen ... die Hyper-Erinnerer (unter Ausschaltung des umwälzenden Herzens) ... und Dichter, die schon mit den Fingern die ausgestreckte Hand des Nega-Poeten berühren ... Gefäße, die nichts wiedergeben, statt der Körbe und der Krüge, die einst überliefen. An ausgewählten Gemarken stehen Köpfe auf der Erde, die inwendig hohler werden vom Behalten. Die endlos zu sich nehmen und nichts wiedergeben. Körbe, alle Zysten des Lebens und der toten Welt, sie füllen sich, bis jeder Platz vergeben. Womit man die geizenden Gefäße auch füllt, es steigert nur die Dichte ihrer Leere ... Der Hohle sieht seine rechte Hand stundenlang aufsteigen am Treppengeländer ... Ich bin das Staubecken: in mir enden die reißenden Gebirgsbäche und die stürmischen Handlungsverläufe. Ich bin tat-tilgend, sinn-lösend, zusammenhang-spaltend. Auch du, die mit fliegenden Gewändern wiederkehrt, mündest in ein untätiges Verweilen, das die vielen herstellen, die in meinem Raum versammelt sind und sich, auf und ab gehend, kaum noch voneinander unterscheiden. Ich sage dir, alles, was mich erreicht, mündet in ein stehendes Gewässer ... Doch niemals werde ich den *Gesang* der Ideen vernehmen, die sich lösten von der Erde, im Wind treiben und nirgends mehr haften, Geist, der herrenlos, entlassen aus der Gemeinde der Wissenschaft, vagabundiert, mal da, mal dort durch eines Menschen dunkle Träume streift, doch nichts ihm offenbart, wovon er sprechen könnte, er hat ihn nur – gespürt, wie auch die Kirche davon ist, aus den Gemeinden entwichen, und bei Gehorsamen einkehrt. Aber wird aus der unschlüssigen Wirrheit je neue Ordnung hervorgehen? Nie. Unser altes, jetzt schon unangemessenes Sagen würde von einer noch höher entwickelten Ordnung, als es die unsere schon ist, in noch tiefere Verwirrung gestürzt. Wir hätten ihr in der Sprache nichts Ent-Sprechendes zu bieten. Also läge die ›Verantwortung‹ bei den technischen Überblickern. Ordnungen wachsen aber heran, indem unsere Ordnungs*vorstellungen* absterben ... Wenn ich nur wüßte, wie man den Einklang fängt, der frei herumschwirrt, der mich sucht wie ich ihn ... Wenn die Zukunft dem Fanatiker und dem Techniker gehört, so kann *gegenwärtig* nur der Durchschimmernde leben. Ich gehöre nicht in meine Zeit, und alle, die hineingehören, sind ihre Sklaven. Also wird sie niemand bemerkt haben, seine Zeit ... Wer war dieser Mensch, den ich Gründe hatte fünfzehn Jahre lang für meinen einzigen und besten Freund zu halten und den ich dann von einem auf den anderen Tag verlor, ohne daß ein Zerwürfnis, eine Kränkung vorausgegangen wäre, sondern ganz einfach so, aus einer explosiven Vagheit von Motiven, wie sie nur der innige Umgang, das abgeschlossene System unserer Freundschaft selbst hervorbringen konnte, eine sprunghafte, letzte Abwendung, die eine zu große Zahl gegenseitiger Zuwendungen schließlich wie eine schreckliche Mutation auslöste ...? Ich verdanke ihm meine ganze Erziehung zum Gegenüber ... Er und ich haben, was geschah, immer nur hingenommen und erschöpfend besprochen, wir haben alles hingenommen, und das Hinnehmen hat insbesondere mich zu einem Faß ausgerundet ... einem märchenhaft verkehrten Faß, das, je mehr es sich füllte, um so tönender wurde, ein Faß eben voller Schall und Echo. Dennoch hatte ich gehofft, ein langes Räsonieren, eine Art Selbstbetäubung des Denkens würde uns schonend über das Ende hinwegtragen, ließe uns den Schnitt, vom Hundertsten ins Tausendste, den Mythos des Schnitts nicht allzu heftig spüren ... Der zweite deutsche Staat löste sich gerade auf, die Mauer war bereits gefallen, da telefonierten wir ein letztes Mal miteinander. Ich verunglimpfte in diesem Gespräch einen von ihm hochgeschätzten evangelischen Theologen / Ost, der gerade im Radio einen seinerseits hochgeschätzten evangelischen Theologen / West zitiert hatte, und zwar mit dem blasphemischen Satz: ›Ich danke täglich Gott, daß es die DDR noch gibt.‹ Das eben war auch das Gebet meines besten Freunds. Er hatte sich in allem getäuscht, und es wäre besser gewesen, er hätte in dem Moment meiner hochfahrenden Schmähung einen Wutausbruch gegen mich und den faulen Sieg meiner Affekte bekommen. Doch er schluckte es runter, er schwieg und ließ nichts mehr von sich hören. Ich hörte nur noch durch entfernte Dritte von ihm, Grüßen und Grüßenlassen, nichts brachte uns wieder zusammen. Das war der große Bruch der Vereinigung, für mich ein Zusammenbruch ... Der beste Freund – ein Ausdruck des Herzens aus der Kinderzeit, den ich mir bewahrte bis in die reifen Mannesjahre, und heute, auf einmal, mit dem Verschwinden dieses Menschen, ist der ganze Begriff dahin, und ich denke jetzt manchmal, daß ich mich eben recht kindlich verträumt an ihn, den Ausdruck, geklammert hatte und daß dies die eigentliche Ursache für das Fehlgehen und Entgleiten unserer Verbindung war. Ich erfuhr nun schmerzlich, daß eben der beste Freund niemals einen Nachfolger im Leben haben kann. Wenn man in der Liebe von der ›Einzigen‹ spricht, so handelt es sich mehr oder weniger um eine liebenswürdige Metapher, während in der Freundschaft der Beste ganz unmittelbar und unverbrämt ihr Wesen beherrscht, so daß sie als Begriff, als Erfahrung, als Daseinsform nicht mehr existiert, sobald er wegfällt ... Nur mit meinem Freund, nur im Vertrauen bin ich in der Sprache gewesen. Es ist nie dazu gekommen, daß ich mein ganzes Vertrauen in die Sprache selbst hätte setzen müssen. Die Sprache kam und ging vor seinem Verstehen, sie war wie die Blätter im Wind, die flüstern oder matt herabfallen. Sie war frei bis zur Schamlosigkeit und dann wieder zugekleidet wie ein spanischer Höfling ... Das schlimmste ist: ich darf nicht mehr antworten. Ich habe mein Bestes im Antworten gegeben. Ich habe für meine Sprache den Dialog gebraucht wie die Augen das Licht zum Sehen. Zuletzt aber habe ich den Dialog mißbraucht ... Der große Vortragssaal ist parzelliert in ein halbes Dutzend Vortragskabuffs ... Mein alter Saal, in dem ich schon als Junge hörte alles Wissenswerte über Nasser, Nanga Parbat, Leningrad ... und jetzt in diesem alten Saal es endlich einmal auszusprechen: Sankt Petersburg! und zu wissen, daß die halbe Welt, in der man aufwuchs, versunken und verfallen ist. Wie gern hätte ich es noch vor ihm, vor meinem besten Freund, einmal aussprechen mögen und einmal von ihm gehört: *Sankt Petersburg* ... Ich verbrachte einen Tag bei der Globuskleberin. Sie erklärte mir ihre Arbeit. Die Kugel wurde von Hand Zentimeter um Zentimeter beklebt. Eine gute Kleberin schafft zwanzig bis dreißig Stück am Tag. Ich berührte ihre schmalen erdbewanderten Hände. Ich dachte, es sei eine Zeit, da würde kein Globus mehr fertig? ... Risse als Weltspur. Craquelé eines alten, dunkelnden Bilds. Blitze der Dürre im trockenen Schlamm. Und Glutadern im Leib des Atlas. Klangrisse gestürzter Oboen. Und auch der Ur-Sprung des bauchigen Krugs, aus dem die eine und ganze Zeit rinnt, langsam und schneller ... Wir unter der Wurzelklaue der Blitze ... aber es gab auch die heilige Verkehrung, da standen kronfüßig die Bäume mit den Wurzeln gen Himmel –«

Es war dieses »Ich breche hier ab«, das nun folgte und das sie schon viele Male von ihm gehört hatte, wenn er beim Reden ins Gedränge kam und vom Hundertsten ins Tausendste. Wie hätte sie ahnen können, daß es eines Tages wirklich seine letzten Worte sein sollten? Sie sah das Gesicht des gerade Verstummten, ein beinah kieferloses Gesicht, Nas auf Oberlippe, kurzes burschenhaftes Haar, ein zusammengestürztes Gesicht, Zwetschge der Untröstlichkeit. Diese Schrumpelköpfe mit den faustgroßen Visagen gehören Greiskindmenschen.

Sie sagte, das Reden selbst habe ihn immer schneller sprechen lassen. Er habe zum Schluß immer heftiger geredet, immer unschlüssiger und nuschliger, zwischen Zeige- und Mittelfinger, die wie eine halbgeöffnete Schere um die Lippen lagen, so daß sie ihn kaum noch verstand, aber er wollte unbedingt sprechen, immerzu sprechen, wie es schien, um sich in einen Zustand zu versetzen, der ihm das Zeugen erlaubte.

Sie hielt seine Hand. Die schöne Indolente ruhte neben dem Mann, dem die Haare zu Berge standen, während sie ihr prächtiges Kräuselhaar gelöst und auf das Kissen gebreitet hatte, träg und geduldig, wie er es gerne sah. So lag sie, ein Inbild gutmütiger Wollust, neben ihm, an der Seite eines Entsetzten, der von ihrem Leib nur die Hand, nur die ihn haltende Hand gebrauchte.